元OLの異世界逆ハーライフ2

登場人物紹介
ガルドゥーク
レイガがギルドで出会った冒険者で、ロウアルトとは古くからの知り合い。レイガに惚れ、彼女の二人目の夫になった。
ロウアルト
瀕死のところをレイガに救われ、彼女に一生仕えると誓いを立てた。レイガの一人目の夫。
レイガ
OL・加《か》納《のう》玲《れい》子《こ》の異世界での姿。桁違いの魔力と美貌を持つが、中身は三十二歳のままなので、言動が少し残念。前世から『未来が見える力』を持っている。

アルザーク
ハイディンのギルドで
受付をしている男性。
トゥラジーザ
獣族の男性。
タマルアーザの父。
ポーチェリラ
獣族の女性。
タマルアーザの母。
ウェンローヴァ
オルフェンの街の郊外に住む
高霊族《ハイエルフ》の魔術師。
レイガの弟子入りを許す。
タマルアーザ
魔術師ウェンローヴァの館で
働いている獣族の青年。
なぜかレイガは彼に
見覚えがあって……？

プロローグ

私の名前は加納玲子《かのうれいこ》。三十二歳の独身で、某中小企業の事務を担当するＯＬだった。

だった、っていう過去形の理由は、私が死亡したから。会社からの帰り道に、暴走したトラックが突っ込んできたんだ。

なんでその死んだ人間がここにいるのかって話になるんだけど……まぁ、ぶっちゃけちゃうと、昨今のラノベによくある『異世界転生』ってやつだ。特に善行を積んだ覚えもないし、神様の類《たぐい》に会った覚えもないのに、まさか転生するなんて思いもしなかったけどね。

生き返っちゃったことに気づき、おっかなびっくり行動を開始した私は、そこで第一異世界人と遭遇する。

その異世界人ってのが、今にも死にそうな重傷を負っていた人だったので、私はなぜか使えるようになっていた魔術で彼を助けた。そして、彼——ロウアルトという名前の青年は、命を助けられたお礼として、私を一生の主《あるじ》として仕えるなんて誓いを立ててくれちゃったのだ。

そうして、私はコウと呼ぶことになった彼と二人で、魔物がうじゃうじゃといる森を抜け、ハイディンという街にたどり着く。そこで『銀月《ぎんげつ》』と名づけたパーティを作り、二人で冒険者——自分達では放浪者と言っているが——として活動することにしたんだ。

あ、それと、私はこの世界では『レイガ』って名乗ってる。加納玲子っていうのがこっちの人にはものすごく発音しづらいらしいのと、こっちでは前とは別の体——十七歳のすごい美人になっちゃってて、日本名だと違和感バリバリなのが理由。レイガは趣味のゲームでよく使っていたキャラ名だ。

そんなわけでしばらくの間、ハイディンの街で活動している間に何人かの人と知り合った。

その中に、同じ放浪者稼業のガルドゥークさんって人がいてね。彼は、無口で不愛想なロウをものともせず、気さくに話しかけてくる豪胆な性格の男性だ。ちょっと女好きなところはあるが、悪い人じゃないのは私にもすぐわかった。

そのガルドさんが突然持ち込んできたのが、最近ハイディンで頻発している誘拐事件だった。ガルドさんの行きつけのお店の看板娘が被害者になっちゃったらしく、その子を助け出すために力を借りたいということだった。

それで、行動を起こした当日、なんと私が、そいつらの新しい被害者になってしまった。だけど、すぐに脱出を試《こころ》みたし、ロウとガルドさんも助けに来てくれたのだ。ついでに誘拐されていた女の子も無事に助けられて一件落着。

それが切っ掛けで、ガルドさんも私達のパーティに加入し、めでたく『銀月』は三名になった。ついでに一妻多夫が許されるこの世界で、彼ら二人共を私の夫にしてしまったわけなんだけども——

第一章

「鞍《くら》には尻を乗っけるだけのつもりでな。手綱《たづな》は軽く持つんだぞ」

「うわ、高いっ……ガルドさん、手を離さないでね！」

馬に乗った私――レイガは思わず悲鳴を上げる。いつもの目線に馬の背丈が加わっただけで、こんなにも高く感じるとは想像もしていなかった。バスの運転席と同じくらいの高さだと思うんだけど、それとはまったく感覚が違うんでビックリしてしまう。

「足は鐙《あぶみ》にかけて、そのまま背筋を伸ばす、腰は心持ち浮かせ気味でな」

私はガルドさんの声にしゃんと背を伸ばす。

「そうそう、上手いぜ、レイちゃん。慣れるまでは馬が歩くのに合わせて、鞍の上で立ったり座ったりする感じでな。慣れてくりゃ座ったままで反動を殺せるようになるから、そこまで練習だ」

「はいぃ」

現在、ガルドさんの指導の下、馬の背中で悪戦苦闘中なのにはわけがある。

ハイディン騎士団まで動員する騒ぎになった例の誘拐事件――ウールバー男爵以下の悪党どもを一網打尽にすることになったあの『新月市《しんげつついち》』の事件からこっち、私達の身辺は非常に、騒がしくなってきたのだ。

今のハイディンには、『駆け出しの冒険者の率《ひき》いるパーティが闇市をぶっ潰した』という噂が飛び交っている。どこからどうその話が洩《も》れたのかは知らないが、どうせ洩らすのならば、もっとちゃんとした情報にしてほしかったよ。

先ほども言ったように、確かに切っ掛けは私の誘拐だ。それは認めよう。だが、私がやったことと言えば、閉じ込められていたところから逃げ出しただけ。ロウとガルドさんは自分達の身の危険を顧《かえり》みずに、私を助けるために駆けつけてくれただけなのだ……まぁ、ちょっとその過程で、暴れたりもしたけどさ。

でも、そこから先は、以前から悪党どものことを地道に捜査してくれていた騎士団の皆様のおかげである。だって私は、ロウ達と合流した後は魔力の使いすぎでぶっ倒れてしまい、気がついた時にはほとんど事件は終わっていた。

それなのに、噂の『駆け出しの冒険者』が私だとバレて人が寄ってくるせいで、おちおち街を歩けなくなってしまったのだ。

放浪者としては、名前が売れるのは有り難いことなのかもしれないが、度がすぎている。そこで思案の結果、しばらくハイディンを離れようという話になったんだよね。

しかし、こっちにはバスも電車もない。辻馬車みたいなものはあるが、基本的には馬が旅の足だ。馬に乗れない私は、乗馬訓練をしなくてはならなかった。

実は最初は、ロウに教わることになってたんだよ。何しろ、ロウは狄族《てきぞく》だ。狄族はこの世界で一番馬の扱いが上手い人達で、立って歩くより早く馬の乗り方を覚える、なんて言われているらしい。

もう乗馬は本能でやってるレベルだ。だから馬に関してはプロ中のプロ。当然、教えるのも上手いと考えていたんだけど――

鞍《くら》によじ上るのにも苦労する私に、まずロウは「こうやるんだ」って流れるような動作で上がって見せてくれた。だけど私としては、その『こうやって』を言葉で説明してもらいたい。

「ごめん、ロウ。速すぎてわからなかったんで、もう一度ゆっくり、説明しながらやってもらえる？」

「そうか、すまん。では――ここここに手を置いて、足は……む？」

「む？」じゃないでしょ。なんで、そこで固まってんの？

どうやら、本当に本能でやってるみたいで、頭で考えるとかえって混乱するらしい。ほら、一つ一つの動作を意識しすぎると歩くのがぎこちなくなることってあるじゃない？　あれですよ、あれ。

本人も驚いただろうけど、こっちはもっとびっくりだ。

なお、鞍に手をかけて鐙《あぶみ》に片足を乗っけたまま動かなくなったロウは、ガルドさんがため息をつきながら交代を申し出てくれるまでその状態だった。

「馬の動きに合わせて、上下に自分も動くんだ――そうだ、その調子だ」

「うわ、これ……太ももにクるよ」

「明日は筋肉痛だろうが、まぁ、慣れるまでは我慢だぜ」

とりあえず今日は初日ってことで、鞍に上るのと下りるのを繰り返し練習した後、『常歩《ウォーク》』から『速歩《トロット》』ってのをやっています。

目標は、数日中に『駈歩《キャンター》』ができるようになること。

本当はその上の『襲歩《ギャロップ》』までできたほうがいいんだけど、よほどのことがない限りは使わないのと、あまり練習時間が取れないことからこう決まった。

「——そろそろ、今日は終わりにするか。レイちゃんも疲れただろ？」

太陽が真上に来る頃になって、ガルドさんがそう言ってくれた。今日はこれで終わりみたいだ。

早朝からみっちり練習したんで、まだお昼だってのにへとへとだよ。

「うう、お尻がひりひりする。太ももはパンパンだし……」

「かわいそうだが、それには療術は禁止だぞ。すぐに癒《いや》してしまっては、自分のどこが悪かったかがわからん。体も、その痛みのおかげで動きを覚えるんだからな」

「頭じゃなくて、体で覚えろってことね……」

とはいえ、ロウのレベルになるまでには何年もかかりそうだ。

ただこっちの体は、以前の私よりもずっと運動神経がいいようだから、この程度で収まっているのだろう。前の私はかなりの運動音痴だったんで、鞍《くら》に上る方法を覚えるだけで一日が終わっちゃってたに違いない。ていうか、ふと思ったんだけど、この『体』は前に馬に乗ったことがあるんじゃないだろうか？　ガルドさんの指示にしたがって体を動かしてると、たまに思うよりもずっと上手に動ける時がある。

私の意識が宿っているこの体って、元々は一体どういう人だったのかな……？

「宿に戻ったら、痛みどめの軟膏《なんこう》を塗ってやるから、それでちったぁ楽になるだろ」

「そんなのがあるの？　ぜひ、お願いします！」

お尻の痛みが和《やわ》らぐと知り、私のちょっとした物思いは吹っ飛んだ。

なお、塗ってもらう位置がヤバいことは、その時になるまで気がつかなかった。


昼食を済ませて貸馬屋に馬を返した後は、街に戻って図書館に行く。

ハイディンを離れる、とは決めたものの、そこからどこを目指すかについてはまだ未定だ。

何しろ私はこっちの世界のことがまるでわかってない。ロウとガルドさんに決めてもらってもいいんだけど、こういった重要な決断はやはりパーティのリーダーである私がやるべきだろう。なので、図書館でこの世界の知識を仕入れつつ、行き先を決めようってことになったんだ。

そして、数日にわたり、午前中は乗馬の練習、午後は図書館に通い詰めるということを繰り返し、目的地を決定した頃には、八月も半ば近くになっていた。

「いろいろ悩みましたが、方角は西。目的地は、オルフェンの街としたいと思います――で、念のためにもう一回訊くけど、ロウもガルドさんも自分の希望ってないんだよね？」

「ああ。お前が決めたのなら、俺に異存はない」

「俺もだな。特に宛《あて》もねぇし、西ならちったぁ土地勘もある。いい選択だと思うぜ？」

ロウが私に丸投げするのはいつものこととして、ガルドさんも異存はなさそうだ。

ガルドさんはこのガリスハール王国の出身らしい。放浪者としての登録も王都でやってるみたいだし、そこからこのハイディンに移動してくるまでにあちこち見て回ったようだ。新たな目的地であるオルフェンにも一時滞在してたというから、心強い。

そして、そのオルフェンって街は、ここから見て北西に位置する城塞都市《ハイディン》ってことだった。北嶺《ほくれい》山脈に近く、周囲には森林が多く点在する。夏は涼しいけど、代わりに冬の寒さも厳しい土地柄らしい。大街道からかなり外れた場所にあるものの、それなりに栄えている。

なぜって？　それは、オルフェンの別名が『魔導の都』だからだ。

いや、私もいろいろ考えたんだよ。現在のところ、うちのパーティは戦闘力についてはそこそこのレベルにあると思う。それは、ロウとガルドさんが放浪者としての経験が豊富で、トラブルにもしっかり対応できる実力の持ち主だからだ。けど、その二人をまとめるはずのリーダー——つまり私が、その二人に比べて明らかに劣っているのが問題だった。

一応、療術と魔法が使えるから、位置づけとしてはヒーラー兼遠距離攻撃担当ってことになる。けど、いつも二人に守られながらのお姫様プレイだ。ヒールにいたっては、今まで相手してたのが弱い魔物ばかりだったせいで怪我らしい怪我をせず、まるっきりお呼びがかからない。出会ったばかりのロウを癒《いや》したほかに出番があったのは、私の二日酔いと筋肉痛の時だけだ。

曲がりなりにも私がリーダーなんだから、これじゃダメだよね。あの二人に並ぶのは当分無理としても、せめてもう少しくらいは役に立てるようになりたい。例えば、戦闘時における攻撃や、補助とか——要するに、もっとちゃんと魔法が使えるようになりたいのだ。

何しろ、今は基本というか『どうやって使うか』だけを教わって、後は勘でなんとかしてる状態なんだからねぇ。

そこで魔術に詳しい人がたくさんいそうな街に移動しようと思ったのだ。

「レイちゃんの乗馬技術も上がってきたし、動くなら早ぇほうがいいな」

「そうだな……準備に二日もあれば十分だろう」

さすがはベテラン放浪者、二人の行動は迅速だ。

「とりあえず食糧の補充と、装備の確認だな」

「レイちゃんも必要なもんがあったら早めに言うんだぜ」

「あ……なら、料理の道具と材料が欲しいかな。あと、調味料とかもね」

大抵のものなら入ってる私の魔倉《まそう》だが、なぜだか調理道具や食材の類《たぐい》が一切なかった。

ああ、魔倉っていうのは、ゲームのインベントリみたいなものだと言えばいいかな。私もポーチ型のを持っているんだけど、見た目よりもずっと多くのものが入るし、入れたものがそのままの状態で保存できるので、とっても便利な魔道具だ。

「「料理!?」」

なんで二人とも、そんな驚いた声を出すのかな。

自慢じゃないが、大学を出てすぐに一人暮らしを始めたので、一通りのことはできる。最初は給料が安かったから、生活はかっつかつ。外食する余裕なんてないので、自炊せざるを得ない。勿論《もちろん》、お昼はお弁当持参だ。安い材料で手早く作れて、美味しい料理の研究をした。プロ級とまではいかなくてもそれなりに美味しくできてたはず。こっちでは単に機会がなかっただけだ。

それに、いくら旅に出たからといって、毎日保存食に頼るのも味気ないでしょ。

「あっと驚くようなの作ってあげるから、楽しみにしててよね」

「……どう驚くか、が問題だな」

「俺はレイちゃんが作ってくれるんなら、どんなもんでも食うぜ」

懐疑心《かいぎしん》バリバリのロウの言葉の後で、ガルドさんがとりなすように言う。けど、それって全くフォローになってない。要するにどっちも、私の料理の腕をこれっぽっちも信用してないってことでしょ。いいわよ。実際に食べて納得したら、ちゃんと謝ってもらうからね。

さて、そうと決めたらまずは買い出しだ。ああ、それと今までお世話になった人にご挨拶もしておかなきゃね。


「こんにちは、アルおじさま」

「よう、お嬢ちゃん。なんだ、今日はお供はなしか？」

「はい、今日は別行動をとってます。それでちょっと……おじさま、今、少しお時間いいですか？」

「ああ、ちょうど暇《ひま》だし構わねぇが……？」

自分達の装備の手入れをしたいというロウ達と別れて、私が向かったのはハイディンのギルドだ。ここでお世話になった筆頭と言えば、受付をしてくれたアルおじさまだからね。お仕事中にお邪魔して申し訳なかったが、一緒に二階の談話室に移動してもらう。

「どうした、改まって話があるってことだったが？」

「ええ、実はハイディンを離れることになりましたので、そのご挨拶と——後は、ちゃんとお礼を言ってなかったので、それが言いたくて」

「礼？　新月市のことなら、とっくに言ってもらったぞ？」

「いえ、そのことじゃなくて。私がここに来たばかりの頃のこと、覚えてます？」

あれは、ロウに連れられてギルドを訪れた直後のことだ。放浪者として登録してロウとパーティを組み、私は初めての依頼を受けた。

「あの時、おじさまは『銀狼の野郎がついてるから大丈夫だとは思うが、気をつけんだぜ』って言ってくれたでしょう？　あれって、私がこっちに来てからロウ以外で、初めてかけてもらった気遣いの言葉だったんです。それがとてもうれしくて……ずっとお礼を言いたかったのに、なかなかその機会がなくて今になっちゃいましたけど、あの時はありがとうございました」

「あんなもん、まだ覚えてたのか、お嬢ちゃん……」

「覚えてますよ。当然じゃないですか」

その時はちょっといい人だな、と思っただけなんだけど、後から思い返すとじわじわと有難味がわかってきたんだ。だって、その後も何度もギルドに来たけど、他の人はそんな言葉をかけているところなんて見たことがない。

まぁ、他の放浪者はそんな気遣いが必要ないくらい強いってのもあるんだろうけど。あの時のおじさまは、ほとんど初対面の私を本当に心配してくれてたんだよ。

「あ、、なんだ、その……拠点を移すってことだったが」

あら、なんか赤くなって強引に話を変えたけど、おじさまったら照れてる？

「はい、オルフェンって街に行ってみようと思ってます」

「オルフェンか……なるほどな。あそこはちょいと面白いところだぞ」

「おじさまは行ったことがあるんですか？」

「ああ、昔――こいつがまともに動いてた頃だがな」

そう言って、おじさまは自分の左足を見下ろす。そういえば、依頼先で怪我をして、現役を引退したんだって聞いたことがある。

「傷って、まだ痛むんですか？」

「……たまにな」

どれくらい昔の話なのかはわからないけど、よほど大きな怪我だったんだろうな。そう思っていたら、おじさまが顔をしかめて足に手をやった。

「痛いんですか？」

「大したことはねぇ。いつものことだ」

「ちょっと見せてください」

最近出番のなかったヒールだけど、痛みをとるくらいならできるかも。

向かい合わせに座っていた椅子から立ち上がり、おじさまの左側にしゃがみ込んで膝の辺りに手を置いてみる。すると、なんていうのかな、手ごたえがあった。

ヒールを使うつもりで患部に触ると、そこがへこんでるみたいな感じがするのだ。私の力を受け入れる余地がありますよ、的な感じかな。その感じがおじさまの太ももの半ばくらいからふくらはぎの辺りまでにある。大怪我だったという話も頷けた。

「少し療術を使わせてもらいますね」

「お、おう？」

おじさまに断って、ヒールを使ってみる。私の手がぽわわぁと光って、その光がおじさまの足へ吸い込まれた。

……ん？　これ、かなり豪快に吸い取ってくな。古傷だから治りにくいのかも。けど、やり始めてしまったからには最後までやりますよ。

気合を入れ直して、手に魔力を集中する。

ぽわぽわぽわぽわと、時間としてはどれくらい経っただろうか？　一分？　二分？　倒れていたロウを助けた時ほどじゃないけど、それでも結構な時間がかかった気がする。

「……ふぅ」

やっとのことで押し返すような手ごたえがきた。これが治療完了の合図だ。思わず大きく息を吐く。

「おい、お嬢ちゃん……こりゃ……」

「痛みは治まりました？」

「痛みどころじゃねぇぞ」

叫ぶようにしておじさまが、穿《は》いていたズボンの裾《すそ》をめくり上げる。うは、結構毛深い。やはりアルおじさまはワイルド系だ。

「傷が……消えてやがる」

「はい？」

膝の上くらいまでめくり上げてるんで私にも見えるけど、傷なんてどこにもない。前はあったのだろうが、消えても支障はないよね？

「二十年も前の古傷だぞ。それを跡形もなく……」

そんなことを言いながら椅子から立ち上がると、おじさまは軽くスクワットみたいな動きをした。

「痛みもねぇ、軋《きし》みもしねぇときたもんだ。おいおい、お嬢ちゃん。こりゃ一体どういうことだ？」

「どう、って。ヒール——療術を使っただけですよ」

「だけって、おい……ったく、自覚もないのか。こりゃ、『銀狼』共が気をもむわけだ」

「おじさま？」

困ったようにため息をつくと、おじさまはめくり上げた裾《すそ》を下ろして、椅子に座り直す。

「いいか、お嬢ちゃん。あんたが今使ったのは、王都の神殿の大神官並の術だぞ」

「ええ!?」

「普通、療術使いが癒《いや》せるのはできてすぐの傷だけだ。それも、そいつの持ってる力によるから、ひでぇ傷だと何度もかけたり、それでも完全に治しきれない時だってある。俺のみたいな古傷には、それこそ痛みを和《やわ》らげるくらいしかできねぇんだよ。俺は療術には詳しくねぇが、なんでも『その状態で固定』されちまうからだそうだ」

「そうなんですか」

なんとなくおじさまの言うことは理解できる。例えば、火傷《やけど》をしてケロイドになったら、その皮膚は移植でもしない限りずっとそのまんまってことだよね。

「ところが、今、お嬢ちゃんがやったのは、その――なんていうんだ、『固定される前』の状態に戻しちまったわけだ。こんなことができる奴を俺は初めて見たぞ。医療ギルドのギルドマスターですら、できるとは思えん。療術というよりも、神官どもの使う神聖魔法の『奇跡』に近いんじゃないか？　それも大神官級のな」

なんだか話が大きくなってきた。私は単に、おじさまの足が痛くならないようにしたかっただけなんだけど。

「……ってなことを言っても、理解できん、って顔だな」

「すみません。物知らずで……」

「いや、俺のほうこそせっかく癒してもらったのに、礼も言ってなかったな。ありがとうな、お嬢ちゃん。おかげで久しぶりに――二十年ぶりか。今夜は酒を飲まずに朝まで眠れそうだ」

おじさま……。平気そうにしてたけど、ほんとはすごく痛かったんだ。ハイディンを離れる前に癒すことができて、本当によかった。

「本来なら、治療費を払わなきゃならんところだが、生憎《あいにく》、大神官級の術に見合うほどの金は持ち合わせちゃいねぇ」

「いえ、お金なんて……」

「まぁ、聞けよ。もらいっぱなしじゃ、俺の流儀に反する。だから、代わりにもならねぇかもしれねぇが、俺の名をお嬢ちゃんにやる」

「おじさまの名前？」

どういうことだろうか？　おじさまの名前はアルザークさんだ。私にそれを名乗れと？

「俺の名はアルザーク・ウェディラード。『穴熊《あなぐま》』アルザークとも呼ばれてた。大昔の話だが、今でもそれを聞けば思い出す奴もいるだろう。何か困ったことがあれば、ギルドへ行って『自分は穴熊の義理の娘だ』と言やぁ、何かしらの助けになるはずだ」

「おじさま……」

「勝手に娘にするな、と『銀狼』辺りからは文句が出そうだが、これくらいしか俺にできることがねぇんだ。大目に見てくれるように伝えてくれ」

「……ありがとうございます」

いかん、鼻の奥がツンとして、目からなんか出そうだ。

「それと、普通に傷を癒《いや》す分には構わねぇが、さっきの俺のみたいな古傷はなるべく触るんじゃないぞ。ごく普通の放浪者のお嬢ちゃんが、大神官級の力を持ってると知られれば、面倒なことになりかねん」

「はい、気をつけます」

「オルフェンは少々変わってるが、お嬢ちゃんには打ってつけだ。そこでいろいろ覚えて、いっぱしの放浪者になるんだぞ」

「はい、頑張ります。またハイディンに戻ったら、すぐにお知らせしますね」

「その前にお嬢ちゃん達の噂が流れてきそうだが、楽しみに待たせてもらおう。道中、気をつけてな」

「はい——アルザーク父さん」

「お、おい!?」

あは、真っ赤になった。けど、こうやってふざけてでもいないと、涙をこらえきれないんだよ。しんみりしたお別れはしたくない。明るく笑って「行ってきます」って言って、そして、また元気な笑顔で戻ってこよう。

「それじゃ……父さん、行ってきます」

「お、おう。元気で行ってこい、娘」

「はい」

その後で、それなりに顔見知りになっていたギルドの職員さん達にもお別れの挨拶をした。みんな口々に別れを惜しみ、「元気で」と送り出してくれる。

こちらの世界に来て以来、様々なことがあったけど、私が訪れた最初の街がハイディンだったのはとても幸運だと思う。

次に向かうオルフェンでも、こんなふうな出会いがあるんだろうか?

それが楽しみでもあり、ちょっと怖くもある。けど、行ってみなけりゃわからない。私のそばにはロウとガルドさんがいる。この二人がいてくれれば、きっとどんなことがあっても乗り越えていけると信じられた。

ギルドでのお別れが済んでから二日後。いつものように夜明け前に起きた私達三人は、日が昇るのと同時に街の門の前にいた。

門番さんが話しかけてくる。

「いつも早いな。今日はどこまで行くんだ？」

「あー、えっと……ちょっと遠出します。しばらく戻らないかもしれないです」

「そうなのか？　それは少々、残念だが……まぁ、気をつけていくんだぞ」

「はい、ありがとうございます。また戻ってきた時はよろしくお願いします」

門番さんにぺこり、とお辞儀をして門を出ると、そこからは先は『いつもの』じゃない世界が広がっていた。


オルフェンは、ハイディンからは大街道を馬で西に五日、そこから更に北に三日ほど進んだ森林地帯に位置している。

背後に北嶺山脈がそびえるそこは、『魔導の都』と呼ばれており、人族の都市としては最も魔術の研究が盛んなのだという。ちなみに『人族の』とわざわざ頭につけるのは、大森林にすむ霊族《エルフ》を憚《はばか》ってのことらしい。

オルフェンにはガリスハール一の規模を誇る魔導ギルド支部がある。領主はおらず、各ギルドの合議により街の運営がおこなわれており、ある意味独立した都市だ。巨大な城壁がぐるりと街を囲み、門には強大な番人がいて外敵から街を守っているらしい。

図書館の資料で得られた情報はざっとこんな感じ。けど、どのくらい巨大な城壁かとか、強大な番人ってどんな人とか、そういうことは実際に行ってみないとわからないよね。

ワクワクしながら旅路をたどり、ようやくオルフェンを視界に収める場所に着いた私は、噂の門番を見た途端、思わず声を上げてしまった。

「……おっきいね」

「だろ？　あれが、オルフェン名物の城壁と門番だぜ」

街が見えると言ってもまだそれなりの距離があるのだが、それでもソレがかなりの大きさであることがわかる。オルフェンの街を囲む城壁自体も、ハイディンのものより高い。ハイディンの壁は十メートルくらいだったと思うのだけど、その倍近くはありそうだ。

『門番』は、背が城壁の半分くらいある石造りの像——つまり、ゴーレムだった。少なく見積もっても七、八メートルはある。盾と槍を持ってるのと、両手で巨大な剣を持ってるのとの二体が、門の両脇に立っていた。

な、なるほど。これが『強大な番人』なのか。確かに強そうだ。暴走したりしないのかな？

ゴーレムに睨まれてビビってしまった私に、ガルドさんが教えてくれる。

「敵対行為をしない限り、危険はねぇよ。例えば目の前で剣を抜いたり、魔法をぶっ放したり、だな。そこのところにオルフェンの通行証を発行してくれる奴がいるから、それを持ってりゃ後は通り放題だ。ちなみに、通行証がなくて無理に通ろうとしても襲ってくるぜ」

ハイディンにいた門番の騎士さんの代わりに、あれがいるってわけだね。ゴーレムに目が行って気がつかなかったんだけど、街道沿いの木立《こだち》の間に小さな建物があった。あそこで、通行証とやらを作ってくれるんだろう。

ゴーレムの視線を気にしつつそちらへ向かうと、小屋の中にはローブを着た人が数人詰めていた。

「ようこそ、オルフェンへ。初めてここを訪れる方ですか？」

「俺は二度目だが、こっちの二人は初めてだ。通行証の発行を頼みてぇ」

「承《うけたまわ》りました。尚、お一人に付き、発行費用として銀三枚をいただきます」

「ああ、承知してるぜ」

あら、お金を取るのか、ここは。

「ちなみに、以前はいつ頃来られたのでしょう？」

「そうだな……二年くらい前か」

「左様ですか。では、申し訳ありませんが、貴方の通行証を見せていただいてよろしいでしょうか？　一年以上ここを離れられている方の場合は、更新の必要があるのですよ」

そんなやり取りの後、ガルドさんが魔倉から細い腕輪みたいなものを取り出した。

「ありがとうございます。では、そちらのお二方は、身分を証明するものをお願いします」

ギルドタグでいいんだよね？　私とロウ、そしてガルドさんも、各々《おのおの》がタグを取り出す。

その間に、ガルドさんのものと同じ腕輪が二つ用意された。で、ここにも、ギルドにあったみたいな水晶球があって、それにタグを近づけると青く光る。

「さて、まずは、レイガ殿」

「はい」

「それから、ロウアルト殿に、ガルドゥーク殿」

「俺だ」

「おうよ」

名前を確認しつつ、お金と交換でタグと腕輪を渡してくれる。

「既にご存知かもしれませんが、規約ですので説明させていただきます。こちらがオルフェンの門の通行証となります。門を通り抜ける際、また近づく場合にも、必ずこれを身に着けておいてください。冒険者の方々とお見受けしますが、魔倉に入れたままではなく腕にしっかりと装着しておくようご注意ください。また、万が一、紛失した場合は必ず届け出るようにしてください。再発行と、前のものの登録破棄の必要がありますので」

かなりしっかりしたセキュリティシステムがあるみたいだな。クレジットカードの対応に似てる気がする。そう考えると、発行費用は、そのシステムの維持管理に使われてるのかもしれない。

その他、いくつかの注意事項を聞いた後小屋を出て、早速腕輪を身につける。

すると、さっきは睨まれたのに、今度は近づいて行ってもゴーレムは私達を無視した。

すごいな、ほんとに効き目があった。っていうか、なかったら困るんだけどね。

なんとなくびくびくしながら門を潜《くぐ》ると、いよいよそこがオルフェンの街だ。

街に入ってまず最初に気がついたのは、ローブを着てる人が異様に多いってこと。それから私みたいに杖を持ってる人も。ローブに杖とくれば、魔法使いかそれに類する職業の人ってことになる。

ハイディンでもちらほらと見かけてはいたけど、ここはその何倍もいた。ローブを着てるのは大人だけじゃなくて、十歳くらいの子供もいる。あの子達も魔術師や療術師なんだろうか。さすがは『魔導の都』と言われる場所だ。

「レイ。あまりキョロキョロするな。はぐれるぞ」

ちょ、ロウ！　そんな大きな声で言わないでよ。周囲から、くすくす笑いが湧き上がったじゃない。でも、それほど注目を集めてる様子でもないな。私みたいなお上《のぼ》りさんは見慣れてる、ってことですか？

門の近くに商店が多いのはハイディンと同じなものの、売ってるものが微妙に違った。ハイディンだと生活必需品――食べ物と服が多かったんだけど、こっちでは薬草や、得体の知れない液体が入ったツボとかが混じってる。それを売っているのは、商人さんじゃなくてローブを着た人だ。

ほんとに、全く違う都市に来たんだなぁ、と実感する。

「とりあえずはギルドだな。その後で、今日の宿を探すぜ」

「はーい」

ガルドさんに促《うなが》されて、まずはこの街の放浪者ギルド本部を目指す。ギルドへ行く途中も珍しいものがいっぱいあって、またもあちこちに視線を奪われた。そして、そろそろギルドの建物が見えてくるところまで来た時、向かいから歩いてくる一人の男性に気がつく。

「あれ……？　今の人……」

「ん？　どうした、レイちゃん」

気がついてからすれ違うまでの時間がほんのわずかだった上、相手が目深《まぶか》にフードをかぶっていたため、ほとんど顔立ちはわからなかった。でも……彼から目が離せなくなる。

一瞬のことで、相手が若い男性だってことくらいしかわからないのに、ものすごく強烈な印象を受けたんだよ。同時に、見たことがあるのに思い出せない、絶対に思い出さなきゃいけない――そんな不思議な感覚が湧き上がったんだ。

「お前の知り合いということは俺も知っている相手になるが……そういう奴はいなかったぞ？」

「ハイディンでたまたま見かけた奴が、こっちに来てたんじゃねぇのか？　レイちゃんはオルフェンは初めてなんだしよ」

彼のことを伝えると、ロウとガルドさんはそんなふうに返してくる。

「あー、そうか……それもそうだよね」

それだけじゃない気がするんだけど、その時は深く考える間もなく目的地に到着してしまった。

オルフェンのギルドの建物も、ハイディンとほとんど変わらない佇《たたず》まいだった。石造りの建物の正面には大きくて立派な扉、その横にある『ギルド』と書かれた小さなプレートまでそっくりで、ギルドの建物って統一規格みたいなのがあるのかと思っちゃう。

先頭を行くガルドさんが扉を開けてくれて、私、ロウの順番で中に入った。途端に、中にいた人の視線が私達に集中する。品定めされてるようなこの感覚、懐かしいなぁ。ロウと初めてギルドに行った時も、こんな感じだったよね。

あの頃は、見るもの聞くもの全部が珍しくて、知らない世界にドキドキしてて、すごい緊張してたっけなぁ。今でも珍しいものや知らないことはたくさんあるけど、ハイディンでのあれこれの経験で多少慣れてきた。こんなふうに注目を集めながらも、知らん顔して周囲の様子を観察できるくらいには、ね。

そんなわけで、ギャラリーは放っておいて、カウンターにいる職員さんのところへ行きタグを提示する。余談だが、ハイディンのカウンターにいたのが強面《こわもて》のオジサマばかりだったのに対して、こっちでは女性の受付さんだった。

「戦団《パーティ》名は『銀月』。筆頭《リーダー》はレイガ殿で間違いありませんね？」

「はい、それで間違いありません」

物言いも、ハイディンに比べるとかなりソフトだ。『魔導の都』と言われるだけあって、ハイディンよりも荒っぽい人が少ない感じだからなのかな。

「了解しました。戦団『銀月』、オルフェンへの到着を確かに確認しました」

「ありがとうございます。また後日、依頼を受けに来ると思いますが、今日のところは到着の報告だけ、ということで——これで失礼しますね」

要するに、これはギルド員としての住民票の移動みたいなものだ。定住せず、あちこちを流れ歩く放浪者にとって、ギルドへの登録は自分の身を守る最低限の術《すべ》でもある。それに、こうしておけば他の場所での知り合い——アル父さんとかが、私達に連絡を取りたい時にギルドを介せば簡単に取れるのだ。

こうして、ギルドでの用事が終わったので、本日のお宿を決めないといけない。

この街に詳しいガルドさんのおすすめで、『大鷲《おおわし》の巣』って宿に泊まることになった。個室を希望したけど、風呂付きはないって。代わりに別棟に大きな浴室があるから、頼めば時間で貸し切りにしてくれると言われた。それがなんと天然の温泉らしい。

うわー、テンション上がるっ！

「湧き水がちぃっと温《ぬる》いだけだろ。何をそんなに興奮すんだ？」

「風呂ならば、ハイディンでも使っていただろう？」

大喜びしてる私に男二人は不思議そうだけど、元日本人としては興奮せざるを得ない。

なんでも、北嶺山脈の近くには温泉が湧いているところが多くあるんだって。あれって、火山だったのか。ガルドさんは知ってたらしいけど、そういうことは早く言ってほしい。この世界では、温泉ってそれほどありがたがられるものじゃないらしく、図書館の本にも書いてなかった。知っていたら、もっと早くオルフェンに来てたのに。

勿論《もちろん》、早速使用できるようにお願いしましたよ。

「貸し切りにするのは、四半時くらいでいいですかね？」

四半時ならば、約三十分だ。

「できればもう少し長くできませんか？」

「それは構いませんが……たまにいるんですよね、長湯してのぼせちゃう人が。そこんとこは、気をつけてくださいよ」

宿屋の格としてはハイディンで泊まっていた『暁《あかつき》の女神亭』より下がるらしく、従業員の物言いがフランクだ。

「今の人達が出たら教えに行きますんで、それまで部屋で待っててくださいね」

「はい、お願いします」

普段は大浴場として使われていて、各々《おのおの》が好きな時に入るんだって。だけど、男湯女湯って分かれてるわけじゃないらしい。だとしたら貸し切りにするしかないよね。私は夕食後の予約をお願いした。

「風呂が空いたら、先にお前が使え。俺達はその後から行く」

「えー？　どうせなんだし、一緒に入らない？」

「おいおい。いいのか、レイちゃん？」

「今更、二人に裸を見られて恥ずかしいとかないし、時間を気にするのヤだもの。ゆっくりみんなで入ろうよ」

転生してから初めての温泉なんだ。残り時間を気にしながら入るのはもったいない。大浴場ってくらいだから、三人で入っても窮屈なこともないだろうし――と、思ったのは『温泉』って単語にかなり舞い上がっていたからだよね。落ち着いて考えたら、私が貸し切りの時間いっぱい使っても、ロウとガルドさんは他のお客さんと入ればよかったわけだ。

しばらくするとさっきの人が呼びに来て、浴室棟へ案内してくれた。

裏口から宿の本館を出て連れていかれたのは、掘立小屋《ほったて》よりちょっとだけ丈夫って感じの建物だ。

「お客さんはこういうのは初めてでしょ。使い方の説明しときますね」

日が落ちて暗くなってたので、カンテラを持った従業員さんが、ドアを開けて土足のままずかずかと中に入っていく。建物の屋根は半分しかなく、半露天風呂みたいになっていた。

湯船は結構大きくて、周りを岩で囲ってある。洗い場は石畳的なものになっていた。

「こっちで服を全部脱いでから、あっちに行ってください。後で使うお客さんに迷惑がかかるんで、くれぐれも服を着たまま入らないでくださいよ。洗濯もしちゃダメです」

……使い方ってそこからですか。こっちじゃよほど『温泉』がレアなんだろうか。

「湯の中に入る前に、軽く体の汚れを流しといてください。あ、そっちにある水瓶《みずがめ》はのぼせた時にぶっかけるためですけど、飲んでも大丈夫です。あと、体を洗う泡石《あわいし》はお湯の中に入れちゃダメですし、体の泡も流してからにしてくださいね」

従業員さんは、他にもこまごまとした注意をしてから「それじゃ、ごゆっくり。時間の少し前にお知らせに来ます」と言ってカンテラを置き、戻っていった。

ロウはぼそっと文句を言う。

「意外に面倒なんだな、温泉というのは」

「いや、普通だと思うよ？」

注意事項はどれも温泉をよく利用する人なら当たり前のマナーだったし。ガルドさんは前にもオルフェンに来てたから知っていたみたいだ。

「ま、いいじゃねぇか。それより、さっさと入ろうぜ」

うん、その意見には大賛成だ。時間が限られてるんだから、急がないとね。

浴室のドアには内鍵がなかったので、結界を発動する。貸しきりにしてもらったけど、間違えて入って来る人がいるかもしれないし、荷物を盗まれでもしたら困る。

脱衣籠《だついかご》的なものが見当たらなかったから、脱いだ服は濡れないように隅っこにまとめて積んだ。

「……私が脱いでるの見てるだけじゃ、自分の服は脱げないよ？」

「い、いや、そういうつもりでは……」

「いやー、つい絶景に見とれてたぜ」

ロウ君、言い訳は男らしくありませんよ。ガルドさんは、潔《いさぎよ》くてよろしい。が、見られても減りはしないけど、ガン見していいとも言ってないはずだ。

ジロリと睨んだら、二人ともあっちの方向を向いて服を脱ぎ始めた。

その隙《すき》に最後の一枚を脱いで湯船のほうへ移動する。うす暗いから、足元に気をつけて滑らないように注意だ。そんで、えーと、洗い桶《おけ》は……これかな？

馬屋にあるみたいな木でできた大きめの桶が置いてあったので、よいしょと抱えて湯船からお湯を汲《く》み上げる。汲んだお湯でざっと体を流し、ゆっくりと湯船に入った。

湯船は思ったよりも浅くて、私が座って肩が出るくらいの深さだ。温度は少し温《ぬる》めかな。夏だし、これくらいがゆっくり入れていいね。

お湯は透明で、硫黄《いおう》のにおいはしない。だから温泉があるって気がつかなかったんだな。湯口は奥にあって、木でできた樋《とい》から湯船に注がれている。そして、周りを囲ってる石の一ヶ所が低くなってて、そこからあふれたお湯が流れ出ていた。

おお、かけ流しじゃないか。そのおかげで、前に人が入っていてもお湯がきれいなんだね。

柔らかなお湯の感触を楽しみながら湯船の中で体を伸ばして見上げると、美しい夜空が見えた。

うう、極楽極楽。まさか、こっちでこんないい温泉に入れるとは思ってもみなかったよ。

しみじみと幸せをかみしめているところに、やっと二人がやって来た気配がする。

「二人とも、ちゃんとかけ湯してから入ってね」

「かけ湯？　……ああ、これか？」

「おい、終わったらこっちにも回してくれや」

ざっぱーん、と豪快な水の音がする。もう、もっとそっと入らないと、マナー違反だってば。すぐにロウが私の隣に滑り込んできた。ガルドさんも反対側に入ってくる。

「湯の中で体を伸ばせるってなぁ、やっぱりいいよなぁ」

「今の時期なら水でも構わんだろうに……」

ロウ、それは無粋《ぶすい》ってものですよ。まぁ、口ではそんなことを言いながらも、気持ちよさそうな顔でお湯に浸《つ》かってるから大目に見てあげよう。ガルドさんも、大きな体をのびのびと伸ばせてご満悦の様子だ。『暁《あかつき》の女神亭』のお風呂だと、小さくて使いにくかったのだろう。

そのまましばらく、三人で夜空を見上げながらゆっくりとお湯に浸かる。

あ、流れ星だ！　この世界は公害の「こ」の字もないし、街灯もないからほんとに星がきれいだ。

そう言えば、こっちにも星座とかあるのかな。そのうち教えてもらおう。

そんなことを考えつつ温泉を堪能していたら、もぞりと隣で動く気配があった——ふむ、いよいよ来たな？

「レイちゃん？」

私の右側で、どっかりと浴槽の縁に両腕を伸ばすガルドさん。その腕が私の肩を抱き込むように引き寄せた。

「我慢の限界？」

「まぁ、そんなとこだ——んな美味そうなもん目の前にぶら下げられて、ずっとお預けはねぇだろ？」

私としては、温泉だけで充分なんだけど。でも、三人でって言っちゃったのは私だし、そうなればこうなるのは予想できた。なので、この期《ご》に及んで「キャー」だの「何するの、エッチッ」とかいう反応はしない。いや、乙女的にはするべきなのか……？

「……のぼせないようにしてね」

「ああ、気をつける」

悩みはしたが、結局、いつもの調子で声をかけると、今度は左にいたロウから返事が来た。そっちもタイミングをうかがってたの？

内心で苦笑しながら、ガルドさんの腕に体を預け、唇を合わせる。

「ん……」

温泉で体が火照《ほて》っているせいか、お湯から出ていたガルドさんの肩がひんやりと感じられて気持ちいい。重ねた唇の間に舌が入り込んできたので、それに応えていると後ろから項《うなじ》にキスされた。

「んむっ！」

いきなりダメでしょ、ロウ。ガルドさんの舌をかみそうになっちゃったよ。

「髪を上げていると、いつもより色っぽいな。特にこの辺りが……」

いやいや、だからそこはダメだって！　項が弱点なのわかってるでしょ？

今、私は髪をまとめてアップにしている。他の人も入る温泉なら、髪をお湯につけないのが基本ルールだ。その剥《む》き出しになっている項から耳の辺りまで、ロウは丹念に唇を這《は》わせながら後ろから胸の膨《ふく》らみを柔らかく揉《も》んできた。

ガルドさんはガルドさんで、私にキスしつつ肩に回してるのとは反対の腕でお尻を触っている。

「は……んっ……」

もう数えきれないほど二人には触れられてる場所なんだけど、お湯の中では初めてだ。いつもよりも柔らかに感じられるタッチに加え、手の動きに合わせてお湯が動くから……なんだか全身を愛《あい》撫《ぶ》されてる気になってしまう。

やばい。ただでさえ体が温まってるのに、そんなことされたら……

「だ、め……のぼせちゃうよぉ」

「お？　すまねぇな」

早々にギブアップ宣言をした私を、ガルドさんが抱き上げてお湯から出してくれた。

ぐったりともたれかかっていると、移動して洗い場に腰を下ろす。勿論《もちろん》、私も一緒にだ。

「おい、ロウ。そこの――その箱ん中のもん、とってくれや」

「これか。泡石だな？」

暗くて私は気がつかなかったが、隅っこに浅い木箱が置いてあるようだ。ガルドさんに言われて、そこからロウが取り出したのは手のひらに乗るくらいの石鹸《せっけん》――泡石だった。

「これをどうする……ああ、なるほどな」

どうするも何も、お風呂で石鹸とくれば体を洗うに決まってる。ロウは木桶《きおけ》にお湯を汲《く》んで、石を濡らして泡立てた。それを体に塗るのかと思ったら、ロウは自分のじゃなくて、私の体に塗り始める。

ぬるぬるとした手が、私の体中をまさぐる。ガルドさんも手を伸ばして泡石を手に取ると、こっちは直接私の体に押し付けてきた。

「ああんっ！」

胸の先端を泡石で擦《こす》られ、指とも唇とも違う固い感触で全身に震えが走る。焦《じ》らすように円を描いたり、時たま強く押し付けられたりして、その度にびくんと体が大きく震えた。

ロウは私のおへそから下辺りに、泡を塗り広げるのに夢中だ。くすぐったいのと気持ちがいいのとで体をよじると、泡石のぬめりもあってガルドさんの膝から滑り落ちてしまった。

「おっと、冷たくないか？」

「大、丈夫……気持ち、いい、よ」

石の床は少し冷たくて、火照《ほて》った体に心地いい。床に寝そべる私の上に、ロウが覆いかぶさってくる。ぴったりと体を重ねると、ロウの体もヌルヌルになっちゃった。

「……ああ……」

身動きするたびに、ぬめった体同士が擦《こす》れて——勿論《もちろん》、あそこもだ。やばい、めっちゃ気持ちがいい。ロウも同じらしく、感極まったような吐息が唇から洩《も》れる。

成り行きで置いてきぼりになったガルドさんが気の毒で手を伸ばしたら、その手を掴まれて言葉にはしづらい場所へ誘導された。

手のひらがヌルヌルなので、時々びくっと動く大きなものを掴むのは大変だ。泡が付いてしまったから、口でするのはやめといたほうがいいかな。

ヌチヌチ、くちゅくちゅ……いやらしい水音と、時折こぼれる熱い吐息。しばらくそれらの音だけが浴室に響いていたけれど、やがてロウが我慢しきれなくなったみたいだ。

「そろそろ、いいか？」

「泡は流しとけよ」

誰に確認を取ってるんだ、と突っ込む余裕はない。腰から下にお湯がかけられて、洗い流されると、ロウの指が私のナカに入ってきた。

「まだぬめってるな。洗い流し損ねたか？」

「もうっ——知ってるくせにっ」

それは違うとわかってるだろうに、こういうところが意地悪だ。ロウの言うように、私のソコはすっかり潤《うるお》っていて、やすやすと彼の指を呑み込んでいる。

最初は一本だったのが、すぐに二本、三本と増やされて、粘着質な水音が響く。軽く曲げた指先でイイところを的確に探り当てられ、ひっかくようにして刺激されると、快感のあまりにガルドさんを掴んでいた腕から力が抜けた。

「おっと――んじゃ、今度はこっちで、な？」

ざばーんっ、と豪快な水音がして、ガルドさんもお湯をかぶったみたいだ。その後、床に直接寝てた私の頭を腕で抱え上げて、唇に硬いものが押しつけられた。私は素直に口を開く。

「ん、むぅ……は、ぁ……」

「っ……ああ、いいぜ、レイちゃん……」

全部を咥《くわ》えるのは無理だけど、できるだけ大きく口を開いて先っぽに舌を這《は》わせる。ちょっとだけしょっぱい味がして、ガルドさんの口からかすれた声が洩れた。

「こっちも……そろそろいく、ぞ？」

指が抜かれ、大きなものがソコに宛《あて》がわれる感触がした。そのまま、ぐいっと押し進められて、エラの張った先端が私のナカを広げながら入ってくる。

「んぅっ！　……ん、んんっ」

一旦、一番奥まで入り込んだ後、ゆっくりとした動きで引き抜かれた。抜けるぎりぎりまで下がったら、小さな動きで入り口辺りを集中的に攻められる。傘みたいに先端が大きく張り出したロウのでやられると、すごく気持ちがいい。ロウも、私がこれが好きなのを知っていて、丹念に同じ動作を繰り返す。

激しい動きで奥を衝《つ》かれるのとは違う、ゆっくりとした速度で快感が高まっていく。

口でシテるガルドさんのに手を添える余裕も、まだなんとか残ってる。咥《くわ》えきれなかった根っこの部分を、親指と人差し指で作った輪っかで刺激して、先端を強く吸い上げた。すると、びくっと大きく震えた後、熱い液体が口の中にあふれてくる。

「っつ！」

「おい。もう……か？」

「……やかましい。あんまり焦《じ》らしたら、レイちゃんがかわいそうだろうがよ。俺はまた後で楽しませてもらうぜ」

「それもそうだな……では」

まだ十分な硬さと大きさを残したまま、ガルドさんのが口から抜かれる。苦くて量も多いそれを全部飲み込むのは無理で、唇の端っこから流れ出た。

……これってかなりエロい絵面《えづら》なんじゃない？　案の定、ごくりとつばを呑み込む音がして、ロウの動きが急に激しいものになる。

「あっ、あ……はぅ……ああんっ！」

私の足を両脇に抱え、体の中心に向けてロウが腰を打ち付けた。それまでとは違い、重点的に奥を攻められる。奥まったところにあるイイ部分を的確にとらえ、そこに向かって硬くて大きいモノが何度も衝き入れられた。

「くっ……レ、イッ」

「あ、あっ……あ、ついぃ……はぁ……あんっ！」

お湯から上がり、冷めかけていた体温が再び上昇する。揺さぶられ、衝き上げられ、気持ちのよさに泣き声にも似た嬌声《きょうせい》がひっきりなしに私の口から洩《も》れた。

ぐりぐりと最奥を衝かれ、密着した体で敏感な突起を押しつぶされる快感に、あっという間に頂点を極めてしまう。

「ああ、あっ――んぁああああっ！」

「っ……く、ぁ……」

ぎゅうぅぅ、っと私のナカがロウを締めつける。それに抗《あらが》うように、もう一度だけ力いっぱい奥を衝かれた後、ロウのが一瞬大きくなり、中が熱いもので満たされた。

「……ん……、ふ、ぁ……」

ぐったりとした私の下肢から、ロウのモノが抜き去られる。どろりとしたものがお尻のほうまで垂れていくのが感じられた。

余韻に浸《ひた》ってる暇《ひま》もなく、脱力しきってひくひくと震える体を、待ってましたとばかりにガルドさんが引き起こす。そのまま胡坐《あぐら》をかいた膝の上に後ろ向きに座らされてしまった。

「あ、やっ――ちょっと、休ませ……っ！」

「悪ぃな、レイちゃん」

体を下ろされると、すっかり復活を遂げていたモノが、ずぶずぶと私のナカに入ってきた。

膝の裏に入れた手で両足を大きく開かされ、子供に用を足させるようなポーズを取らされる。これじゃ繋がってるところがロウに丸見えだ。

「早い奴は、復活も早くてうらやましい限りだ」

「ぬかしやがれ」

そんな軽口をたたきつつも、ロウの視線はしっかりとそこに向けられていた。うっかり私もそちらを向くと、思いっきり開かされた私のソコがガルドさんの大きなモノをおいしそうに呑み込んでいるのが目に入る。中にたまっていた白い液体が押し出され、ガルドさんの赤黒いのに絡みついて——私の唇の周辺にはさっき出されたのがまだ残っているだろうし、更にエロさがアップしちゃってるよね、これ。

「かなりクるな、これは……温泉というのも、なかなかいいものだったんだな」

「だな、俺も再認識したぜ」

いや、その感想はかなり間違っていると思います。でも、指摘したくても余裕がありません。

ロウと会話をしながらも、ガルドさんは膝裏に入れた手で私の体を軽々と上下させ、ついでに時折自分の腰も衝《つ》き上げる。当然、その度に深いところまでいっぱいにされ、先ほどの残り火がまだ収まっていない体は、面白いほどにあっけなく燃え上がった。

「ひ、ぅんっ！　……ひ、ぁ……あ、あ……強す……ひぃっ」

たたきつける勢いで引きつけられ、一番奥を抉《えぐ》られる。体を起こしていることで内臓が下がっているからか、衝撃がものすごい。当然、快感も大きく、ガクガクと体が震えてしまう。

ガルドさんに揺さぶられている私の手をとって、ロウが自分のそこに触れさせるのだけど、復活したのを力なく握るのが精いっぱいだ。ロウは私の手の上に自分の手を添えて動かし始めた。

「く……」

「おいおい……復活が早いのはどっちだっつーんだ……」

苦笑しつつも、ガルドさんが私を衝き上げる速度は変わらない。あまりにも激しい動きに、胸の膨《ふく》らみがぶるんぶるんと揺れた。

「やっ、ま……た、クる……キちゃ……う、よぉっ」

膝を引き寄せられ、ほとんど二つ折りにされた姿勢で、根元まで呑み込まされた。ぐりぐりぐりっと、捏《こ》ねまわすように腰を使われて閉じた瞼《まぶた》の裏に白いスパークが飛びまくる。

「ああ、あ……ひっ、ダメッ……」

ひときわ強い痙攣《けいれん》が全身に走り、ロウを握ってた手に力が入りすぎちゃったらしい。

「こ、こらっ……くっ！」

「やぁ、ぁっ！　イッちゃ……あああああっ！」

「俺も、出す……ぜ――こっちでも、しっかり飲んでくれ、よ――おっ！」

二ケ所から同時に爆発の気配がする。顎《あご》から胸にかけて飛び散ったのがロウので、ものすごい勢いであそこからあふれ出たのがガルドさんの、だ。

……確か、お風呂って体をきれいにするところだよね。なのになんで、余計に……いや、皆まで言うまい。

感じすぎて身動きができない私を、ロウとガルドさんが二人がかりできれいにしてくれる。水瓶《みずがめ》の水を飲ませられ、抱きかかえられてもう一回お湯に浸《つ》かっていると、ドアの外に人の気配がした。

「あのー……えらく静かですが、のぼせてませんよね？　そろそろ時間なんですが？」

さっきの従業員さんらしい。静かと言うが、かなり大騒ぎしていた。それが聞こえなかったのは、結界を張っていたせいだ。

「ああ、大丈夫だ。もうすぐ出る」

「あ、生きてますね。よかった——それじゃ、次がつかえてるんで早めにお願いします」

「了解した」

人を近づけない機能は残したまま防音だけを解除して、こっちの声が届くようにする。ロウの返事に安心したような声を返し、従業員さんは立ち去った。

「——んじゃ、上がるか？」

「そうだな。十分に『温泉』を楽しませてもらったことだし、な」

「……それ、なんか違う気がするんだけど……」

体力が底をついていて、二人の手を借りて服を着ながら、しみじみと思う。

次からは一人で入ろう。毎回これじゃ、体がもたないよ……と。

第二章

温泉を堪能した（された？）翌日。私達は、オルフェンに来た最大の目的である魔導ギルドを訪れた。

建物は放浪者ギルドとあまり変わらない大きさだったけど、看板はこっちのほうが大きいかな。しょっちゅう出入りする人がいて、当然と言えば当然かもしれないが、その全員がローブを着てる。

入り口の扉を開けて中に入ると、そこもローブを着た人でいっぱいだった。

私はローブ着用だけど、ロウとガルドさんはそうじゃないので、ここだと目立っちゃう。けど、ちらりとこちらを見る人はいても、ほとんどの人は無視、というか全く気にしてないみたいだ。品定めみたいな視線がバンバン飛んでくる放浪者ギルドとは、かなりムードが違う。

「すみません、少しお尋ねしたいんですが」

「はい、どのようなご用件でしょう？」

奥にあるカウンターへ行って、そこの人に声をかける。黒っぽい髪の痩せた男性が、丁寧な口調で応じてくれた。真面目そうな顔つきといい、まるで市役所の人みたいだ。

「このオルフェンの街で魔術を教えてくれるところはありませんか？」

「魔術を？　――失礼ですが、どなたが学ばれるのでしょう？」

「私です」

「貴女が、ですか？」

心底不思議そうに問い返された。

うん、言いたいことはわかります。ローブ着てるし、杖持ってるし、どう見ても立派な魔法使いですよね、私。

「はい。私も多少は魔術を使いますが、すべて我流なんです。なので、改めて基礎からしっかりと学びたくて、このオルフェンに来たんです」

「我流？　いや、しかし……うーん。確かにきちんとした基礎は必要ですけれど……失礼ですが、年齢を教えていただけますか？」

「十七歳です」

少し悩んだ様子の受付の人に質問されたので、素直に答える。嘘じゃないよ、この体はぴっちぴちの十七歳だもんね。けど、年齢を告げたら更に悩み込まれた。十七だとまずいの？

「あの……？」

「ああ、失礼を。いえ、確かに当ギルドでは魔術を教えることもやっております。ただ、その年齢が十二歳から十五歳までなのですよ」

おお、やっぱりあったのか、魔法学校！　けど年齢制限があるの？

「そこは十五歳までじゃないとダメなんですか？」

「ダメ、と言いますか……そこでは三年かけて基礎から教えていくのです。もしどうしてもそこで学びたいとおっしゃるのならば、子供らと共に三年間学んでいただくことになりますが……？」

え？　それはちょっと……。さすがに三年は長すぎる。

「ほかの方法はないんですか？」

「そうですね。それ以外ですと、個人に教えを乞うことになるかと思います」

「そういう人を紹介してもらえるんでしょうか？」

「それは可能です。弟子をとり、彼らに教えつつ研究をしている者がオルフェンには大勢いますから ね。ただ、そういう者に弟子入りするのは、一定の知識を持っていることが前提です。基礎から学びたいという者に、一から教えてくれる人がいるかどうか……」

なるほど。要するに中学校卒業程度の学力があって初めて、弟子入りできるって感じなのか。

しかし、そうか。うーむ、困ったな。オルフェンに来さえすれば、すぐに魔術を習えると思っていたのに、計画がくるった。

「ここで悩んでいても仕方がない。実際に会って頼んでみたらどうだ」

「あ、そっか……」

表向きは受け入れてなくても、頼めば引き受けてくれるかもしれないよね。

「だったら、直接お願いしてみたいので、そういう方を紹介していただけますか？」

「ええ、それは構いません。……しかし、本当に訪ねるおつもりですか？」

「はい——何か問題でも？」

「いえ、そんなことはありませんが……では、取りあえず何人かお教えします」

彼は数人の名前が載ったリストを渡してくれた。ただ、なんだろうな？　その表情がかなり微妙だったんだよね。気の毒そうなというか、かわいそうな人を見る感じ？

その表情の意味を私達が理解したのは、それからすぐのことだった。

「……ぜ、全滅とは思わなかった」

「まぁ、元気出せよ、レイちゃん」

リストにあった人達のところを全部回り、めでたく最後の一人にもけんもほろろに断られた。がっくりと肩を落とす私を、ガルドさんが慰《なぐさ》めてくれる。ロウは無言で、ぽんぽんと私の頭をたたいてくれた。

「……二人とも、さんざん付き合わせちゃってごめんね」

「俺達のことは気にするな。お前は自分のやりたいことをやればいい」

「そういうことだぜ――しかしまぁ、揃いも揃って妙な連中だったなぁ」

「うん」

なんていうか……うん、さすがは魔導の都。そこで弟子を取るほど立派な皆さんはすごかった。一言で言えば、お伽噺《とぎばなし》に出てくる『偏屈《へんくつ》な魔法使い』を十倍くらい強化した感じ？　詳細は省《はぶ》くけど、少なくとも、もう一度チャレンジしてみようと思える人は一人もいなかった。

「でも、どうしよう……子供に交じって三年間学校に通うしかないのかな？」

「それも最終手段として考えに入れておいたほうがいいかもしれんが……おい、ガルド」

「あ？　なんだ？」

「お前は俺達よりはこの街に詳しい。何か、いい案はないのか？」

「あー……顔見知りの魔術師ならいたが、何せ二年も前だから、今もオルフェンにいるとは限らねぇよ。それに、そいつがレイちゃんに何か教えられるとも思えねぇ」

「役に立たん奴だな」

「お前が無茶ぶりすぎんだよ……あ、いや、待てよ……？」

ん？　なんだろう、ガルドさんが何かを考えるような表情になった。

「噂を聞いたことがあるだけで、知り合いってわけじゃねぇんだが……『はずれの賢者』――いや、『はぐれの賢者』だったかな？　そう呼ばれてる奴がいるらしい」

「なんだ、それは？」

「オルフェンでも指折りの魔導師で、ついでに街一番の変わり者だって話だ」

「……アレらが、ここでは普通の魔術師らしいんだぞ？　そんな場所で評判の偏屈者なぞ、想像したくもない」

ものすごーく実感のこもったロウのセリフに、その原因を作った身としては、非常に申し訳ない思いが込み上げる。しかし、それは兎も角《とかく》、私はガルドさんが思い出してくれた話に食いついた。

「ねぇ、反対に考えたら？　ロウが言うように、あの人達が普通の魔術師で、その中で変わり者扱いされてるなら、意外と普通の人だったりしないかな？」

「レイ……お前の前向きな姿勢はいいと思うが、いくらなんでも楽観的すぎるぞ、それは」

うん、まぁ、自分でもそう思わなくもない。けど、もう一度魔導ギルドに行って別の人を紹介してもらったとしても、結局は同じことになる気がするんだよね。だったら、ダメ元でその人に会いに行くのもいいんじゃないかな。

「まぁ、それでお前の気が済むのなら構わんが……それで、ガルド。そいつはどこにいるんだ？」

「確か、聞いた話じゃ街の中にはいねぇってことだったな。ここからちょいと離れたところに屋敷を構えてるとかなんとか……おい、済まねぇが、ちと尋ねてぇことがあんだがよ」

そういうと、ガルドさんが近くの商店の人に声をかけ、チップを握らせた後、その人のお家への道を尋ね始めた。

「『はぐれの賢者』、ウェンローヴァ様のお宅ですか？　それならば、西門を出ると真っ直ぐな小道があるんで、それに沿って行けば到着しますよ。ただ、あのお方は滅多なことでは訪問者にお会いくださらないと思いますが……」

話の流れからして、ウェンローヴァというのがその賢者様の名前のようだ。そして、魔術には関係なさそうなお店の人まで『様』を付けて『お方』と言うくらいだから、オルフェンでは有名なんだろう。その上、人嫌いなのも有名、と。けど、今からビビッていても仕方がない。

即断即決は、放浪者の基本です。私達はお店の人に礼を言って、西門を目指して歩き出したのだけど——即断即決は、時に善《よ》し悪《あ》しだ。せめてお店の人に、方向だけじゃなくて距離も訊いておけばよかったと、後悔する羽目になってしまった。

オルフェンの西の門を出ると、確かに教えてもらったとおり、細い道が西に向かって伸びていた。

けれど、その道を歩き始めたはいいが、行けども行けどもそれらしいものが見当たらない。

一体、どんだけ離れてるんだ？　そろそろ歩き始めて一時間は経ってる気がする。すぐに着くと思っていたので、勢いのままにオルフェンを出てきちゃったんだけど、帰り道を考えると、これはもしかして明日にしたほうがよかったパターンか？

予想外に遠かったことで出直しを考え始めた頃、先頭を歩いていたロウが前方の木々の間に建物があるのを見つけた。この先に住んでるのはウェンローヴァさんだけだとお店の人が言っていたし、あれがそうに違いない。

ほっとして、それを目指して足を速める――でも、結局そこからまたしばらくかかった。

合計で一時間半近く歩いたんじゃないかな。ここまでの間に、他の建物は全く見当たらなかったから、少なくとも半径数キロ以内には人は住んでないっぽい。人嫌いとは聞いていたけど、ここまで徹底してるとはねぇ……

そして、ようやくたどり着いた先にあったのは、それはそれは立派なお屋敷だった。

道の行き止まりに、でーんっと本館がそびえ立ち、その周りにいくつか小さな建物がある。馬屋とか、使用人さんの住まいとかかな。柵《さく》や門はなかったので、どこからがお屋敷の敷地なのかわからないけど、ご近所さんがいないから問題ないのだろう。

「こんにちはー、どなたかいらっしゃいますか？」

立派なお屋敷の立派な玄関の前で声を張り上げる。しばらくしてドアの向こうに人の気配がした。

「どちら様でしょう？」

ドア越しに聞こえたのは、女性の声だ。口調や声のトーンから、少し年配の人のような気がする。ドアを閉めたままなのは、こんな辺鄙《へんぴ》な場所なので当然の用心ってことだろう。

「放浪者のレイガと言います。こちらはウェンローヴァ様のお屋敷ですか？　突然ですが、弟子入りをお願いしたくて訪ねさせていただきました」

実際に口に出してみると、自分の無謀さがよくわかる。

「確かに当館はウェンローヴァ様のお住まいです――レイガ様とおっしゃられましたか、生憎《あいにく》ですが、当館の主《あるじ》は約束のない方とはお会いになりません」

うん、そうだろうね。面識もないのにアポも取らずに押しかけて来た相手には、会わないのが普通だ。しかもそれが、一般的には『身元の定かでない怪しい連中』と認識されている放浪者だったりしたら。

しかし、引き下がれないのだ、こちらは。

「事前に連絡を差し上げなかったことに関してはお詫《わ》びします。その上でお尋ねしますが、いつでしたら会っていただけるでしょうか？」

「主の意向は私にはわかりかねます」

「なら、私達が来たことと、弟子入りを希望していることを伝えていただけますか？」

「お伝えするだけでしたら――ですが、主人が貴女に会うかどうかは保証できません」

「構いません。不躾《ぶしつけ》にも、いきなりお訪ねしたりして申し訳ありませんでした。明日また伺わせていただきますので、よろしくお願いします」

会話はドアを挟んでお互いの顔が見えない状態でなされた。ちょっとくらい顔を見せてくれてもと思わなくもなかったけど、勤めていた会社の営業さんの話を思い出す。

『飛び込み営業じゃ、初回は受付の段階でシャットアウト、内線すら使ってもらえないのもざらだ。けど、そこでくじけたらダメ。鬱陶《うっとう》しがられようが何度も通い詰めて、担当者の顔を見せてもらえるところまで行けば、半分以上成功したようなもんだ』

そんな苦労をして、お仕事を取ってきてくれていたのだ。私も簡単に諦めるわけにはいかないよね。

「……本気か、レイ？　明日も同じように門前払いの可能性もあるんだぞ？」

「うん、わかってるよ。っていうか、偏屈《へんくつ》で有名な人に一度で会えるほうがおかしいんだ――『三《さん》顧《こ》の礼』っていう言葉もあるしね」

「なんだ、そりゃ？」

当然ながら、その話を知らない二人に、エピソードを簡単に説明する。

「へぇ……んな話が、あんのか」

「うん。だから、一回断られたくらいでは諦めないよ――まぁ、ここの前に会った人達にはそもそもそんな気にならなかったけどね」

「……ああ、確かにな」

私の言葉でロウが遠くを見る目になる。うん、いろんな意味で強烈な人達だったよね。

それらの人達とは違って、なんでこんなにここにこだわるのか、自分でもよくわからない。けど、こういう直感は大切にしないといけないと信じているから、がんばっちゃいますよ、私は。

さて、そうと決まれば――本当なら、今からオルフェンの街に戻るべきなんだけど、太陽はすっかり傾いている。この分だと、帰り道の途中で暗くなりそうだ。

一本道だから道に迷う心配はないにしても、活動が活発になった魔物が襲ってくる可能性がある。ロウとガルドさんがいてくれるから安心っちゃ安心なんだけど、無理に危険を冒す必要はないよね。何より明日またあの長い道をてくてくと歩くことを考えれば、答えは決まってる。

そう、野営だ。野宿とも言うけど。

「今夜は近くで天幕を張ろう。晩ご飯は何がいい？　リクエストしてくれたら、可能な限り対応するよ」

「お前は……いや、なんでもない」

「切り替えが早ぇのがレイちゃんのいいところだろ。ってことで、俺ぁ、あのピリッと来る黄色い煮込みがいいな」

ガルドさんは、オルフェンまでの旅の途中で私が作ったカレーもどきが気に入ったみたいだ。ハイディンを出る前は私の料理をあんなに不安そうにしていたのに、一回作って食べさせたら、ロウと一緒に前の発言を心から謝罪してくれた。

「少し戻ったところに、よさげな場所があったな……あの辺りでいいだろう」

黄色い煮込み《カレー》と聞いて、ロウもなんだかそわそわし始める。

男の人がカレーが好きなのは、元の世界もこっちも同じなんだなぁ。こちらで手に入ったスパイス類を、試行錯誤を繰り返し、苦労して調合した甲斐《かい》があったよ。

「うん。毎度ですが、設営関係はお任せします。その分、腕によりをかけて食事を作るからね」

いや、最初は私も手伝おうとしたんだよ。けど、下手に手を出すと余計に手間になっちゃうのを悟ったんで、その辺は男性二人に丸投げすることにしている。

早速、魔倉から天幕一式を取り出して組み立て始めた二人のそばで、手早く調理を開始した。

入れた時の状態をずっと保ってくれるありがたい魔倉から野菜類を取り出し、小さめに切って鍋でいためる。そこに骨付きの鶏肉っぽい何か——魔物のお肉らしいが、精神衛生上、詳しくは訊かなかった肉を入れて軽く火を通したら、水を入れて煮込み開始だ。沸騰したスープの灰汁《あく》を取って、調合済みのスパイス類をぶち込むと、辺り一面にいい香りが漂《ただよ》い始める。

「野営で匂いのきつい食い物なぞ、本来はありえんのだが……」

「旨いんだからいいじゃねぇか」

「まぁ、あまりに匂いが強烈すぎて、かえって妙なものが寄ってこないようだしな」

魔物はカレーの匂いが苦手らしいってのは新発見だよね。これって商売になったりして？

けれど、魔物の代わりに違うものを呼び寄せてしまったようだった。

「できたよー、パンはあぶって温めるから、もうちょっとだけ待ってね」

「空腹にこの匂いはクるな。もう、食っていいか？」

「どうぞ、どうぞ。いっぱい作ったから、お代わりもじゃんじゃんしてね」

「——それは本当に食せるものなのか？」

突然、聞いたことのない声、しかも、ものすごい美声に話しかけられた。

「失礼ね。そういうことは一口食べてから言って――って、えっ？」

返事をした後で、それが知らない人の声だと気づき、びっくりしてお玉をとり落としそうになる。ロウとガルドさんも、今まさに料理を口にしようとしていた手をピタッと止めた。

「誰だ？」

左手にスープの入った器《うつわ》を、右手はそれに浸《ひた》すパンを握ったままの状態で、ガルドさんが誰何《すいか》する。マヌケだけど、不意をつかれた現状で闇雲に動くのが下策だっていうのは、私も理解している。一方、ロウはものすごくゆっくりな動作で両手を下ろす。私はお玉を握りしめたまま、こういう時はどんな魔法を使えばいいのかと、忙しく頭を働かせた。

私の結界と索敵をかいくぐり、ロウの野生の勘も、ガルドさんの熟練した危機察知の能力にすら接近を気づかせなかった相手だ。警戒しなければ。

「待て。怪しい者ではない。この先の館に住んでいる――というか、私の館の庭先で勝手に野営を張っているそちらのほうが、得体の知れない怪しい輩《やから》なのではないか？」

その人は緊張した様子もなく、暗がりから出てきた。フード付きの外套《がいとう》を着ている上、周りが暗くて顔はよくわからないけど、背の高さはガルドさんと張る。横は随分と細い。ぱっと見た限りでは武器になりそうなものは持っておらず、またそれを証明するかのように、両手を軽く上げた格好で近づいてくる。

「嗅《か》いだことのない妙な匂いがするというから様子を見に来てみれば……のん気に料理なぞしてい

るとは、さすがに驚いたぞ」

……ちょっと待って。この先の館っていえば、ウェンローヴァさんのところしかないよね？　庭先って、館からは百メートル、もしかしたらそれ以上離れてるのに、それでも敷地内なの？　しかも、そこまで匂いが届いたって。いや、それよりも、この人なんて言った？　私の館ってことは、もしかしてこの人があの館の持ち主だったりする？

頭の中は疑問符でいっぱいだ。相手に敵対の意思がない様子なので、おそるおそる尋ねてみる。

「あ、あの……失礼ですが、貴方は、その……もしかして、ウェンローヴァさんだったりします？」

「お前は……いや、弟子にしてほしいと訪ねてきたくせに、私の顔も知らぬのか？」

そんなことを言われても、周りは暗いし、フードを目深《まぶか》にかぶってるから顔が見えない。そう指摘したいところをぐっとこらえる。ウェンローヴァさんの顔を知らないのはホントのことだ。

何しろ、ガルドさんの話を聞いて、突発的に押し掛けてきちゃったんだからね。

しかし、まさか人嫌いで有名な偏屈者《へんくつもの》が、いきなり目の前に現れるとは思わなかった。それはロウとガルドさんも同じようで、驚きつつも、先ほどの臨戦態勢を解きつつある。

本来ならば、名乗られたからといって本人とは限らないんだから、すぐに警戒を解くべきじゃない。経験豊富な二人がそんな初歩的なミスをするわけがないのだけど、なんて言うのか、その人は姿を現した途端、その周囲になんとも形容のしがたい『オーラ』みたいなものを漂《ただよ》わせていた。

それは如何《いか》にも『ただものじゃない』って感じで、駆け出し放浪者の私にすら感じ取れるのだから、熟練者の二人にわからないはずがない。そんなオーラを持つ人がそうそういるわけがないので——つまり、この人は『はぐれの賢者』ウェンローヴァさんご本人に間違いないというのが、私達が出した結論だ。

「す、すみませんっ。ここがまだお屋敷の敷地内だとは思わなかったんです。それと、先程はいきなりアポも取らずに押しかけてしまいまして、そのことも併せてお詫《わ》びを……」

まずは謝罪だ。それでいろいろやらかしちゃったことが帳消しになるとは思わないが、とにかく誠心誠意、謝ることが大切だよね。

けど、そんな私の詫びの言葉をぶった切って、ウェンローヴァさんは次の質問をしてきた。

「それで、それはお前が作ったモノなのか？　そちらの二人——お前達はそれを食するつもりだった、と？」

……私の謝罪よりもスープカレーですか？　しかも、ものすごーくまじまじと顔を見つめられた挙句の、信じられないと言いたげな口調だ。

どう反応すればいいのか悩んでいたら、ガルドさんが代わりに答えてくれた。

「食うつもりか、って言われてもよぉ。あんたも見てただろ？　今、正にかぶりつこうとしてたとこだぜ」

「ということは、食せるのか、それはっ？」

「当たり前だろ。ってか、レイちゃんの料理は旨いんだぜ」

「……本気で言っているのか？」

私達も驚いたが、ウェンローヴァさんも驚いてる。それにしても、初対面だというのに、なんでここまで私の料理の腕に懐疑《かいぎ》的なんだろう、この人は？

私達の顔と、お鍋いっぱいのスープカレーを何度も見比べて、しばし葛藤《かっとう》しているようだ。

ほどなくして、何かを決意した表情になると、彼は私に向かってこうおっしゃった。

「その鍋を持ってついてくるがいい」

「え……あの、どこへ行くんですか？」

「私の館だ。どうした、そのように驚いた顔をして。私に弟子入りしたいのではなかったのか？」

「いえ、それはそうなんですが……それは、私を弟子にしてくださるということでしょうか？」

「お前が作ったその鍋の中身が、万が一にも本当に食せるものであったなら……。ああ、そうしてやろうではないか」

その言葉に、思わず三人で顔を見合わせる。

だって、変人とは聞いていたけど、いきなりの『いいだろう』宣言ですよ？　まぁ、その前に試験らしきものがあるようだが、それがまさか料理ができるかどうか、だったなんて思わないよね、普通。

その他、いろいろとツッコミたいところはあるけど、今ここで訊いて機嫌を損ねたら困る。

ということで、私達は大慌てで天幕その他を撤収し、お鍋と共に、ウェンローヴァさんの後をついていくことにした。

ウェンローヴァさんを先頭に、先程は門前払いを食らったお屋敷の中に入れてもらう。

内部は、外と同じようにとっても立派だった。ただし、ウールバー男爵の劇場ほどはキンキラキンではない。物知らずな私でもわかるくらい高価そうな、けど落ち着いた調度と、要所を押さえた装飾――つまりは上品な豪華さってやつだ。

「お館様！　お帰りが遅いので心配しておりました。……そちらの方々は？」

館の主《あるじ》であるウェンローヴァさんの帰宅を察知してか、奥から人が出てくる気配がする。声からして若い男性のようだ。

すぐに姿を現したのは、昨日、オルフェンですれ違ったあの人だった。

「あ！　貴方、昨日の……っ」

「ふむ、ターザと顔見知りか？」

「生憎《あいにく》ですが私は存じません」

それ以上、こちらが何かを言う前に、きっぱりと否定された。けど、やっぱり見覚えがある気がするんだよね。顔がはっきりと見える今、余計にその感覚は強い。

茶褐色の髪と、それより濃い色の瞳。ガルドさんよりは細いが、ロウよりちょっとだけ逞《たくま》しい体は精悍《せいかん》な顔つきと相まって、しなやかなネコ科の猛獣を思わせる。その印象を更に強くしているのが、頭の両側からぴょこんと生《は》えている猫耳だ――ん？　猫耳？

「……もしかして、獣族の方ですか？」

私の後ろにいたロウとガルドさんが「まさか」とか「げっ、マジかよ」とかいう声を上げる。

そう言えば、獣族についてロウから教えてもらっていた気がする。とても戦闘力が高く、しかも気位が高くて気難し屋だとかなんとか……。確かそのほとんどが大森林に住んでいて、滅多なことでは外には出てこないって話でもあったよね。

「それを知らぬのなら、知り合いであるはずもないな。あの匂いを嗅《か》ぎつけたのはターザだ。それと、ターザが獣族であるのに驚いているようだが、私は霊族だぞ。まぁ、おそらくそのことも知らなかったのであろうがな」

「ええっ!?」

次から次へ驚愕の事実を知らされ目を白黒させている私の様子に小さく笑いながら、ウェンローヴァさんはずっとかぶっていたフードをとる。その下から現れたのは白と見まごうばかりのプラチナブロンドの髪と鮮やかな新緑の色の瞳、そしてとがった耳。しかも、神レベルのイケメンだ――朝な夕なにロウを見ているから、イケメンには慣れていると思っていたけど、これはちょっと次元が違う。気を抜けば見惚れ切って、呆けたようにずっと見つめていたくなるレベルと言えばわかるだろうか？

その神イケメン様が、真っ直ぐに私を見て言葉を続ける。

「正確には高霊族《こうれいぞく》だが、どのみちお主ら人族には区別がつくまい。ついでに年も教えておこうか。確か……今年で五百八十九になっていたはずだ」

「ごひゃく……っ？」

「我らは千年以上生きる。私などまだまだ若輩者《じゃくはいもの》扱いだ」

高霊族って、ハイエルフのこと？　そして、六世紀近くも生きてるの？　だから、口調が少々爺《じじ》むさいのか。でも、それでまだ若造扱いって、ここってマジで異世界――今更だけどね。

「ま、そんなことはどうでもよい。それよりも、ターザ。お前が嗅《か》ぎつけた匂いは、こ奴らが食そうとしているものから発しておったぞ」

固まる私達をまるっとスルーして、いきなり会話がカレーの話に戻る。

「あれが、ですか？　しかし、あのような面妖な匂いのするものを、よく……」

えらい言われようだ。けど、カレーの存在を知らないなら、そう感じるのは仕方ないかもしれないと、半ば麻痺《まひ》した頭で考える。

「であろう？　だが、こ奴らはそれが旨いのだと言って譲らん。人の館の目と鼻の先で図々しくも野営を始めたことといい、面白い奴らだと思い連れてきた」

面白がられていたんですね。うん、なんとなくわかってました。

そのおかげで、弟子入り許可（仮）が出たのなら喜ばないといけないんだろう。後はその（仮）を取るために頑張ればいいわけなんだけど、その条件が……ねぇ？

「生憎《あいにく》と私は肉類を食さぬ。なので、代わりにこのターザに味見をさせるが、構わぬな？」

「あ、はい。どうぞ」

ロウとガルドさんのために、がっつりお肉を入れてますからね。霊族《エルフ》がベジタリアンだっていうのは、お約束みたいなもんだし。

そして私達はお屋敷の更に奥の、食堂として使われているらしい部屋へ通された。そこで魔倉に突っ込んでいたお鍋を取り出す。

「っ……近くで嗅ぐと、更に強烈な……」

あー、あれだけ離れていた匂いを嗅ぎつけたんだから、獣族って鼻が利くのだろう。お鍋の蓋を開けると更に匂いが強くなって、ターザさん（だったよね）は、ちょっと涙目になっている。

「では、ターザ。頼んだぞ」

「はい、お館様」

ウェンローヴァさんは、ターザさんの様子には一切構わず、無情な命令を下す。それを拒否するという選択肢はターザさんにはないようで、悲壮感があふれるというか、ほとんど死を覚悟しているような表情になる。そして器《うつわ》によそわれ湯気とスパイスの香りを立ち昇らせているそれに匙《さじ》を突っ込んだ。わずかな逡巡《しゅんじゅん》の後に、エイッとばかりに口に運ぶ。

途端にスパイスの刺激が爆発したらしく、ブワッと猫耳が逆立った。一瞬、そのまま吐き出すんじゃないかと懸念したが、なんとか頑張って呑み込んだようだ。そして、一言。

「……実に面妖な味です」

「やはりな……」

「ですが……旨い」

「何っ？　真《まこと》かっ？」

ターザさんの答えを聞いてもまだウェンローヴァさんは疑っていたみたいだったが、二口目から猛烈な勢いで食べ始めたのを見て、信じざるを得なかったようだ。

ってていうか、辛《から》くないの？　普通は、ご飯やナンと一緒に食べるものなんだけど？

「おい、レイちゃん。俺らはお預けのまんまかよ？」

「あ……」

食べ始める直前にウェンローヴァさんが登場したんだった。つまり、ロウもガルドさんもまだ何も食べてないってことだ。勿論《もちろん》、私もだけど。

「あの……できたら、私達もここで食べさせてもらっていいでしょうか？」

二人の空腹を訴える視線に背中を押され、おずおずと訊いてみる。

「ああ、そうであったな。好きに食せ。それと、今宵《こよい》はこの館に泊まるがいい。明日になれば、お前達の住まいに案内させよう」

「え？　私達の住まい……ですか？」

「うむ。庭の隅に小屋がある。以前、お前のような者がいた折につくったのだが、まだ住めるだろう。三人では狭いかもしれぬが、そこを使うがいい」

「ということは、本当に弟子にしていただけるんですかっ？」

「なんだ、疑っておったのか？」

「いえ、あの……はい、すみません」

だって、ここまでの経緯が経緯だ。本気かどうか、疑いたくもなる。

「素直だな、それに免じて許そう――お前達の住まいだが、魔術の基礎の基礎から学びたいというのならば、そこそこの期間が必要となろう。その間、弟子の面倒を見るのは師の役目だ。若干、余計なものがついておるが、お前から離れるとも思えぬので一緒で構わん」

寛大なお言葉を頂いて、もう一度、お詫《わ》びとお礼を言おうとした時、食堂のドアがノックされる。

「ああ、ちょうど用意ができたようだ。食事が終わった後は、あれの後についていくがいい」

ウェンローヴァさんの視線の先には、いつの間にか一人の女性が立っていた。

「このお館で働かせていただいております、ポーチェリラと申します。ポーラとお呼びください。よろしくお願いいたします」

声からして、昼間、私達に対応してくれた人らしい。そして、この人にも猫耳がある！　ってことは、もしかしてターザさんの親戚——年の頃からいって、お母さんだったりする？

「私はレイガです。こちらはロウアルトとガルドゥークといいます。これからしばらくお世話になりますが、よろしくお願いします」

「ふむ……そう言えば、私も名乗ってはおらなんだな。ウェンローヴァ・ラスターだ。そこにいるのは、ポーラの息子で——」

「タマルアーザだ。以後、よろしく頼む」

ものすごく今更な自己紹介だが、やるのとやらないのとでは全然違う。礼儀は人付き合いの基本だ。

まぁ、ターザさんは、まだスープカレーをかき込み続けているのだけど……。ウェンローヴァさんにそんなターザさんを咎《とが》める様子はない。一応使用人って位置づけらしいが、かなりフランクな関係のようだ。

それにしても、カレー、そんなに気に入ったのね。匂いのきつさに涙目になりながらも、どうしても止まらないって感じだ。パンと一緒に食べてるロウ達を見て、それを真似したらまたも目を見張り、前にもましてものすごい勢いで食べてるよ。いつの間にか自分で勝手にお代わりしてるし。

「この館にはもう一名いるが、今は所用で外している。明日にでも改めて紹介するとしよう」

「はい、よろしくお願いします」

訊きたいことは山積みなんだけど、取りあえずは明日の話ってことになりそうだ。

お鍋が空っぽになる頃には男性三名のお腹も満足したようだった。ウェンローヴァさんに一礼して、ポーラさんの後についていく。そんな私の後ろで、小さな声でウェンローヴァさんが何かつぶやいた気がした。

――ミレ……イア？　女性の名前のようだけど、誰なんだろうか？

ふっかふかの、キングサイズはあろうかという巨大なベッド。それが置かれているのは二階にある主寝室で、他にもここよりは狭いが部屋が二つ。一階は広いリビング兼ダイニングで片方の壁際にキッチン、反対側の壁には暖炉。その両脇に一つずつドアがあって片方がお風呂、もう片方は個室がもう一つ。階段はその扉の更に隣にあって、途中で曲がって二階へ続いている。

日本風に言うなら４ＬＤＫのこの立派なお家は、ウェンローヴァさんのお屋敷の隣に建っていて、しばらくの間の私達の家ってことになった。

お屋敷の客間に泊まらせてもらった翌朝、案内された『小屋』とやらを見せられた時は驚いたよ。これで『小屋』……。これで『狭い』……。いや、確かに本館はこれよりももっと立派でもっと広いけど、これを『小屋』なんて言った日には、日々、苦労して住宅ローンを払っている日本のお父さん達が絶望の淵《ふち》に落とされちゃうくらいの建物だ。

「一通りの掃除は済ませてあります。家具もそのまま使っていただいて構いません」

「ありがとうございます。何から何まですみません。お手間をかけました」

ここに案内してくれたのは、このお屋敷にいる四人目の人物、ポーラさんの旦那さんでターザさんのお父さんであるトゥラジーザさんだ。勿論《もちろん》、獣族で、ぱっと見は温厚そうな紳士なんだけど、ふとした時に見せる眼光が鋭い。ロウもガルドさんも、一目見ただけで『デキる』と判断していた。

彼は自分をトゥザと呼ぶように、と言ってくれたのでありがたく従わせていただく。

「それと、一通り住まいを確認されましたら、お館様のところへおいでください。御三方の魔力量を計ると仰《おっしゃ》っておられます」

「はい。わかりました。それと、トゥザさん、どうか私達には敬語ではなく普通に話してくださいませんか？　私達は押しかけ弟子――いわば、居候《いそうろう》みたいなものですし」

「居候？　しかし、お館様は――」

「はい？　ウェンローヴァさんが何か？」

「いえ……レイガ様達がそう仰られるのであれば、そのようにいたしましょう。ポーラとターザにも申しつけておきます」

そう言ってくれたのは有り難いが、全然、口調が変わってない。

「これはもう、私の癖のようなものですので。他の二人は、もう少し砕けた物言いになりますので、それでご勘弁ください」

素でそれだったんですか……だったら無理強いもできないよね。

そして、あまりウェンローヴァさんを待たせるのはよくないということで、急いで本館へとって返す。トゥザさんに案内された先は、ウェンローヴァさんの書斎だった。

「お待たせして申し訳ありません。レイガです」

「おお、来たか。小屋の様子はどうであった?」

開口一番にそう言う。ウェンローヴァさんはあくまでもあれを『小屋』と言い張るつもりのようだ。

「ありがとうございます。すごく素敵で住みやすそうです」

「気に入ったならいい。さて、お前にあれこれと教え始める前に、確認しておかねばならぬことがあるので呼んだ――ついでだ、後ろの二人もな」

書斎は、壁一面がぎっしりと本が詰め込まれた書棚になっている。中央にドーンとマホガニー色の大きなライティングデスクと座り心地のよさそうな椅子が置いてあった。ウェンローヴァさんはそこに座っている。

「えっと、ウェンローヴァさ……様? 魔力量を調べると、先程、トゥザさんから伺いましたが、それですか?」

「お前は既に私の弟子になったのだから、名ではなく師と呼ぶがいい。それと、もう聞いていたのならば話は早い」

ウェン――じゃなくて、お師匠様は机の上に置いてある透明な水晶球を指し示す。

「これに手をかざしてみろ。そうだな。まずはそこの大男。ガルドゥークと言ったか、お前からだ」

「測定水晶かよ。個人で持ってるたぁ、おそれ入るぜ」

「ガルドさん、これが何か知ってるの?」

「その賢者様が言ってたろ、魔力の量を計るもんだって。えらい高いらしくて、普通はギルドに一個ありゃいいほうだって聞くけどな」

そんなことを言いながら、水晶の上に手をかざす。すると、今まで無色透明だったのが、四分の一辺りまで黄色っぽく変色した。

「ふむ……では次だ。ロウアルト、だったな」

「了解した」

ガルドさんが手を離すと、水晶はすぐに元に戻る。代わってロウが手を差し伸べ、今度はガルドさんの時よりもやや下辺りまで赤色に変わった。

「なるほど、雷と火か。どちらもそこそこ魔力はあるようだな」

後で教えてもらったんだけど、色が変わる位置がその人の魔力量を表すらしい。一般の人だと下のほうにちょろっと色がつく程度で、魔術師や療術師を目指すなら最低でも三分の一くらいは変わらないときついそうだ。ロウとガルドさんはそのどっちでもないけど、清浄魔法や魔剣を使ったりできるのは魔力量が普通の人よりも多いからなんだって。

それから色は、その人の属性を表している。ガルドさんの黄色は雷属性で、ロウの赤は火属性。他に青の水属性に、薄い緑に染まる風属性、茶色の土属性。白く光る光属性や、黒くなる闇属性なんてのもあるらしい。複数の属性持ちだと、マーブル模様みたいにそれらの色が混ざって表示されるそうな。

「では、最後にレイガ、お前だ」

「は、はい」

うう、緊張する。これって手をかざすだけでいいのかな？

おそるおそる、ロウと交代して手を出すと――うわわ、なんだっ？

「ほぅ？」

呆れてるのか、それとも感心してるのか。判別しがたい声がお師匠様の口から洩《も》れる。だけど、私はそれどころじゃない。

手をかざした途端に、水晶が全部真っ白に変化した。それだけじゃなくて、靄《もや》が外まで洩れ出している。水晶の輪郭がぼやけるほどに強く光ってて、色は――よく見ると真っ白じゃない。白い光の中に赤や黄色、青、緑、茶色、それに黒？　いろんな色が小さな玉みたいになって、あちこちに浮かんでいる。

これってまるで、おばあちゃんからもらったオパールみたいだ。

「な、な……何、これ……!?」

「安全弁が働いたな。しかし、全属性持ちか。面白い」

いやいや、面白がってないで、どうにかしてください。まさか爆発とかしないでしょうね？　動いたら怖いことになりそうで、私は水晶に手をかざしたまま固まっている。ロウもガルドさんも、目の前の光景にあっけにとられていて、フォローを期待できそうにない。

「いつまで手をかざしている。もう動いてもよいのだぞ？」

そうならそうと、早く言ってください。

大急ぎで手を引っ込めると、すぐに水晶球は元の透明なものへ戻った。

「魔力量は人族用のものでは計り切れなんだか……まぁ、いい。おおよそのことはわかった」

「びっくりしたぁ……えっと、それで、その……何がわかったんでしょうか？」

まだ心臓がどきどき言ってるけど、早く結果を知りたくて尋ねてみた。

「正真正銘、お前の力は宝の持ち腐れ、ということだ」

……それって、間違っても褒めてませんよね？　チョットひどくない？

「ふむ。何やら不満そうだな？」

「あ、いえ。そんなことは……」

ありますけど、言えません。てか、そう言われるには言われるだけの根拠があるのだろう。そう思い直し、教えを乞うことにする。

「どうしてそうおっしゃるのか、教えていただけますか？」

「そうだな――では、予定外だがこれを初日の講義としよう」

おや、いきなり。ロウとガルドさんもいるんだけどいいのかな？

「そこらに椅子があっただろう。持ってきて座るがいい。ああ、そちらの二人も聞いておけ。お前達にも少しは役に立つはずだ」

お許しが出たので、三人で拝聴することになった。

「まずは、魔力とはなんだ、というところから始めるか――魔力とは『魂《たましい》』が持つ力だ。手や足を用いる力とは異なり、思念により振るう。ただし、これは『魂』と『肉体』が対になっている――つまりは、生きていることが大前提だ。故《ゆえ》に、一部の特殊な例を除けば、死者は魔法を使えぬし、魔力が多い種族、少ない種族というものも存在する」

ワクワクしながら、お話を聞いてたけど、ここで一つ、疑問が湧き上がる。

「……質問してもいいですか？」

「ああ、構わぬぞ。なんだ？」

「種族で魔力が決まるってことは、魔力っていうのは遺伝するんですか？」

「ほう……その言葉を知っているのか、お前は」

え、あれ？　遺伝って、こっちじゃ言わないのかな？

「まぁ、いい――お前の言うとおりだ。魔力は親から子へと伝わる。すべて同じようにというわけにもいかぬがな。強い魔力を持つ親から、弱い魔力を持つ子が生まれることもあるし、その反対もありうる。また、例えば霊族の最も力の弱い者であっても、お前達人族の最強と言われる者よりも多くの魔力は持っていよう。これが、先ほど言った種族の違いだ」

「つまり、魔力は魂の力だけど、その強さは肉体……種族に左右される、ということですか？」

「そういうことだ。まぁ通常、魂と肉体は対になっているから、一つのものと考えられがちだがな。余談ではあるが、魔力が多い種族ほど肉体の寿命が長い傾向にある。我ら高霊族がよい見本だな」

今の話からすると、エルフは人間の数倍、数十倍も生きるので、それだけ魔力も強いってことになる。しかもその長い寿命の間に、魔法の使い方も熟達するわけだ。お師匠様は先生になってもらうのには正に打ってつけじゃないか。

「――だが、勿論《もちろん》それだけではない。魔力には量の多寡《たか》と同時に、質というものがある。同じ魔力量を持つ者が、同じ魔法を使ったとしても、そこに差ができることがある。その差が『魔力の質』だ。ただ、魔力量も質も、ある程度は後天的に変化させることはできる。それが、修行だ。肉体と意思を鍛え、体内にある魔力の純度を高め、それをよりよい方法で振るう。それにより、魔力量を増やし、同時に質を高めてゆくのだ」

初日の、しかもついでみたいな感じで始められたにしては、ものすごく講義の内容が濃い。理解するのに頭をフル回転させないといけない。それなのに、講義はまだまだ続いていく。

「ただ、我らとは全く違う形態ながらも、強い魔力を持つものも存在する――ガルドゥーク」

「あ？　俺ぁ違うぜ？」

「当たり前だ。そうではなく、お前は雷精《らいせい》を感じられるだろう？」

「ああ？　まぁ、いつもってわけじゃねぇけどな」

へ……雷精？　何それ？

「魔術の修行をしたわけでもないのだろうから、それで十分だ。お前はその雷精の力を借りて魔剣を振るうのだろう？」

「なんでもお見通しってことかよ……ああ、そうだ。つか、借りるっていうよりも、あっちが勝手に寄ってきて力を貸してくれてる感じだな。おかげで助かってるぜ。俺の魔剣は燃費が悪くてよ、自分の魔力だけじゃ、あっという間に底をついちまう」

「それはお前自身の魔力の属性と、後は武器のおかげであろうな」

ガルドさんの武器、というと、あのでっかくてかっこいい大剣のことだよね。

「ああ。こいつぁ、以前、西の遺跡で手に入れたもんだ。雷の魔剣ってやつだな」

え？　そうだったの？　なんか大仰な名前がついているのは、そういうことだったのか。

「それから、ロウアルト」

「俺には感じられん。その手の才能は皆無と言われた」

うん、本人からそう聞いている。身体強化みたいに魔力を自分の体に作用させることはできても、放出するのが致命的に苦手なんだそうだ。

「それでも、お前の周りには火精《かせい》が寄ってきているぞ？　お前が感知できずとも、好かれているのは間違いない。おそらくは、助力をもらっているはずだ」

「知らん……が、そうであるなら感謝する」

「今のお前の言葉で火精が喜んでいる。口にせずともよいが、感謝を忘れぬことだ」

「……覚えておく」

今度は火精？　そんなの全く私には感じられないんだけど、ロウは兎《と》も角《かく》、ガルドさんは感じているみたいだし、お師匠様に至っては、まるでそれが見えてるような口ぶりだ。

「このように、二名には二種類の精霊が力を貸している。他に水精《すいせい》、風精《ふうせい》、土精《どせい》、光精《こうせい》、闇精《あんせい》と主だったものだけでも七種の精霊が存在する。人族の魔力など、我らに比べればちっぽけなものだ。己の力のみに頼れば、わずかな力を振るうだけであっという間に枯渇《こかつ》するであろう。だが、精霊の力を借りれば別だ。故《ゆえ》に、人族の魔法使いは、時に応じてこれらに力を借りる必要がある」

すみません、まったくそんなものは感じられません……これって、かなりヤバい？

「――で、先ほどの『持ち腐れ』の話に戻るのだが……レイガ？」

「は、はい！」

突然名前を呼ばれて、びくっとする。

「お前は、何か一つでもよい。この場にいる精霊が見えるか？」

「……いえ、全く何も……」

「私でさえ驚くほどの精霊が、お前を取り囲んでいるのだぞ？」

そんなことを言われても、見えるどころか、感じられもしない。元々、そういうオカルティックなことには無縁だったのだ。例外は、たまに『未来を見ちゃう』ことくらい。

そんな私の様子に、お師匠様がため息をつく。

「並外れた量の魔力を持ち、七つの属性の精霊に愛されている。魔術の道に進んだ者ならば、どちらか一つでさえ、のどから手が出るほど欲しかろうな。であるのにお前と来たら、漫然と自前の力を振るうだけで、質を高めることも知らぬ。使い方も出鱈目《でたらめ》で力任せ。果ては、精霊の存在に全く気がつけない――これを宝の持ち腐れと言わずしてなんと言う？」

「……仰《おつしや》るとおりです」

理路整然とダメ出しされると、かなりクるものが……

ただ、そんな今の自分じゃダメだって思ったから、弟子入りしたのだ。まぁ、ここまでダメダメだとは思わなかったけど。

「まぁ、それを自覚して弟子入りを志願したのだろうからな。己の無知を知った上で、改めて私に学べばよい。己がいかに無知であるかを知ろうともせず、多少魔術をかじっただけで大きな顔をしている連中よりはよほどマシな使い手になれようよ」

「ありがとうございます」

上げられたり下げられたり忙しい。でも、褒められたことで気持ちはちょっとだけ浮上した。

「では、今日のところの座学はこれくらいにして――実践に移るとしよう」

そう言いながら、私の前に立つ。

「レイガ。お前は、自分の中にある魔力を感じられるのだろうな？」

「あ、はい、それはさすがにわかります」

こっちに来て、自分が魔法を使えるって自覚して以来、体の中にエネルギーみたいなものを感じるようになっていた。魔法を使う時は、それに意識を向けて手や杖に誘導する。そうすると、そこから魔法が出せるんだよね。

「では、それを巡らせてみろ」

「はい？」

「わからぬか？　仕方ない。手を出せ、両方だ」

「は、はい……」

言われるままに左右の手を差し出す。すると、お師匠様はそれに自分の手を重ねる。

「うわっ⁉」

お師匠様の右手から、私の左手に、何かが流れ込んできた。

これは、魔力？　それが腕を伝って心臓に達し、そこから全身を血流のように巡って、最後にまた右手から出ていくのがわかる。

「この感覚を覚えておけ」

お師匠様の魔力は、私のものとは全く違う。私の魔力がいろんなものが交ざったごった煮のスープみたいなものだとすると、お師匠様のはまるで湧き出したばかりの水のようだ。きれいに澄んでいて、さらさらと体の中を巡る。それがあまりに心地よくて、私はしっかりとその手を握りしめ、酔ったようにその感覚に浸《ひた》っていた。

だから、半ば無理やりその手を引き抜かれ巡る魔力が途絶えると、残った自分の魔力がひどく気持ちの悪いものに感じる。

「……ぅ……」

「おい、レイ？」

「レイちゃん、大丈夫か？」

「あ、うん……大丈夫」

小さなうめき声をあげた私を、ロウとガルドさんが心配してくれる。気持ちの悪い感覚はすぐになくなったんだけど――これが魔力の『質』の差ってやつなんだろうか？

何度か頭を振って、意識をはっきりさせながら今の感覚を思い出していると、お師匠様から指示が来た。

「お前の魔力の質そのものは決して悪くない。だが、それが澱《よど》み滞《とどこお》ることにより純度が低下する傾向にある。対策としては、今のように全身を巡らせた後に、できるだけ体外に出すようにすることだ。さすれば本来の輝きを取り戻せようし、魔力量の底上げもできるだろう」

そう言いながら、近くのテーブルに置いてある小石を渡してくれる。

「これは？」

「それは魔石だ——少々細工がしてあるがな。それに魔力を注いでみるがいい」

魔石は黒っぽい色をしていて、大きさはウズラの卵くらい。

言われるままにそれに魔力を集中すると、やがて灰色がかった色へと変化した。この変化はどういう意味だろうか？　加えて、今ので結構魔力を消費した気がするんだけど？

「その色が先ほど見た水晶と同じ色になるのが、お前の修行の第一段階だ」

「え？　これが、ですか？」

さっきの測定水晶の色を思い出す。きれいな乳白色の光の中に、様々な色の粒が踊っていた。対して、手の中にある石は、どんよりとしたねずみ色……似ても似つかない。

「それと同じものを後四つ、お前に預ける。そのすべてが、あの色と同じになったら持ってくるがいい。先に言っておくが、その石は一日経つと注がれた魔力がすべて消え失せるからな」

さっきのを後四回、それを毎日？　うわ、それ結構きつい。今一個を満タンにするのでさえ、かなりの魔力を使った。それを五個とか言われたら、下手したら倒れちゃいそうだ。

そう抗議しようとしたら、先手を打たれた。

「お前の本来の魔力量は、その倍であろうと軽く満たすことができるはずだ。それが上手くいかぬのは、使い方が下手、ということだな――たとえるなら、今のお前は盃《さかずき》を満たすのに、桶《おけ》いっぱいの水を汲《く》み、それを逆さにして周囲を水浸《みずびた》しにしたにもかかわらず『盃が満たされた』と言っているようなものだ」

たとえるなら、ガソリンをまき散らして走る、超燃費の悪い車みたいな状態ってことですね……

「それと、もう一つ――」

え、まだあるの？

「お前は結界を張れるようだが、見事なまでに穴だらけだ。防音と物理防御はそこそこだが、魔術への備えとしては物の役に立っておらん。遮蔽《しゃへい》に至っては全くの無防備とは、嘆かわしい……結界や遮蔽は特にそれを使う者の技量が問われる。改善したくば、早く魔力の質を上げ、正確な使い方を覚えることだ」

遮蔽？　何それ、初めて聞くけど……そして、疑問がもう一つ。

なんで、私が防音結界を使えるって知ってるの？　そこまで考え、遅まきながら昨夜のお師匠様のセリフを思い出す。

『魔術の基礎の基礎から学びたいというのならば――』

弟子入りの理由は確かにそれだ。けど、そのことをここで告げた覚えはない。

「お師匠様、なんで防音結界のことを知ってるんですか？　それに、私の弟子入りの動機も……？」

「今、申したであろう？　遮蔽が――ああ、それすら知らぬのだな。つまり、お前の思考は他者に無防備に開け放たれているということだ。無論、それなりに魔術の技量を持った者でなくば読めぬがな」

「え？　え……ええっ？」

なんですか、それは！　読心術とか、お師匠様はエスパーですかっ？

「えすぱぁ、とは？　ふむ、なるほど……そのような力を持つ者がいるとは、私も知らなんだ」

ぎゃーっ、間違いないいっ。私の考えてること、読まれてる！

ええっ、い、いつから？　まさか、今までずっととか言わないよね？

「それなりに魔力を使うものであるし、私もそれほど暇《ひま》ではないのでな。使ったのはお前達に最初に声をかけた辺りと、後は今くらいだ」

「そ、そうなんですか、よかった――じゃないいっ！」

その間に、どこまで私の頭の中がダダ洩《も》れになっていたのか……。訊きたいけど、訊くのが怖い。

「読まれたくなければ、一日も早く、修行を進め、遮蔽を覚えることだな」

「覚えます！　絶対、すぐに！　石にかじりついても覚えます！」

ロウとガルドさんとのあーんなことや、こーんなことを読まれる可能性を考えたら、死んだ気になって覚えてやりますとも！

そんなこんなで、ひとまず初日の講義が終わる頃には、私は精神的に疲労困憊《ひろうこんぱい》していた。だからうっかり気がつかなかったんだよね。

それに思い至ったのは、宛《あて》がわれたお家に戻って一息ついた後だった。

「お前の過去を知られた可能性があるな」

「え。そ、そうなのっ？」

「あー、まぁ、確証はねぇけどな。ただ、その可能性が充分にあるってこった」

ロウだけでなく、ガルドさんまでそんなことを言う。全くその可能性を考えなかった迂闊《うかつ》な私と違って、二人はきちんと気がついていたってことだね。

「そんな……どうしよう……」

勿論《もちろん》、悪事がばれるってわけじゃない。が、私の過去は少々というか、かなり奇抜だ。何しろ、別の世界で一度死んで、その時の記憶を持ったままこちらに転生してきてしまっているのだから。

ロウとガルドさんはそのことを知って尚、ごく普通に私を扱ってくれるが、他の人も同じだと考えるほど私もおめでたくない。珍獣扱いだけならマシなほうで、悪くすれば実験動物みたいに扱われる可能性がある。だから、これを話したのは目の前にいる二人だけだ。

「賢者様が何も言わねぇのなら、こっちが藪《やぶ》を突《つつ》いて蛇を出すこともねぇだろ」

「そうだな。当面は、そのほうがいいかもしれん」

「それでいいのかな？」

「あんな一筋縄じゃ行きそうにねぇ相手に、レイちゃんが太刀打《たちう》ちできるはずねぇよ。とすりゃ、開き直って知らん顔するか、全部吐いちまうか、どっちかだろ」

「もし、お前が黙っているのが嫌で、今すぐ真実を話すというのなら、お前の決定に従うが――お前から見て、あの賢者殿をそこまで信用できるか？」

「うーん……」

改めてロウに問われ、悩む。

押しかけて弟子入りを希望したのは私でウェンローヴァさん――お師匠様は、それを受け入れただけだ。その上、こうやって住居まで用意してくれて、先ほどの講義もきちんと私の状態を知っての上での指導だった。

もしオルフェンの街で弟子入りが上手く行っていたとしても、これほどの相手には巡り合えなかっただろう。そんな相手を、疑うなんて恩知らずなことは言いたくない。――言いたくないが、現状、この場ではっきりきっぱり『信用しています』とは断言できない。

何しろ、出会ってから丸一日すら経ってないんだよ。判断するには時間が足りなさすぎる。

「まぁ、結論はもちっと後にしてよさげだから、安心しな、レイちゃん。賢者様はせっかちな性格はしてねぇようだしよ」

「そうだな。それに、お前に対して何かを企《たくら》んでいる様子もない」

「なんでそんなことがわかるの？」

「そりゃ、俺らの勘がそう言ってるからだよ」

勘って、そんなあやふやな……いや、でも、経験を積んだ放浪者であるロウとガルドさんが口を揃えて言うことなら、それなりの信憑性《しんぴょうせい》があると思っていいのかもしれない。

「だったら……いいのかな、このままの状態でしばらくいさせてもらっても？」

「悪きゃ、弟子入りなんかさせねぇだろ。つか、俺らがさせねぇよ」

「ガルドの言うとおりだ。お前に害が及ぶと思ったら引きずってでも連れて帰っていたところだ」

なるほど、一連の弟子入りに関する出来事の中で、ほとんど意見らしいものを口にしなかった二人だが、その実、しっかりと相手を見極めていてくれたらしい。本当に、私にはすぎた旦那様達だ。

「ありがとう……ロウ、ガルドさん」

「気にすんなって。それよりも、まずはあの御大から出された課題だろ、当面の問題はよ」

「残念ながら、俺達にも初耳のことが多かったからな。手助けしてやりたくとも、できそうにない。となれば、後はお前がどれくらいやれるかだ」

「うん。じゃないと、ここまで来た意味がないもんね」

問題を先送りにしたと言われるかもしれないけど、現時点で考えても答えが出ないのも確かだ。だったら、できることをやっていくしかない。

「その意気だ」

「ああ、しっかりやるんだぞ」

「はい。じゃ、まずは頂いた石に魔力を――と思ったけど、先にお昼にしようか。二人ともお腹減ってるでしょ？」

「おお、そういやもう昼すぎてんだな」

「御大の話が長かったからな」

おや？　いつの間にか、お師匠様の呼び方が『賢者』から『御大』になっている。

ちっちゃなことかもしれないけど、この二人がそんなふうにお師匠様を呼ぶのは、それだけここに馴染《なじ》もうとしているんだって思えて、ほっとした。

その後数日、私は魔力の循環と、与えられた魔石に魔力を注ぐことに専念した。

初日はかろうじて五つ全部に魔力を注ぐことはできたんだけど、最後の一個を満たしたところで、貧血状態になり倒れてしまった。魔力の枯渇《こかつ》ってやつだと思う。

もっとも、体調を崩すほど深刻なものではなくて、少し休めば動けるようになったんだけどね。

ただ、ちょうどその時、別館を訪れたターザさんにそれを見られてしまった。

「レイ殿っ、大丈夫かっ？」

「あ……ターザさん」

ソファーの上で、青い顔でぐったりしているのを見たら、そりゃ驚くだろう。

「ごめんなさい、びっくりさせて。すぐによくなるから大丈夫ですよ」

「魔力を使いすぎたようだ。初日から無理をするなと言ったのだが……」

「張り切りすぎだぜ、レイちゃん――つっても、聞かねぇんだろうけどよ」

う……ごめん、ロウ、ガルドさん。そして、ターザさんも驚かせてすみません。そして、そこまで頑張っても石は鈍いねずみ色……

まぁ、最初から上手くいくとは思ってなかったが、地味にへこみましたよ。

「そういう理由なら仕方ないが……よければ滋養《じよう》のつくものを届けるが？」

表情が優れない私にターザさんはそんなことを申し出てくれる。

「申し訳ないですよ。ほんとにちょっと休憩したら元気になるし」

「いや、レイ殿は人族――俺のような獣族でも、お館様のような高霊族でもない。無理は禁物だ。お館様のご指示について何かを言うような不遜《ふそん》な真似はできないが、この先、しばらくの間は共に生活していく者同士だ。役に立てることがあるのなら、そうさせてほしい」

ターザさんっていい人だなぁ。いきなり転がり込んできた居候《いそうろう》の私達に、こんなふうに言ってくれるなんて……

厚意に甘えてばかりで心苦しいが、ここで断ったらかえって失礼になるよね。

「ありがとうございます、ターザさん」

「気にするな。後ほどロウかガルドにことづけよう」

そしてそんなことがあった翌日は、前日で少しは慣れたのか、あるいはターザさんの差し入れのおかげか、倒れはしなかった。けれど、やはりねずみ色の石ができただけ。

三日目は少しその色が薄くなった。その後も、薄い灰色、濁《にご》った白、と少しずつ色は変わってきてはいても、あの時に見たようなきれいなものにはならなくて……

ロウとガルドさんに加えて、あれ以来、私のことを気にかけてちょくちょく様子を見にきてくれるターザさんの存在に随分と励まされた。

そんなある日、朝を迎えてきれいさっぱり空っぽになってた魔石を、五つまとめて手のひらに握り込んで魔力を注いだ。

一個を満たすのにも苦労していた頃とは雲泥《うんでい》の差だ。反復練習って大事なんだねー、などと思いつつ、できるだけエコを心がけて魔力を操る。ヒールの時と同じで、ふわっとした押し返す手ごたえが来たら指を開く。

「おおおお……っ！」

うう、感、無、量っ！

「やったな、レイ」

「おお、きれいな色じゃねぇか。頑張ったな、レイちゃん」

あの日、お師匠様の書斎で見た水晶と同じ、乳白色の中にいくつもの色の粒が封じられた石が五つ、オパールみたいにきらきら光りながら、私の手のひらの上を転がっていた。

「なかなか早かったな。ひと月ほどはかかるかと思っていたが……」

オパールそっくりになっている五つの石を確認して、お師匠様が驚いたように小さく頷く。

「頑張りましたから！」

ドヤ顔をしても、今日だけは許してほしい。何せこれができない限りは座学も実習も、どっちもお預けだと言われてたので必死だったのだ。

「いいだろう。では、もう一度、お前の魔力を計ってみることにしよう」

そう言って、お師匠様がこの前と同じ測定水晶を取り出してくる。

「さて、レイガ。手をかざしてみるがいい」

前にも同じことをしているから、今度は緊張しない――わけでもない。やっぱりこういったテストみたいなのって、どうしても身構えちゃうよね。

それでも、素直に手を出して水晶にかざす。そしたら――

「ええっ⁉」

思わず、声が出ちゃった。だって、下のほうにほんのちょっぴり色がついただけなんだよ。五分の一あればいいほうじゃない、これ？　前回の、あのあふれる光を想定してたから、がっかりする。

「相変わらず、面白い人族だな、お前は」

「これ、どういうことですか？　まさか、修行の成果が出てないとかじゃ……？」

「そのようなわけがあるまい。これは我ら用のものだ」

「我ら……ってことは、もしかして霊族用ってことですか？」

「そうだ。少しでも色づけば上出来と思っていたが、まさかここまで変化するとはな。今のお前の魔力量は、人族としてはほぼ最高と言っていいだろう。しかも、まだ伸びる気配すらある」

……マジですか？

「持ち腐れの宝が増えたわけだな」

う……今度は持ち上げてから落っことされたぞ。お師匠様、バリエーション豊富ですね。

しかし、いつまでも腐らせておくわけにはいかない。

課題をクリアしたことだし、これで次のステップに進めるはずだ。

魔力量を計った後は、循環の修行の成果も披露する。

あの時のお師匠様の魔力は、まるで湧き出したばかりの泉の水みたいに澄んでいたけど、残念ながら、私のはまだそこまではいかない。それでも、ポタージュスープみたいにドロドロした感じだったのが、コンソメ程度には澄んできていると思う。

「ふむ……まだまだ未熟だが、この短い期間にここまでできたのであるから合格としよう。では、それをまずは目に集中してみるがいい」

言われるままに、流れの一部を両目に集中させる。

「そうではない。視力を強化するのではなく、魔力をまとわせるのだ」

魔力による身体強化の一つで、視力を数倍にするものがある。てっきりそれのことかとやっていたら、お師匠様からダメ出しが入った。

まとわせる？　うーん……とりあえず、瞼《まぶた》を閉じて今の効果をリセット。その後、眼球を意識して、そこを魔力の流れで包み込むようにやってみる。

「そうだ。では、更にその魔力を対象に沁み渡らせろ」

目玉の魔力漬け――とか冗談を言っている余裕はない。お師匠様の指示は簡潔で、極々簡単なことを命じてるって感じなんだけど、こっちは初めてやるので感覚が掴めない。

必死にイメージを固める。――沁み渡る……浸みる……味が染みる、ええい、煮物かこれは。

連想ゲーム的に頭に浮かんだのは、ぐつぐつとお鍋の中で煮える野菜のイメージだ。

あー、お母さんの筑前煮《ちくぜんに》が食べたいなぁ。って、これはさすがにダメでしょう？

だけど、一回浮かんだ筑前煮が頭の中に居座っちゃって、変更不可だ。

「それでよい。では、目を開けてみよ」

え……これでいいの？　目玉の魔力煮なんですけど……

それでも『よい』と言われたんだから、と、素直に瞼《まぶた》を上げてみる。

「……うわ……」

視界に入ってきたのは、全身がきれいなブルーに光るお師匠様の姿だ。慌ててロウとガルドさんを見ると、こっちはほんのりとだけど赤と黄色に光っている。これって、二人の属性の色だよね？

ふと気がついて、自分の体に視線を落とすと、やはりうっすらと白く光っているように見えた。

「魔力が見えたか？」

「魔力、って言うか、みんなの体が光って見えます――あっ？」

あれ、今まで見えていた光が急に消えちゃった。なんでだ？

「見えなくなりました」

「集中を途切れさせるからそうなるのだ。もう一度やってみよ」

えーと、今のをもう一度。

そして、再度目を開けるとまた光が見える。イメージが続く限り、今度は消えないみたいだ。よかったー、と胸をなでおろしたのも一瞬だった。

「目玉の煮物とは……お前の発想は、つくづく面白いのだな」

ちょっ、今、頭の中を見てたの？　魔力使うから滅多にやらないいんじゃないんでしたっけ？

「お前があまりにも珍妙な顔で悩んでいたのでな。何を考えているのか、つい、な。見られたくなければ、さっさと遮蔽《しゃへい》を覚えればいいことだ――しかし旨そうであったが、アレはなんだ？」

「筑前煮《ちくぜんに》ですか？　和食……じゃなくて、私の故郷の料理です」

「故郷、か。ふむ。で、それはここでも再現できるものなのか？」

「そうですね、材料は揃えられるかもしれません。ただ味付けは、お醤油《しょうゆ》がないと無理だと思います」

和風の煮物に興味津々《きょうみしんしん》なエルフってどういう絵面《えづら》だよ。いや、違うって。突っ込むところは、そこじゃない。

「しょうゆ……ふむ、調味料の一種か」

もしかして、製造法とか訊かれるのかしら。醤油の作り方って、どんなんだっけな？　そして、何げに食べ物にこだわるお師匠様に、ちょっとギャップ萌え。

「……ぎゃっぷ……もえ？」

「ぎゃぁぁぁあっ！」

まだ読まれてたぁぁ！　去れ、雑念！　求む、無我の境地ぃぃ。

頭をぶんぶん振って、慌てふためく私がよほど面白かったのだろう。お師匠様が小さな笑い声を洩《も》らす。そう言えば『面白い』とは何回も言われたけど、実際に笑ってるのを見たのは初めてかもしれない。

ひとしきり笑った後で、お師匠様はようやく『遮蔽《しゃへい》』の方法を教えてくれた。

基本は今まで使っていた『シールド《盾・防御》』と同じだ。体を魔力で包み込んで望む効果を得る。シールドは敵の攻撃から身を守る魔法だけど、私の場合は最初のイメージが曖昧《あいまい》だったせいか、とにかくダメージを防ぐってことで物理防御と魔法防御がいっしょくたになっているらしい。武器での攻撃と魔法での攻撃が同時に防がれているわけだね。

「それはそれでよい。問題は、お前が『攻撃』と認識しない手法だ」

思考を読まれるのは、相手が教えてくれない限り今の私には感知できないし防げない。他にも魅了《チャーム》や睡眠《スリープ》、混乱等の精神に影響するものも、だ。

「己の意識への、外部からの干渉を拒絶せよ」

お師匠様の指示は簡潔で、極々簡単なことを（以下同文）。結界を張る時と同じでいいと言われたけど、そもそも『外部からの干渉を拒絶』ってどうすりゃいいのよ。

うーむ……またも突飛な発想になってしまいそうだが、これについては人の数だけやり方があり、とにかく自分がやりやすいイメージが一番だと言われる。

そこで思い描いたのは、あっちでやっていたオンラインゲームだった。

魔力の流れを意識しながら、頭の中にゲームのステータス画面を思い描く。ゲームの種類によると思うが、他の人のキャラクターの能力や、どういう効果のある武器防具類を装備しているかとかを見たりできるものがある。そのシステムを『装備閲覧』というのだけど、その項目をオフにしておけば、見えなくなるんだよね。なので、ステータス画面＝私の意識ってふうにイメージして、『拒否』をしてみたわけだ。

「見えなくなりました？」

「ああ。お前が妙な図面を頭に描いたのまではわかったが、今は何も見えぬ。こじ開ければ読めぬこともないが、その強さであればそう易々《やすやす》とは侵入できまい」

また読まれていたのか……しかし、見えなくなったというのならよかった。

「だが、今のお前の状態では、念話のみを用いる相手であった場合、意思の疎通が不可能になるな。その辺りは、加減することだ」

「念話のみの相手、ですか？」

「先日、精霊の話をしたであろう？　精霊はただそこに存在するだけのものも多いが、中には知性を持ち、会話が可能な者もいる。まぁ、滅多なことでは遭遇することもなかろうがな」

ほー、そんなのもいるんだ。

「では、次の課題は、魔力の視認を無意識に使えるまでになること。それと遮蔽《しゃへい》の加減を覚えること辺りか……ああ、それと『しょうゆ』の作り方を教えるがいい」

「え？　また、どうして、そんなことを？」

「制作してみるからに決まっておろう？」

マジですか？　けど、大真面目なお顔を見る限り、本気で作る気満々の様子だ。

そりゃ、私だってこっちでお醤油《しょうゆ》が使えたら嬉しい。ついでに味噌もお願いしちゃっていいかしら？

「みそ？」

「醤油と同じ材料を使う調味料です」

「ふむ。よいだろう。で、その材料とはなんだ？」

「えーと、ですね。基本は大豆《だいず》です。それと麦……お味噌のほうは米を使うこともあったかな。それを麹菌《こうじきん》で発酵――でわかるかな？　菌っていうのは、目に見えないほどの小さな生き物です。それが上手く働いてくれるように、温度や環境なんかを整える必要があるんです」

「ふむ……酒や酪《チーズ》と同じようなものと考えればよいのか」

そうそう、それ。っていうか、そういうふうに説明すれば早かったんだ。

それはさておき、ハイエルフ様に味噌と醤油の説明をしてるこの絵面《えづら》って、違和感がハンパないな。とはいえ、日本人が誇る発酵調味料であり、魂《たましい》の味である味噌と醤油が手に入るなら、違和感程度でくじけるわけにはいきません。

「よい水と塩も必要か――ところで、『だいず』や麦はいいとして、『こうじきん』はどうやって入手するのだ？」

「さすがにそこまでは……私も実際にそれらを作ったことがあるわけじゃないんで……」

小学生の時に、社会見学で行った工場で教わった知識を伝えてるだけなんだよね。

「お餅《もち》――えっと、米を搗《つ》いて丸めた食べ物や、パンを放置した時に生《は》えるカビがそれだって聞いた覚えはありますけど」

「なるほどな。では、いくつか試してみるとしよう。暇《ひま》つぶしにはちょうどよい」

ハイエルフが暇つぶしに醤油と味噌を作る。それって、どんなファンタ……いやいや、深く考えちゃダメだ。

伝える必要のあることは伝えて、その日は早めに別館に戻った。

またしても宿題を出されたし、ずっと懸念事項だった遮蔽についてもひとまず合格をもらったから、今夜はちょっと腰を据えて魔法の練習をしよう。そう思ってたんだ。

だが、しかし――

「レイ、ちょっと待て」

夕食の後片付けが終わったところで、ロウが声をかけてきた。リビングスペースに移動して、さて練習を開始、と思ったタイミングだ。

なんだろう。もしかして、食べ足りなかったとか？

「どしたの、ロウ。ご飯足りなかった？　大目に作ったつもりだったんだけど……」

「いや、飯は足りた。いつもどおり旨かった――足りないのは別のものだ」

「はい？」

ご飯が足りてて、他が足りてない……あ、お酒かな？　私は自分があまり飲まないから、晩酌《ばんしゃく》の量とかイマイチわかんないんだよね。二人でワイン一本じゃ少なかったのかな。

そんなことを思っていたら、別方面からまたしても声がかかった。

「遮蔽《しゃへい》は覚えたんだよな、レイちゃん？」

今度はガルドさんだ。なんでわざわざ確認するんだろう。覚えたというか、教えてもらった時に一緒にいたでしょうに。しかし、問いかけられたので、とりあえず返事をする。

「うん、覚えたよ。まだちょっと工夫の必要はあるんだけどね……って、へ？」

そう答えた途端、ロウに後ろからガシッと腰をホールドされた。なんだろうと驚いていたら、ガルドさんが近づいてきて今度は肩に手を置かれる。

「なら、もういいよな？」

「さすがに辛抱の限界だ」

何がよくて、何を辛抱していたのか、まったく見当がつかない。

マジでこの時は魔法の練習のことで頭がいっぱいで、思いつかなかったんだよ。

しかし、そんな私の天然ボケは見事に粉砕された。

「……ちょっと待って、二人ともなんでもう臨戦態勢？」

後ろからは腰、前からはちょうどウエストの辺りに当たっている。着衣越しでもしっかりと自己主張している硬いナニを押しつけられれば、さすがに鈍い私でもその意味がわかった。

「もう半月だぜ、お預けくってからよ」

「遮蔽を覚えるまでは嫌だとお前が言うから、一人寝も甘受した。が、覚えたのであれば、もう問題はないいな？」

ロウのセリフは質問の形をとってはいるが、口調は決定事項だと告げている。これはどうあがいても逃げるのは無理そうだ。まぁ、どうしても逃げたいってわけでもないんだけどね。

ここにお世話になり始めてからずっと、私は二人とベッドを分けて寝ていた。どうしてかは、さっきロウが言ったよね。

自分の頭の中を他人に読まれることがあるとわかって、しかも、それができる人――つまりはお師匠様が目の前にいる。むやみやたらに記憶を見たりはしないと言ってもらっていたとしても、そういう状態で普通に夜にアレする、というのは私の性格上絶対に無理だ。

前夜の生々しい床事情《とこ》とか、万が一にも知られたくないと思うのは普通のことだろう。既にそういう関係だと知られていることは、私にとって理由にはならない。

だから、しばらくの間、二人とは別に寝ていた。同じベッドで寝てたら、ダメだと言っていても、どういう切っ掛けでそうなっちゃうかわからないからね。具体的に言うと、私がメインの寝室で、ロウとガルドさんは二つある個室を使っていた。

シングルベッドはガルドさんの体格だと小さかったので最初は二人でメインの寝室を使ったらと提案した。

『これ（こいつ）と同衾《どうきん》しろと？』

ハモって言われた言葉に、うっかりその状況を想像してしまい、サブイボを立てながら提案をとり下げたのだ。

だから申し訳なく思いつつも、無駄に広いキングサイズのベッドを独り占めし、久々の安眠をむさぼっていた。しかし、どうやらそれは今日で終わりらしい。

「……せめてお風呂に」

「却下だ」

「だな。レイちゃんは長ぇからな」

風呂に入る間すら待てないってどんだけよ。しかし、この状態でじたばたしても無駄なので、清浄魔法を使い全身をきれいにする。その魔法が消えるかどうかのタイミングで、ひょいって感じでガルドさんの肩に担がれた。

危ないっ、二階へ上がる時に天井に頭をぶつけそうになったでしょ！

「今夜は眠れると思うな」

「がっつり付き合ってもらうぜぇ」

まな板の上の鯉《こい》ならぬ、ベッドの上の私……。前後をがっちりと固められ、逃げ出す隙《すき》はどこにもない。

「お手柔らかにお願いします……」

既に覚悟を決めているが、せめて明日の夜には起き上がれるくらいにしてほしい。我ながら微妙だと思う希望を胸に抱きつつ、まずはガルドさんからのキスを受ける。

「……んっ」

意外だったのは、すぐに全部剥《む》かれると思っていたのに、一向に着ているものに手をかけられないことだ。お風呂前なので、私の服装はいつもどおり。ダンガリー風のシャツにチノパンもどき、それとスリッパ以上スニーカー以下な感じの履物である。

さすがに靴は脱がされたが、それ以外は手つかずのまま。この先どういう展開になるんだろうかと、なんだかえらく悪い予感がしつつも、意識はあっという間にガルドさんの口づけに持っていかれる。

「んふ……ん、はぁ……」

毎度思うんだけど、ガルドさんのこの手のスキルはハンパない。ロウが下手だっていう意味ではないが、なんというか……うん、これはもう場数の差だろう。

「キスすら禁止たぁ、俺らもよく我慢したぜ」

「全くだ」

ガルドさんから解放されたと思ったら、次はロウだ。首だけを後ろに向けさせられてのキス。ガルドさんがテクなら、こっちは勢いというか気合というか……って、冷静に状況を観察するのもそろそろ限界になってきた。

「あんっ、は……んんっ」

さんざんキスされたおかげで、私の体にも火がつき始める。

自分じゃ気がつかなかったんだけど、どうやら私自身も結構溜まっていたようだ。濃厚なのと熱烈なのとを交互に受けていると、じわじわと体温が上がった。なのにいつまでたっても剥《む》かれず、服の上からのやんわりとした刺激しか与えてもらえないのだ。

背後からロウが胸に触れているのだけれど、今の私にとってはじれったいことこの上ない優しい力加減。腰からお尻辺りをさまよっているガルドさんの手も、撫でる程度で終わっている。

「やっ……ね、ねぇっ……？」

胸の膨《ふく》らみが張りつめ、先端が硬くとがり始めた。腰の奥から熱いものが湧き上がり、じんわりとした愛撫《あいぶ》だけでは足らず、もじもじと体を動かしてしまう。

直接触ってもらいたい。もっと強い刺激が欲しい。

「ん？　どうした、レイちゃん？」

「言いたいことがあるならはっきり言え」

いつもならさっさと脱がされているのに……

「レイ？」

「言えよ、レイちゃん」

本日は羞恥《しゅうち》プレイですか、そうですか。

二人とも、禁欲生活をかなり根に持ってるらしい。自分達が悶々《もんもん》としていたのと同じ思いを、全部とまではいかなくてもある程度私に味わわせたいという意図が透けて見えた。

二人に肌を見せるのは今更抵抗はないが、自分から裸になるとなるとハードルが跳ね上がる。

しかし、伊達《だて》にこの二人にあれこれと致されていた私ではない。抵抗したところで結果は同じならば、毒を食らわば皿までという気持ちになった。

「……ちゃんと触って」

言った途端に、顔が真っ赤になるのが自分でもわかる。覚悟を決めても、恥ずかしいのは恥ずかしいんだよ。しかし、かえってそれが二人のツボにはまったようだ。

「ちゃんと、ってなぁどういうことだ？」

「ああ。それだけではわからんな」

おいおい、むちゃくちゃ嬉しそうじゃないか。チラリと見上げたガルドさんは、イケメンでなければエロ親父と言われてもおかしくない表情になっている。後ろのロウも、おそらく似たような顔をしてるのだろう。

「直接……ちゃんと、触って……っ」

「だったら、俺らがそうできるようにしてもらわねぇとな」

やっぱり自分で脱がないとダメのようだ。内心ため息をつきつつも、着ていたシャツのボタンに手をかける。体がすっかり反応しちゃってるもんだから、こういう細かい作業はちょいときつい。指が震えて、普段ならすぐやれる作業にえらく手間取ってしまう。

なんとかおへその辺りまでボタンを外すと、待ってましたとロウの手が隙間から忍び込んできた。

「あんっ！」

まだ下着はつけたままだ。こっちの世界製なのでカップとかはなく、デリケートな部分を布で覆うだけなので、触られるとダイレクトにその感触が伝わってくる。

「やっ、あ……ああんっ」

まずは小手調べとばかりに、ロウが胸を軽く持ち上げてから手を離す。かつての体と違い、こっちの体は軽くDカップを越えているため、それをされるとたゆんって感じで揺れる。

その後、手のひらで膨《ふく》らみ全体を包み込むようにして揉《も》まれ、下着越しとはいえ手慣れた刺激に先端が更に硬くなった。先端がいい感じにいやらしく布を押し上げてしまう。

「んっ、あっ」

「……なあ、レイちゃん。こっちはいいのか？」

胸ばかりに気を取られていると、今度はガルドさんが実に微妙なタッチで下半身を触ってきた。

「やんっ、そこ……っ」

「触ってほしいんだろ？　だったら……な？」

そちらも自分で脱げ、ということだ。あれやこれやで思うように指が動かないのに加え、ロウが胸を弄《いじ》っているので更にやりにくい。室内着ということでベルトではなく、紐で固定するタイプのズボンだったのが不幸中の幸い（？）だ。震える指で紐を解き、腰を浮かせてなんとか太ももの辺りまでずり下げるが、それ以上は手が届かない。

足を使って脱ごうにも、ガルドさんの体が邪魔をしていて上手くいかなかった。そのため見様によっては全部脱ぐよりもエッチな格好になる。これまたガルドさんのお気に召したようだった。

「なんだぁ、もうびちょびちょだな」

「あ、ああっ！」

指先で軽くなでられただけで突き抜けるような快感が襲う。勿論《もちろん》下着は穿《は》いているが、ゴム的なものがないために所謂《いわゆる》紐パンなのだ。ドロワーズとかいう股引みたいなのもあるらしいんだけど、穿く気になれなくてこうしている。クロッチ部分はガルドさんの言ったようにすっかり濡れそぼってしまい、胸と同じく硬くなって頭をもたげてきていた突起の存在をこれでもかというように強調していた。うう、恥ずかしい——恥ずかしいけど、もっと触ってほしい。

「おい、こっちがお留守だぞ」

「いっ……ひぁんっ」

ぎゅっと胸の先端を抓《つま》み上げられて、甘い悲鳴を上げてしまう。

「ちゃんとこっちも……」

「きゃんっ！」

ぐりっと指の腹で突起を押しつぶされて、強い刺激に体が跳ねた。

「おっと」

「こら、レイ」

胸を覆う下着は上にずらされ、下は片方の紐だけ解かれてしまっている。そのくせシャツは半脱ぎのままだし、ズボンはようやく膝まで下げられた程度。それらの布が邪魔をして思うように腕や足が動かせないし、そもそもこの二人に私が腕力でかなうはずがない。思う存分にあちらこちらを弄《いじ》られているこの状態は、多分ものすごくエロい光景なはず。ロウとガルドさんはしっかりと服を着込んだまま、中途半端に脱がされた私に悪戯《いたずら》しているのだ。

「ひあんっ、あっ……や、やだ、もぅ……っ」

主に指と唇で、さんざんに弄り倒され焦《じ》らされまくって、涙交じりで懇願する。体中にキスマークが散り、弄られすぎた胸の先端は痛いほどとがりまくっているし、下肢はあれやこれやの液体で洪水状態。なのに、未だに一度もイかせてもらえていないのだ。

「やだ……お願いっ、ちゃんと……してっ」

さすがに服は脱がせてもらったし、二人も脱いではいる。いつ見てもほれぼれするくらいな均整の取れた体つきで、一人は細マッチョ、もう一人はゴリまで行かない正統派マッチョ。それも、ボディビルダーのような見せ筋ではなく、実戦で培《つちか》われた筋肉である。そんな二人に片方ずつ足を持たれ、つま先を咥《くわ》えて指を舐められるとか、もうね……。そんなことをされて感じちゃう私もたいがいだとは思うが、いい加減、限界です。

「お願い……」

そろそろ本気で泣きが入りそうだ。そのことに二人も気がついたのだろう、少しばかりばつの悪そうな顔をして足を解放してくれた。

「すまねぇな、ちぃっと調子に乗っちまった」

「悪かった。お前があまり可愛らしい反応を見せるから、つい……」

調子に乗って、つい、で、どこそこをどう触ってくれ、とか言わせるのか、こいつらは。そう言ってツッコミたいところだが、生憎《あいにく》とそんな余裕はどこにもない。

「ちゃんと……気持ちよくしてっ」

「ああ。わかってるって」

「きちんとイかせてやる。お前がもういい、と言うまでな」

それはそれで問題な気がするけど、ギリギリで焦らされている状態では選択の余地などない。

「んじゃ、まずは俺からな？」

ガルドさんの言葉に、ロウが私の体から離れる。おや？　と思ったのだが、ガルドさんの大きな体が私の上に覆いかぶさり、すっかり立ち上がったソレが内ももに触れると、もうそのことしか考えられなくなった。

「ねぇっ、早く……っ」

「ここまで積極的なレイちゃん、ってのもレアだよな。ああ、わかってるぜ。ちゃあんと、ほら」

膝裏に手を添えて持ち上げられ、大きく開かされると、ガルドさんの硬くて太いものが入り口に押し当てられるのがわかった。そのまま軽く前後に動かして、あふれ出ている蜜をまとわせた後、待ち望んでいたものが与えられる。

「あ、ふぁっ……ああんっ」

「っ、きつ……すぎ、だろ……っ」

半月ぶりなのと焦《じ》らし作戦のおかげで狭いソコを、限界に近いサイズのガルドさんが侵入しきた。あまりの圧迫感と快感で息が詰まりそうになる。小刻みな抽挿を交えながら進み、一番奥までソレが到着した途端、我慢できずに達してしまった。

「んんんっ！」

「お、おい……く、そっ！」

呑み込んだものをきつく絞り上げる動きはガルドさんにとっても不意打ちだったらしく、息をつめ、奥歯をきつく噛み締めていた。

それでもなんとか暴発するのだけは避けられたみたいで、呼吸を乱れさせたまま小さく笑う。

「可愛いぜ、レイちゃん。すげぇ、そそる顔だ」

やっとのことでイかせてもらえた私は、おそらくは蕩《とろ》けるような顔をしているだろう。全身を弛緩させ、ガルドさんを呑み込んだところだけをヒクヒクと蠢《うごめ》かせ続けている。そんな私に、足を抱えたままの体勢で、伸び上がるようにしてガルドさんがキスしてきた。

「ん、あ……ガルド、さ……っ」

「わかってるって。足りねぇんだろ？　まだまだ、ちゃんと……」

「あ、あっ、ん……ああっ」

キスの合間に、止まっていた腰の動きが再開される。膝が胸につくくらい深く折り曲げられてただでさえ苦しい体勢なのに、そこにキスまでされちゃうと酸欠になりそうだ。なのに、待ち望んでいた刺激を与えられている私の体は、その苦しさまで快感に変えてしまう。

とがりきった胸の先端が逞《たくま》しいガルドさんの胸板で擦《こす》られ、同じ状態の下の突起も茂みに覆われた硬い筋肉で押しつぶされ捏《こ》ねまわされる。一度イッたナカはガルドさんのモノに絡みつき、敏感な粘膜をこそぎ取られるようなその動きにより、さらなる高みへ押し上げられた。

気がつけば、両手ばかりか足まで使ってガルドさんにしがみついている。二人とも汗まみれで肌が滑りやすいから、爪を立てていたかもしれない。全身くまなく、ぴったりと触れ合い、その触れ合ったところすべてから快感が生まれてくる。

「あ、あっ……気持ち、い……ひぁぁっ」

「俺も、だぜっ」

「やっ、奥……だ、めっ……そ、こっ……ああっ！」

張り裂けんばかりに私のソコを押し広げていたガルドさんのが、奥を細かい動きで衝《つ》き上げる。体が浮き上がるほどの激しさはないが、その分、純粋に快感を追いやすい。

「ん、あっ……やっ、また……く、るっ」

我慢できない何かが下腹部から湧き上がり、それが全身へ広がっていった。

「いいぜ……イけよ、見ててやる」

「ヤだっ、ヤ……見ちゃ、嫌……あ、あっ」

そうは言うものの、最奥を衝《つ》き上げられ、更にぐりぐりと腰を使われて、私の我慢はあっけなく砕け散った。

「……い、ひぃ……んんんっ」

かすれた悲鳴が唇から洩《も》れ、全身が痙攣《けいれん》する。ガルドさんの腰に巻きついていた足が、つま先までぴんっと伸び——やがて、すべての力を失ってベッドへ沈み込んだ。

「くっ……全部、呑んでくれ、よっ」

私に遅れること数秒で、ガルドさんもイッたようだ。熱いものが最奥に注がれる感触がし、その刺激で余韻に打ち震えていた体がピクリと跳ねる。力を失ったモノを半ばまで抜き、ガルドさんは根っこのところに自分の手を添えて扱《しご》いて、言葉どおりに最後の一滴まで私の中へ注ぎ込む。

「最高だぜ、レイちゃん」

彼は愛おしげに囁《ささや》き、私をつぶさないように注意しつつも上から倒れ込んでくる。逞《たくま》しい肉体にすっぽりと抱き込まれ、快感の余韻と愛されているという実感に、私の頭は蕩《とろ》けた。

「ガルドさん……好き……」

「ああ、俺もだ。愛してるぜ」

触れるだけの、でも思いの詰まった口づけに心の底から幸福感が湧き上がる。まだ力の入らない両腕をなんとか持ち上げてガルドさんの背中に回し、彼も抱きしめ返してくれて、幸せな気持ちに満たされていた。だけど――

「……いつまで乗っかってる。いい加減に、どけ」

げしっ、とロウの声と共にそんな音がして、体の上からガルドさんの重みが消える。

「ぐはっ！　て、手前ぇ、ロウッ、いきなりなにしやがるっ」

「ぐずぐずしているからだ。先手は譲ったが、そろそろ俺の番だ」

なんだ、何事だ？

重たい瞼《まぶた》を引き開けると、容赦のない足蹴りによりガルドさんの体が横にずれて、代わりにロウが目の前にいた。

「さんざん見せつけやがって……」

「久しぶりだから、まずは一人ずつって言ったのはお前だろうがよ」

獰猛《どうもう》にうなるロウと、蹴られたところをなでながらぼやくガルドさん……。どうやら私の知らない間に、男二人の間で談合が行われていたらしい。途中からロウが手を引いていたのを不思議に思っていたんだけど、なるほどそういうことだったのね。勝手に何を決めてるんだよ。

しかし文句を言おうにも、思考はまだほわほわしてる状態だし、体も碌《ろく》に動かない。戸惑っている間に、噛みつくようなキスをされ、敏感になりきっている体のあちこちを触れられて、あっけなく陥落してしまった。

「ああんっ、ふ、ぁ……あ、あんっ」

背後から胸の形が変わるほどきつく掴まれ、指の間から桜色にとがった先端がはみ出ている。二本の指に挟まれ、ひねりを加えながら擦《こす》り合わされて、強い刺激は痛みを覚える寸前で快感に変わってしまう。弱いと知られている項《うなじ》にねっとりと舌を這《は》わされると、そこからもまた甘い疼《うず》きが広がっていった。

「お前、はっ……これが、好き、だよな？」

私の後ろからロウの声がする。

力が抜けきっていた膝を強引に立てられ、大きく足を開かされると、先ほど大量にナカに注がれたガルドさんの白濁があふれてくる。それが太ももを伝いシーツに吸い込まれるのをロウは忌々《いまいま》しげに見ていたようだが、指でかき出すよりも自分のモノで駆逐《くちく》したほうが速いと判断したらしい。

ガルドさんに比べるとやや細身だが、大きく先端の部分が張り出したソレが、私の入り口近くを細かい動きで出入りした。もっとも大きな部分が入り口近くの敏感な部分を擦《こす》り、抜け切る前にまた衝《つ》き立てられる。ロウの言うように、私はコレをやられると弱い。更に言うなら、後ろからやられると余計に感じてしまう。

「あん、あっ……ん、あっ、はぅっ、っ」

奥を抉《えぐ》られるのとは違い、じりじりとあぶられるような快感が蓄積されていく。一思いに奥を衝いてほしいと思う反面、このまま甘い感覚に浸《ひた》っていたい。そんな相反する思いが湧き起こり、せつない声が洩《も》れる。

とめどなく湧き出す私の蜜とガルドさんの放ったモノが奥からあふれ、そこは既にえらいことになっていた。小刻みなロウの動きにつれて、ぐちぐちぬちゃぬちゃと粘着質の水音が響き、それが耳に届いて更に羞恥《しゅうち》と快感が増す。

「くっ……レイ。どうして、ほしい……？」

ロウにしても焦れったいのは同じだろうに、この期に及んで私に選択肢を委《ゆだ》ねるのは先程の羞恥プレイの続きなのか。あるいは元々ちょっとばかりそっちのケのあるロウだから、純粋にこれを楽しんでいるのかもしれない。

「あ、あ……も、もっと……ぉっ」

頃合いと見たのか動きを止めて尋ねてくる言葉に、とっくの昔に理性をなくしていた私は、身も世もなく懇願してしまう。

「もっと……なんだ？」

「あ……いっぱい、してっ」

「何を？」

具体的に、と言われて言葉に詰まりながらもそれに従う。

「う……い、いっぱい、衝いてっ、奥まで……ロウので、いっぱい、気持ちよくしてっ」

「いいだろう。その代わりちゃんと、どうなのか言うんだぞ？」

耳元で囁《ささや》かれ、こくこくと首を縦に振る。その様子に満足げに笑う気配が背後で感じられ、間をおかず求めていたモノが最奥へ衝き立てられた。

「ああっ！　や……っ」

「……嫌ならやめるぞ？」

「や、やだっ、やめちゃ、や……あっ！」

「だったら、正直に言え」

衝撃に息が詰まり、咄嗟《とっさ》に出た言葉にダメ出しを食う。慌てて否定すると、胸を這《は》っていた手が、私のお尻の膨《ふく》らみを鷲掴《わしづか》みにした。

「ものすごいことになってるな……粗相《そそう》でもしたか？」

その手で左右に押し広げられると、ロウを受け入れたところが丸見えになってしまう。奥まで一気に貫かれたせいで、まだナカに溜まっていたものが押し出され、ロウの言うようにお漏らしでもしたかのような状態だ。そんなものを見られたら、普段の私なら恥ずかしさのあまり泣いてしまうはずだが、自制心が飛んでるせいで、余計に感じてしまう。

「あ、あ……で、ちゃぅ……」

「気にするな、俺がまたいっぱいにしてやる」

「いっぱ……んんっ、あ、ナカ、に……ロウ、がっ」

キスされながらのガルドさんの時とは違って自由に声は出せるため、ロウの誘導もあってものすごいことを口走ってしまう。

「ひ、ぁっ！　もっと、奥……ひぃんっ」

「ここ、か？」

「んっ、そこっ……き、気持ち、い……っ」

「……こっちは？」

「ああっ！　や、そ……こ、ダメッ、強すぎ……んぁ、ああんっ」

角度を変えつつ、いろいろなところを衝《つ》かれて、その度に悲鳴交じりの嬌声《きょうせい》を上げる。腕はとっくの昔に体を支える役目を放棄していて、上半身はベッドに突っ伏している状態だ。腰だけはロウに支えられているためにまだなんとか膝立ちの体勢を保ってはいるが、衝き上げられるごとに胸がシーツと擦《こす》れ合い、地味にそこからも快感を伝えてくる。

「やんっ……い、いい、い……あ、あ、ロウッ」

「いい、か？　なら、もっと……悦《よ》くしてやる」

「ひ、ぁあああっ」

奥を抉《えぐ》られたまま、九十度、体の位置を変えられた。ロウは私の片足を自分の膝で押さえ込み、もう片方を肩に担ぎ上げて、限界まで広げられた中心へ今まで以上の勢いで腰を打ちつけ始める。

「あ、あっ、やっ！　激し……イき、そっ」

「こら、まだ我慢しろ」

そんなことを言いながら、ロウは空いていた手でびしょびしょになった突起を弄《いじ》る。粘着質の液体にまみれ、ともすれば指先からするりと逃れてしまうそれを、指の腹で押しつぶし捏《こ》ねまわした。

「いっ……ひぃんっ！」

「くっ、もう少し……」

些細《ささい》な刺激でさえ今の私にはつらいのに、強すぎる感覚にひときわ大きな悲鳴を上げる。歯を食いしばり体にあらんかぎりの力を入れても、激しく揺さぶられ、その時を先送りできそうにない。

「やっ、だめっ……も、もうっ」

「っ、締めるなっ」

「ああ、ら、めぇっ……やっ、もうっ、むり、ぃっ」

「っ……ちっ、いい、ぞ、レイッ」

既に呂律《ろれつ》も怪しくなってしまっている。体に力を入れた余波で、呑み込んでいるロウをもきつく締め上げてしまったようだ。さっきからまだ一度も出していないロウ自身も我慢の限界らしい。忌々《いまいま》しげに舌打ちをすると、腰の動きに大きなグラインドが加わった。

「ああっ！　く……くるっ、きちゃ……ぃくぅぅぅっ！」

大きく張り出した部分をもつモノが、これでもかと私の中を蹂躙《じゅうりん》する。奥の一番感じるスポットをひっかくようにして動かれ、『イく』許可が出た私はそれまでの努力をすべて放棄して、うねる快感に全身を委《ゆだ》ねた。

「んあぁっ！」

「レイッ……っ」

完全に密着させても足りないと、奥の壁を衝《つ》き破らんばかりの勢いで穿《うが》っていたロウの先端から、熱い飛沫《ひまつ》が迸《ほとばし》る。許容量ギリギリだったせいか、繋がった部分から湧き出すようにして流れ私達の体を濡らした。

「っ、は……っ」

二度三度と背筋を震わせながら、ロウが私の中に残滓《ざんし》の一滴まで注ぎ込む。

ご愛読誠にありがとうございます。

読者カード

●ご購入作品名

●この本をどこでお知りになりましたか？

年齢　　歳　　　　性別　男・女

ご職業　1.学生（大・高・中・小・その他）　2.会社員　3.公務員
4.教員　5.会社経営　6.自営業　7.主婦　8.その他（　　）

●ご意見、ご感想などありましたら、是非お聞かせ下さい。

●ご感想を広告等、書籍のPRに使わせていただいてもよろしいですか？
※ご使用させて頂く場合は、文章を省略・編集させて頂くことがございます。
（実名で可・匿名で可・不可

●ご協力ありがとうございました。今後の参考にさせていただきます。

郵　便　は　が　き

1 5 0 8 7 0 1

料金受取人払郵便

渋谷局承認

9400

0 3 9

差出有効期間
平成30年10月
14日まで

東京都渋谷区恵比寿4−20−3
恵比寿ガーデンプレイスタワー5F
恵比寿ガーデンプレイス郵便局
私書箱第5057号

株式会社アルファポリス
編集部 行

お名前
ご住所 〒 TEL

※ご記入頂いた個人情報は上記編集部からのお知らせ及びアンケートの集計目的以外には使用いたしません。

アルファポリス　http://www.alphapolis.co.jp

短時間に深すぎる絶頂を二度も味わわされた私は、既に指先を動かすのすらつらい状態だ。そのくせ、受け入れている部分だけはうねっている。そこからずるりと一物が抜かれ、担がれていた片足をようやく下ろしてもらえた。

「あ……は、ぅ……」

横向きになった状態でヒクヒクと全身を震わせる私の耳に、二人の話し声が聞こえたような気がした。

「……お前は、こういう時だけは口数が多いよな……」

「レイが喜ぶからだ、俺のせいじゃない」

「どう見ても喜んでるのはお前ぇだろうがよ」

「悔しければ、お前も言わせればいい」

何をけしかけているんだ、と突っ込む気力は既にない。そのまま、気を失うように眠り込んで——すぐに全身を揺さぶられる感覚に、強制的に目覚めさせられた。

「起きたな」

ロウの膝の上に後ろ向きに座らせられて、しっかりと銜《くわ》え込まされている。おまけにガルドさんは胸に吸いついていた。どうやら一人ずつってのは一ターン限りだったらしい。私はか弱い女性なんだぞ。少しは休ませてやろうとか思わんのか。

「寝られると思うな、と言った」

「なぁ、レイちゃん、俺にも、その……」

その上、ロウの影響かガルドさんまで、あれこれと私に言わせるのにこだわり始めちゃってるじゃないの！

夜明け近く――というよりも、完全に朝になるまでさんざん喘《あえ》がされ、嬌声《きょうせい》を上げさせられ、更には恥ずかしいあんなことやそんなことを言わされまくり……。翌日の昼すぎになって、やっとこ目を覚ました私の喉はかすれ声さえ出せないくらいに嗄《か》れまくってた。

『禁欲は精々数日までが身のため』――本館からロウ達が調達してきてくれた『喉によい』というお薬をちびちびと飲みながら、私は肝に銘じた。

第四章

「レイ殿、少しよいだろうか？」

「あ、ターザさん」

二度目の宿題をもらい、それに少々てこずっていたある日のこと。朝早くから、ターザさんが別館にやって来た。うん、いつみても魅力的な猫耳だね。あ、勿論《もちろん》、持ち主本人もすごく男前なのは言うまでもない。

「お館様よりの言伝《ことづて》だ。確認したいことがあるので、レイ殿に来るようにと」

こういったお師匠様からの伝言を、トゥザさんかターザさんのどちらかが伝えにくるのはいつものことだ。ポーラさんがお屋敷の内向きの仕事をして、それ以外のことは男性二人が担当しているらしい。

「確認、ですか？」

しかし、伝えてもらった内容に、私は小さく首を傾げた。

なんだろう、まさかもう修行の成果を見せろとか言われるんじゃないだろうな。お師匠様の教え方はとてもわかりやすくて助かるんだけど、その反面、私が人族だってことを忘れているんじゃないかと思うことがある。教えたのだから、自分と同じようにできるだろう、とか言われても、それってどんな無理難題ですか、と思うのだ。

「……顔色が悪いが、大丈夫か？」

嫌な予感に顔を青ざめさせていたら、ターザさんが敏感にそれに気がついた。

「あ、いえ、大丈夫です」

お師匠様の無茶ぶりが不安で、とは言いづらい。言葉を濁《にご》して答えると、ターザさんの額《ひたい》にわずかに皺《しわ》が寄った。

「まだ、知り合ってから間もない俺に、何もかもを話せというのは無理があるのはわかっている。が、もしそんな俺でも力になれることがあるのなら、遠慮せずに言ってほしい」

確か、ここにきてすぐの頃にも、そんなことを言ってもらったことがあった。あれは確か、最初の宿題の魔石に魔力を込める修行をしていた時だったね。

「ありがとうございます、ターザさん。そう言ってもらって嬉しいです」

「ならば……」

「でも、ほんとに今は大丈夫なんですよ。ちょっと取り越し苦労をしていただけで……」

そして、玄関先でそんな会話をしていたら、話し声に気がついてロウ達がやって来た。

「ターザか。こんな早くからどうした？」

「お館様の使いだ。レイ殿を呼びに来た」

「レイちゃんだけ？　今回は俺らはお呼びじゃないってか？」

「ふむ。となれば、時間が空くな——ターザ、何か手伝えることはあるか？」

「そうだな……そろそろ西の畑の作物を収穫したいと思っていたところだ。ロウとガルドが加勢してくれるというのなら助かる」

弟子の私はともかく、居候《いそうろう》であるロウとガルドさんは、せめて宿代分くらいは働くべきだろうと、時折こうしてターザさん達の仕事を手伝っていた。

ロウとガルドさんは最初、獣族だってことで、ターザさんにはいささか及び腰だったみたいだ。ターザさんはターザさんで、私達を得体の知れない相手と見ていたらしい。けれど、年が近いこともあり、数日もすればお互い打ち解けることができ、今では愛称で呼び合う間柄だ。ポーラさんとも、お屋敷に出向いた時にはおしゃべりしたりしている。まぁ、トゥザさん相手だと、まだちょっと緊張するんだけどね。

「んじゃ、俺らはターザを手伝ってんぜ」

「うん、頑張ってね。ロウ、ガルドさん」

そして三人を見送った後、私は一人でお師匠様の書斎へ向かった。

「お呼びだと伺ってお邪魔しました、お師匠様」

ほぼ丸一日がナニとその余波でつぶれたこともあり、二回目の宿題については、まだ満足のいく結果が出ていない。そこへのお声掛かりだったから、内心、戦々恐々としながら書斎に行ったのだが、妙に上機嫌なお師匠様に出迎えられた。

「待っておったぞ。お前に確かめてほしくてな。そこそこ良いできだとは思うのだが味はどうだ？」

さっき、ターザさんもそんなことを言っていたが、味とは何のことだろう。そう思ったところで、部屋の中に懐かしい香りがしているのに気がついた。

視線を巡らせると、部屋の片隅に何かが置いてある。水汲《く》みとかに使うのより一回りほど大きな木桶《きおけ》と、その隣にあるのは陶器の壺だ。木桶には薄茶色のものがこんもりと盛られている。壺のほうは中身が何かはわからないが、状況からしてピンとくるものがあった。

……えっと……まさか？　私は一応訊いてみる。

「お師匠様……それはなんでしょうか？」

「『みそ』と『しょうゆ』に決まっておろう」

「どーやって作ったんですかぁぁ!?」

発酵食品だよ？　醸造《じょうぞう》期間が必要で、最低でも半年はかかるはずだ。

「苦労したが、なかなかに面白い実験であったぞ」

「人の常識を覆《くつがえ》しておいて、面白がるのはやめてください……」

日本の技術でも、醸造期間を三ケ月に短縮するのがやっとだと聞いた覚えがある。なのになんで数日で完成品が鎮座してるのよ。

「真面目な話、どうやって作ったんですか？　それ、絶対にこんな短期間でできるものじゃないんですけど？」

「お前の話では半年ということだったが、そこまで待つのが面倒でな」

腐敗を進めたり、成長を促《うなが》したりする魔法を利用したってことらしい。数種類のサンプルを用意して、悪臭を放ち始めたのは捨てて、残ったものを更に熟成させたようだ。

「試しに作ってみた中で、これが一番できがよさそうであったので、お前に確かめてもらおうと思ったのだ」

「原料も、この短期間でよく探し出せましたね」

「麦は兎《と》も角《かく》『だいず』には少々苦労したがな。まさか、飼い葉桶から拾い上げることになるとは思わなんだ」

お師匠様の話では、大豆とほぼ同じタンパク質をふんだんに含んだマメ科の植物がこっちにもあり、もっぱら家畜の餌にされていたようだ。もったいないことだが、ヨーロッパじゃ、食用よりも工業用の油を取ることが主だったので、それよりはマシ。

「早く試せ」

「はいはい」

六世紀生きてるのにお師匠様は意外とせっかちらしい。あるいはかなりの食いしん坊だとか？

エルフに持っていた『高貴』なイメージががらがらと崩れていくが、ちゃんと遮蔽《しゃへい》を張ってあるから読まれてないはず。

「では、失礼して……」

まずは味噌の味見だ。ドーンと盛られた味噌の傍《かたわ》らに、可愛らしくスプーンが添えてあったので、それを使ってちょっぴり掬《すく》って食べてみる。

あら、おいしい。これ、十分に売り物になるレベルだよ。

次に醤油《しょうゆ》――こっちは、重たい壺から、ちょっと苦労してスプーンへ。

「んと……こっちは少ししょっぱいです」

「失敗か？」

「いえ、好みの問題だと思います。砂糖をカラメル状にして加えると、味がまろやかになると思います」

私の好みより、少し塩分がきつくてとんがった感じだな。煮物に使うにも、もう少しマイルドなほうが合うと思う。

「なるほどな。では、そちらも作ってみるとしよう」

「ノリノリですね、お師匠様」

「久々に面白かった。他には何かないのか？」

「そう言われても……すぐに思いつくのは味噌のバリエーションくらいですね。白味噌と赤味噌ってのがありまして――」

説明したら、熱心に聞いている。こりゃ、またすぐに完成品が目の前に並びそうだ。

「しかし……調味料のみができても、それを用いた料理をどうするかが問題だな」

「え？　私が作るんじゃないんですか？」

てっきりそういう話の流れだと思ってましたけど、もしかして違うんですか？

不思議に思ってそう尋ねると――お師匠様は、ものすごく驚いた顔をする。

「作る？　お前が料理を、か？　あ、いや……確かに前回のあれはターザも食せたし、そもそも、お前の連れは日々、お前が作ったものを口にしているのだったな」

なんでそこで、そんなに驚くんだろう？

いや、待て。そういえば、最初に会った時も、こういう会話になってなかったっけ？

「お師匠様……どうしてそこまで私の料理の腕に懐疑《かいぎ》的なんですか？」

確かに、お師匠様は私の作った料理を食べたことがない。スープカレーは肉が入っていたという理由から、味見したのはターザさんだったし、その後も料理は作っていたけどそれは自分達の住まいで食べる分だけだ。

けど、あの時お師匠様の目の前で、ターザさんはちゃんと『旨い』と言ってくれてたよね。であるのに、私が作るものが美味しいはずがない、という確信があるような態度は不可解極まりない。

なので、思いきって尋ねてみた。

「差し支えなければ、どうしてそう思うのか教えていただけませんか？」

すると、思いがけないことを問われる羽目になった。

「その話を聞きたいのならば、お前にも話してもらわねばならぬことがある。それでも構わぬか？」

「私の話、ですか？　えっと……いったい、何を話せと？」

「お前が本当はどこから来たのか、ということだ」

別に、特にすごまれたり、圧力をかけられたりしたわけじゃない。ごく普通の――魔術の講義をしてくれる時と変わらぬ声と口調だった。けど、『ハイディンからです』なんて当たり障りのない答えでは済まない『何か』が含まれている。

「答える気がないのならば、それでも構わぬぞ？　私も、今の質問は忘れよう」

「あ、いえ……ちょっと、待ってください」

この場にロウとガルドさんはいないから、相談することができないけど、この事態はここに来た当初に、一度話し合っていたよね。そして、私がどう決断しようと、その決定を受け入れると二人は言ってくれていた。

ここに来てそろそろ半月だ。お師匠様やお屋敷のみんなの人となりは、それなりにわかってきた。信頼に値する人達だってことが、ね。

だったらこの辺で、腹を割って話をすべきだろう。そう思い、気持ちを落ち着けるために深呼吸を一つして、改めて口を開く。

「まずは、最初からすべてを話さなかったことについてお詫《わ》びします。嘘をついていたわけではないんですが、正直にお話しして気味悪がられ……最悪、弟子入りを取り消されたらと思うと言えませんでした。申し訳ありません」

詫びの言葉と一緒に、深く頭を下げる。その私に、お師匠様は優しい声で告げてきた。

「それについては別に構わぬ。まぁ、妙な来歴があるらしいのはわかっておったが、初対面から、すべてを明かせと言うほど私も傲慢《ごうまん》ではない」

ああ、やっぱりその辺も読まれてたんだな。けど、断定的な表現じゃないってことは、全部を知られていたわけじゃないようだ。

「そのような顔をしていると、せっかく遮蔽《しゃへい》を覚えても、お前の考えがすぐわかってしまうぞ？」

「……ロウ達にも、よくそう言われます」

まさかお師匠様にまで言われるとは思わなかった。けど、今は気を散らしている時じゃない。

「魔法について何も知らないのは本当です。私は今、十七歳ですが、実際にはまだこちらの世界で半年も過ごしていません。私にはこの世界以外のところで生きていた記憶があるんです。その世界で、私は別の名前と姿を持っていて、三十二年間生活していました。そしてトラックに――大きな荷馬車みたいなものですが、それにぶつかられて死んだんだと思います。その後、真っ暗な場所にいるのに気がつきました――」

そこで白い光が見えたことや、もう一つ別の光に気がついたこと。そして、そこに引き寄せられるようにして、この体で目覚めたこと。たまたま、近くで怪我をして倒れていたロウを見つけて、癒《いや》したこと。そして、一緒に旅をすることになり、ガルドさんとも知り合ったこと等々を話す。

「――そういうわけで、言葉や文字はわかったんですけど、それ以外の常識を全然知らないいし、『どこから来た？』って訊かれても答えられないんで、その辺りは曖昧《あいまい》にしていました。魔法についても、二人に初歩的なことを教えてもらっただけで……。だから、基礎からきちんと学びたいって言ったのは、嘘じゃないです」

この話をするのは、ロウとガルドさんに続いて三回目だ。説明下手な私でも、そろそろ慣れてきた。できるだけ簡潔に話したつもりなんだけど、お師匠様は信じてくれただろうか？

「森の中の、巨大な木の内側で目が覚めた、と言ったな？」

「はい」

私の話を聞き終わって、しばらく考え込んでいたお師匠様が、確認してくる。

「その折に、傍《かたわ》らにあったのがお前が着ているローブと杖、そして魔倉であった、と?」

「そうです。あの……お師匠様。何かご存じなんですか?」

私の質問には答えず、お師匠様は近くにあった椅子に座るように言った。その間に、お師匠様は自分の机から小さな石を取り出してくる。それを右の手のひらの上に乗っけると、お師匠様の魔力がそこに集まるのがわかった。

「っ!」

石の上、三十センチくらいのところに、映像が浮かび上がる。何これ、立体映像《ホログラム》? いや、魔力が動いてたからこれも魔法か。そして、驚くのはそれだけじゃなかった。

映像は二人の男女のものだ。片方は黒髪の女性で、もう一人は白い髪をした男性。仲良く寄り添っていて、まるで恋人同士みたいに見える。それはいい。けど、その顔が私とお師匠様にそっくりだった⁉

「どういうことですか、これ!」

「心当たりはないか?」

「ありませんよ! こんなの、いつ――」

お師匠様とのツーショットなど撮られた覚えない、そう言おうとして、気がついた。

「まさか、これ……」

もしかして、この映像って、この体の本当の持ち主のものだったり?

「もう一つ尋ねる――『ミレイア』という名に聞き覚えはないか?」

「ありません。それが、この人の名前なんですか？」

正確に言えば、その名前は一度だけ聞いた。ここに来た最初の夜、お師匠様が呟くように言ったのがそれだった気がする。ただ、その時ははっきり聞き取れなかったのと弟子入り許可直後のバタバタで、さほど気に留めずにスルーしてしまっていたんだ。

「そうか……」

ずっと疑問に思ってたんだよ。私の意識が宿る前のこの体は、どんな人だったんだろう、って。けど、それを知る方法なんかなかったし、『返せ』と言われたら困るので、なるべく考えないようにしてたんだけど、まさかこんなところで、その答えが見つかるとは思わなかった。

「説明――していただけるんですよね？」

こんなものを見せられた後で、『そうか』で終わられたらたまりません。

よほどせっぱつまった顔をしてたんだろう。お師匠様が、私の顔を見て苦笑する。

「お前が正直に白状したのだ。私も、それに応えねばなるまいて。どのみち、いつかは知らねばならぬことだ」

そう言って、お師匠様が話してくれたのは、ちょっと……いや、かなり……いやいや、ものすごく驚くべき中身だった。

「これは今から三百年ほど前に焼きつけたものだ。映っているのは、ミレイアと私の兄――エインローヴァだ」

懐かしさと悲しみの入り混じった視線で、その映像を見つめながら、お師匠様は話し始めた。

「ミレイア――我々はミーアと呼んでいた。彼女と出会ったのは、北の街道だった」

お師匠様と、お兄さんのエインローヴァさんは双子だったそうだ。高霊族《ハイエルフ》に双子は珍しい。ご両親はあまり子育てに向いていないタイプだったようで、成人するまでの間のほとんどを年の離れた姉に世話をされて過ごしていたという。

――高霊族は物静かで、急激な変化を好まない者が多い。ただし例外はあって、双子はまさにその例外中の例外だった。子供の頃から好奇心旺盛《こうきしんおうせい》で、二人の育ての親ともいえる姉は苦労したらしい。それは成人を迎えても変わらず、行動の自由を確保した途端、二人は大森林を飛び出したのだ。

生まれ故郷の森を出た二人はあちこちを旅してまわった。

東の大海、南の密林、西の砂漠、そして北の氷原。危険な目に遭ったのは、二人分の両手と両足の指では収まらない数だったが、大森林に籠《こも》っていては決して目にすることのできない風景の数々に彼らは心を躍らせる。

そんなある日、森を出て既に百五十年が経とうとしていることに、兄弟はふと気がついた。いくら寿命の長い高霊族であっても、それはかなり長期間だ。故郷に残してきた姉は、さぞや気を揉《も》んでいるだろう。それに思い至った時は、二人で冷や汗を流した。

幸いなことに、その時、二人がいたのは北の街道の付近だった。西の戎族《じゅうぞく》の住まう地方から、狄《てき》族《ぞく》の支配地の北方を抜け、東方の夷族《いぞく》の国々へ至る北の大街道。そこから南へ向かえば、大森林はすぐそこだ。慌てて予定を変更して、南に向かったところで、ミレイアと出会ったのだった。精霊がやたらと騒ぐので、不審に思って向かった先にミレイア――ミーアはいた。

正確には、彼女と、彼女の家族と思《おぼ》しき者達が。おそらくは、旅の商人だったのだろう。荷物を満載にした車と馬が数頭、若い男と、妻らしき女が二人、子供が四人倒れていた。彼らは二人が駆けつけた時には、一人を除いてすべてが息絶えていた。その一人がミレイアだ。

魔物の群れに襲われたという。

子供達の中で、ミレイアが一番の年少だったようだ。一人だけ生き残れたのは、荷物の山の奥深くに隠されていたからだった。年長の子供らは、父母と並んで魔物と戦ったらしい。

血まみれになって倒れ伏す彼らを、魔物の群れが旨そうに食《は》んでいた。

弱肉強食は世の習いであるし、既に死んでいる彼らに二人ができることは何もない。

だが、生き残りがいるとなれば、話は変わって来る。数十頭はいた魔物達をいともたやすく退《しりぞ》けた後、二人は荷物の陰で泣き疲れて眠っていた彼女を見つけ出した。

「……本来であれば、彼女を自分の種族のもとに戻すべきだったのだろうな」

少女が目覚めぬうちに家族の亡骸を葬《ほうむ》り、何か身元の手掛かりになるものはないかと残骸の中を探した。更に、目覚めた少女から聞き出した情報によると、夷族の領域から西に旅をしている旅商人の一家だということだ。

故郷は遠い東の果て。そこまで五歳の少女が一人でたどり着けるはずがない。自分達が送り届けるにしても、そこに身寄りがいるとは限らない。

ならば、近くの人族の集落にでも預けよう。

一度はそう思ったのだが、そこで更なる事実が判明した。

「精霊達が騒ぐわけだ。ミーアの体には、『光の宝玉』が眠っていた」

「光の宝玉？　なんですか、それは？」

「お前も創世の神話は知っていよう？」

「あ、はい。以前、ロウから教えてもらいました」

七柱《ななはしら》の神々がこの世界を創った、っていうお話だよね。世界を創った後、神様達は疲れてしまって、自分達の力を宿した宝玉をこの世界の中心に置いた後、眠りについた。だから、この世界は『七宝《しっぽう》の大地』と呼ばれている、だったかな。

「人族に伝わる話だな、それは。かなり歪んで伝わっておるようだ――全てを話せば長くなる故《ゆえ》やめておくが、一つだけ訂正しておこう。神々が眠りにつかれたのは、お疲れになられたからではない。闇の大神と子らの神々との間に不和が起こり、それに心を痛められた光の女神がその身を太陽と月に変えて争いを止められたのだ。残された神々は、そのことに衝撃を受け、矛《ほこ》を収め、女神の復活を待つため長き眠りにつかれた。それ故、この世界に埋め込まれたのは、光の女神を除いた六柱《ろくはしら》の神の力だ。だが、それとは別に太陽と月と化した女神のお力が、時たま現れることがある。それが光の宝玉であり、ミーアがその持ち主だったのだ」

いきなり創世神話の裏話が飛び出した。詳しく訊きたいところだが、まずお師匠様の話が先だ。

「ミーアはまだ五歳であったが、その整った顔立ちは隠しようもなかった。成長すれば、傾国と言われるほどの美貌になるのは明白であったよ」

身寄りのない美貌の少女。その上、宝玉を宿す人は、魔力が桁外《けたはず》れに高いことが多い。彼女を、見ず知らずの者達の間に置き去りにすれば、どうなるか。百五十年以上、人族の間を旅していた二人には、たやすくその末路が想像できた。

恐怖と疲労で、こんこんと眠る少女の傍《かたわ》らで、一晩過ごしながら二人が出した答えは――

「私達は、ミーアが一人で生きていけるようになるまで面倒を見ることにした。人族の寿命は短い。十年もあれば大人になる。姉は百五十年も待たせていたのだ、もう少々遅れても、大した違いはないだろう、とな――もっとも、最初の頃は何度も考え直そうと思ったぞ。泣くは、わめくは、すぐに熱を出すは……手がかかることこの上ない。兄がいたからよかったものの、私一人ならさっさとどこかに置き去りにしていただろうな」

双子だといっても、何から何まで同じではない。兄であるエインローヴァは、弟よりも辛抱強かった。ミレイアを根気強く宥《なだ》め、体調を崩せば手厚く看護する。そして文句を言いながらも弟はそれを手伝った。

そんなふうに瞬《また》く間に十年の歳月が流れ、ミーアが十六になる頃、そろそろ独り立ちさせねばならぬ、と二人は気がついた。その頃には彼女も己の身は己で守れる力がついていたし、兄弟もこれ以上、帰郷を延ばすわけにいかない。弟がそれを切り出すと、ミーアは『嘘つき！　私をお嫁さんにしてくれるって言ったじゃない！』と言う。

弟はそのような約束をした覚えはなかった。とすれば、相手は兄だ。弟が問い詰めたところ、確かに昔、そのようなことを言った、と白状した。まさか覚えているとは思わなかったらしい。

『生きる時間が違うことくらいわかってるわ。それでも私は構わない。皺々《しわしわ》のおばあちゃんになっても、エインは絶対私を愛してくれるでしょう?』

ミーアはそう言った。

「だから寿命のうち百年だけ自分にくれ、自分は全部をやるのだから、それくらいはいいだろう、と。なんと図々しくて自分勝手な求婚だと思ったが、あれこそがミーアだった。兄も……独り立ちさせる相談をした時に、妙に歯切れの悪い話し方をしていたわけだ。残されるとわかっている相手を愛する勇気は私にはなかったが、兄はそれを持っていたようだ」

一応は説得したが、ミレイアは聞き入れなかった。結局、双子のほうが折れてミレイアとエインは、正式に婚約した。ただし、結婚は彼らが大森林に戻ってから。二人を育ててくれた姉との約束を守って帰郷した後、ということになった。

大森林に住まうのは高霊族だけではない。人族の迫害を逃れてこの地に移り住んだ、霊族や獣族もいる。人族に恨みを持つ彼らの中に、ミレイアを連れていくのには危険が伴った。そのため、二人は彼女に姿変えの魔法をかけたのだ。

顔は霊族でさえ『美女』でとおるほどであったのでそのまま、丸い耳をとがらせ、髪は白銀に見えるようにする。光の宝玉も、面倒になるのを恐れて、厳重に目くらましを施《ほどこ》した。

『旅先で霊族の隠れ里を発見し、そこで見初《みそ》めて連れてきた』という設定にしたが、長く滞在すると見破られる恐れがある。姉への報告を済ませ式を挙げた後は、すぐにまた旅立つ予定だった。

二人の帰郷を心待ちにしていた姉は、兄が結婚相手まで見つけてきたことに驚き、喜んだ。姉にだけはミレイアが人族であることを教えたが、弟が選んだ相手なら、と受け入れてくれた。

「お前が着ているそのローブは、姉が結婚の祝いとして二人に贈ってくれたものだ。私にも、どうせだからと揃いの物を作ってくれた。霊族の都にある大神樹の根元で、私を立会いとして、ミーアと兄は婚姻の誓いをした。その時、だ。一本の矢が、ミーアを狙って放たれた。私は気づけなかった――エインはそれを察知したが、遅かった。矢はミーアの胸に突き立った」

矢を放ったのは、獣族の男だった。どこかでミレイアを見かけ、人族であると見破ったようだ。獣族は嗅覚《きゅうかく》に優れており、そこから露見したのかもしれない。そして、矢尻《やじり》には、ご丁寧に毒が塗ってあった。

「男はエインが殺した。ミーアは胸に矢を受け毒に冒されていたが、まだ息があった。彼女の身の内の宝玉のおかげだったのかもしれない。だが、長い時間はもちそうになかった」

矢があれほど深く突き刺さっていなかったら。あれほど強い毒でなかったなら、助ける手段はあったかもしれない。しかし通常の癒《いや》しや解毒では、彼女の命を留《とど》めることはできそうになかった。

「兄は――エインは『供犠《くぎ》』を使った。高霊族でも一部の者しか使えない秘儀だ。ミーアの受けた傷と毒をすべてわが身に引き受け……身代わりとなって死んだ」

更に『大神樹』周辺は聖域であり、そこを血で穢《けが》した罪は重い。咎人《とがにん》は獣人の男であり、エインだったが、弟とミレイアもただでは済まされない。しかも、ミレイアは人族であり、その身に光の宝玉を宿している。どう転んでも、素直に解放してもらえるとは思えなかった。

だから逃げた。エインの遺体を弔《とむら》う暇《ひま》すらなく、弟はまだ意識が朦朧《もうろう》としているミレイアを引きずるようにして、大森林の奥深くへ。兄の最後の言葉だけが、その時の彼を動かしていた。

高霊族である彼は道に迷うことはないものの、森は広く深い。抜けるまでにはかなりの日数がかかる。ミレイアは彼についてきたが、その間、一言も口をきこうとはしなかった。

「ミーアを慰《なぐさ》めるのは、いつも兄の役目だった。私にできたのは、食事をとらせ、無理やりにでも眠らせ――もっと落ち着く場所にたどり着いたら、話をしようと思っていた」

彼自身、手ひどく衝撃を受けていたのだ。そして、後少しで森を抜けられる、という場所まで来た時だった。

ミレイアは『あの日』以来、初めて口をきいた。

『今までありがとう。でも、もうこれ以上は行かない。私は、エインを探さないと』

「気が触れたのかと思った。兄は死んだのだ。まさか後を追うつもりかと思い、怒鳴りつけた。兄がその身を擲《なげう》って助けた命を、己で断つなど許せるはずがない」

けれど、ミレイアは『違うよ、私は、エインを探しに行くの。探して、見つけて、今度こそ一緒に幸せになるの』と言った。

「そのようなことができるとは、到底思えなかった。だが、ミーアには確信があったようだ。エインの樹が手伝ってくれる、とそう言った」

エインの樹とは、その日、彼らが一夜を過ごすことにした大木のことだ。大森林にぽつりぽつりと存在するその木は、花をつけず種が実ることもない。どうやってその地に芽生えたのかもわからず、ただひたすらに緑の葉を生い茂らせるそれらは、『大神樹』の子だと言われており、双子の兄の名もそこからとられていた。

「ミーアは泣いていた。兄が死んで、初めて見せる涙だった。いつものように賑やかに泣きわめくのではなく、静かな表情で、涙だけがひたすら頰を流れ落ちていた」

『エインを探す。きっと、絶対に見つける。私の体はここに置いていく。エインが守ってくれた体だけど、探しに行くのに持ってけないから。――大丈夫、この樹が守ってくれる。いつか戻ってくる時まで、ちゃんと預かってくれるって。だから――ウェン、私を行かせてちょうだい』

大木に寄りかかり、涙を流しながら告げるミレイアの体が、白い光に包まれた。彼女だけではなく、背後の木まで呑み込む。それは、ミレイアの体に宿っていた女神の宝玉と同じ色の光だった。

「あまりの光のまばゆさに、私は目を閉じてしまった。瞼《まぶた》を通してさえ耐え切れぬほどの光だった。ようやくそれが消え、目を開けた時にはもう……」

ミレイアの姿はどこにもなかった。大木の内部にかすかにその気配があったが、どうやっても彼女を取り戻すことはできなかった。

それでもあきらめきれずに、数日の間、彼はその地に留《とど》まる。が、やがて一人で大森林を去り、宛《あて》どない放浪の旅に出た。

「あれから、三百年あまり経った今になって、ミーアと再会できるとは思わなんだ――お前を初めて見た時には驚いた。だが、お前は私に見覚えがない様子であったし、そもそも人族の寿命を考えればミーアであるはずもない。どういうことかと思い、しばらく様子を見ていたわけだが……やっとわかった。やはりミーアはその言葉どおり戻ってきた。たとえ、その身に宿るのがミーアの魂《たましい》ではないとしても……だが、もう一つの約束はどうなのだろうな」

話し始めた時は、物語を語るように滑《なめ》らかだったお師匠様の口調が、最後にはまるで絞り出すように、切れ切れになっていた。

「あれは――ミーアは、兄を見つけられたのだろうか？」

私をじっと見つめるお師匠様の目は、私の中に『誰か』を探しているようだった。

今の話からすると、この体の元の持ち主がその『ミレイア』さんであるのは間違いない。彼女の身に降りかかったことは悲劇だし、お師匠様自身もその渦中《かちゅう》にいたと聞いてお気の毒に思う。けれど、私は『ミレイア』さんではないだろう。

私は前世の記憶を持ってる。それは日本のしがないＯＬであって、間違っても『女神の宝玉』を宿した特別な存在ではないし、こちらで人を愛した記憶もない。

「えっと、あの……」

お師匠様に起こった出来事にはまったく心当たりがない。まるでお伽噺《とぎばなし》でも聞いてるみたいな感覚でしかなかった。それよりもお師匠様が話してくれた内容で、ものすごく訊きたいことがある。

空気を読まないにもほどがあるが、質問してみる。

「そ、その宝玉っていうの、もしかして私の中にもあったりします？」

思い切って口に出すと、既に気を取り直していた様子のお師匠様は普通に答えてくださった。

「お前は、今の私の話を聞いていなかったのか？　姿形がいかにミーアと同じであろうが、その身に宿る光の宝玉がなくば、私があれとお前を見間違えるはずがあるまい。そもそも、お前の魔力の多さは、宝玉なくしては説明がつくまい」

や、やっぱり。そして、私の魔力って、そういう理由だったのか……ってことは、もしかして、これって人に知られたらやばい感じ？

こうなったら知りたいことを全部質問しておいたほうがよさそうだ。

「じゃ、その宝玉って誰でも見たらわかるものなんですか？」

「我ら霊族であれば判別できるし、獣族や人族でも高い魔力を持つ者ならば可能だろう」

なるほど、だからミレイアが大森林に入る時には目くらましをかけたのか。

「えと、それからですね、その……宝玉を持ってる人って、何か義務とかあるんですか？」

「義務？」

「はい。なんていうのか……例えば、その力で人々を救えとか、ものすごく強い魔物を退治しろとか、そういったことです」

『救世主』だの『勇者』だの、所謂《いわゆる》一つのそういうアレですよ。

「いや、知らぬな。ミーアも、そのようなことを口にしたことがないし、そもそも誰がそのようなことを命ずるのだ？」

「神様……は、寝てるんでしたね。だったら、神託とかもないってことですよね？」

「神々が眠りにつかれる前は、霊族の長老が直接お言葉を頂くこともあったと聞くが、それもはるか昔のことだな」

「ミレイアさん以外にも、宝玉を宿した人っていたのですか？」

「私の知る限りでは過去に数名、そういう者がいた。ミーアと同じように人族の女性ばかりで、皆、すさまじい美貌に加えて、高い魔力を備えていたという話だ。その中には、権力者に目をつけられて、祭り上げられた者もいたようだが……」

なるほど。やはり、一番怖いのは同じ人間ってことだ。だったら、私はひたすら地味に、目立たずにいこう。

そりゃ、私だって困ってる人がいたら助けてあげたいとは思う。でも、それも程度問題だ。行ったこともない場所で見知らぬ人が困っていても、『では助けに行きましょう』なんてのは無理。自分勝手と言われようが、個人でできることには限りがある。

「なら、宝玉持ちであることは内緒にして、権力に近寄らずに、平凡に暮らしていけばいいってことですよね――わかりました。極力、地味に生きていきます！」

力強く宣言すると、なぜか苦笑された。

「やはりお前はミーアとは違うな。あれならば、そんな話を聞かされたら『降りかかる火の粉は払えばいい』とでも言ったことだろう」

「かなり積極的な方、だったんですね」

「怖いもの知らず、と言ったほうがいいかもしれぬ」

高霊族の育ての親に、逆プロポーズかましてゲットしちゃう人だものな。うん、私とは全然違う。

「ところで、ローブがお師匠様のお姉さんのお手製なら、私が持ってる杖や魔倉も……？」

目が覚めた時に、周りにあったのはあの三つだけだ。まぁ、魔倉にはあれやこれや、いっぱい入ってたけど。

「杖はミーアが十五になった時に、兄が作って与えたものだ。魔倉は元は私が使っていたものを譲った」

「オーダーメイドですか。道理で手に馴染《なじ》むと思いました。魔倉は中身もすごかったです」

「我々とはぐれても、とりあえず大丈夫なように、必要になるだろうものを詰めておいたからな」

ああ、なるほど。そういうことならば、あの大荷物も納得できる。あれだけあれば、私でも一人で旅ができそうだった。ただ、不思議に思ったこともある。

「料理道具が全く入ってなかったんですけど、あれはなんででしょう？」

「ミーアは大抵のことならば器用にこなしたが、只一つ、料理だけは全く才能がなかった。手順はしっかり教えたし材料もまともなものを使っているはずなのに、あれの手にかかった途端……」

お師匠様が遠いところを見る目になる。ミレイアさんって、メシマズだったの？

「お前が作ったものが食せるという事実は、私にはかなりの衝撃だったぞ」

旨いマズいの前に、食べられるか食べられないかですか。私もそれほど料理上手ってわけじゃないが、自炊してたし、それなりに作れるほうだと思う。少なくとも材料を無駄にしたことはない。

「あれは十歳くらいか。ミーアが作ったものを試しに魔物に食させてみたことがあった。結果は……泡を吹いて、そのまま絶命した」

使えないから調理道具を入れてないんじゃなくて、危なくて入れられなかったんですね……

「思いがけぬほど長い話になったが――ああ、そのような顔をするな。その体がたとえミーアのものだとしても、お前自身はミーアではない。だから、お前が気に病《や》む必要はない」

話の最後に、お師匠様はそう言ってくれた。

「はい。あ……もし何かわかったら、絶対すぐにお知らせします」

それに対して、私はこう言う以外に、どう返していいのかわからなかった。


「おう、おかえり。レイちゃん。御大の御用ってなぁなんだったんだ？」

お師匠様の前を辞して、私が自分達の住まいに戻って来たのとほぼ同時に、男性陣の収穫作業も終わったようだった。ドアの前で声をかけられて振り向くと、ロウとガルドさん、そしてターザさんが揃ってこちらへ来るのが目に入る。何やらよほど面白い話をしていたらしく、無表情がデフォルトのロウや、両親とお師匠様以外の人に慣れていないターザさんも珍しく笑顔だ。それを目にした途端――

「あ、あ……思い出した！　そうだ、あの時の！」

突然、まるで霧が晴れるみたいに、思い出した。最初に会った時――いや、その前にオルフェンの街中で見かけた時からずっと感じていた既視感。ターザさんのことを、どこかで見たことがあるっていうそれが、一瞬で解消した。

「おい、レイ、どうした……？」

いきなり大声を上げた私にロウが怪訝そうに問いかけてくるけど、今はそれどころじゃない。

思い出したんだよ、彼をどこで見たのか。というか、いつ、見たのか。

あれは、まだハイディンにいた頃だ。私と同じく、ウールバー男爵達に攫《さら》われていた小さな女の子がいた。その子がご両親達と一緒に、私達に会いに来てくれた後に、唐突に『見えた』映像――あれよ、あれ！

それが決定打になって、『銀月』にガルドさんを受け入れることになったんだけど、その時見えたものには私とロウ、ガルドさん、それからもう一人、男性がいた。

ほんの一瞬のことだったけど――今、この目の前の様子で確信する。笑いあっている三名の間に私をはめ込めば、あの時の映像そのままだ。

「え？　ってことは……え、ええっ？　嘘……っ」

「おい、レイちゃん。どうした？」

あからさまに挙動不審な私の様子に、ガルドさんが笑いを消して問いかけてくる。ターザさんも怪訝そうな顔になっているが、そちらに構っている余裕は私にはなかった。

先ほどお師匠様から過去の物語を聞かされた上に、たった今、判明した驚愕の事実に私のキャパは、もういっぱいいっぱいだ。

そして更に、私の『力』が発動する。何もこんな時にと思いはしたが、元々、私の都合なんか全くお構いなしに未来や過去の映像を見せるのだ。

――ありがとう。でも、もうこれ以上は行かない。私は、エインを探さないと。

初めて聞く女性の声が聞こえる。そして気がつけば、周りは深い森の中だった。そこに二人の男女がいる。一人はお師匠様で、もう一人は私――いや、あれは、ミレイアさんだ。

そのミレイアさんが、泣きながらお師匠様と何かを話している。その声までは聞こえないけど、お師匠様の話を聞いた後だったから、何を言っているのかはなんとなく想像できた。そして、彼女の姿が白くまばゆい光に包まれると、周囲の風景が一変する。

そこはエインの樹の内部だ。私が、この世界で最初に意識を取り戻したのと同じ場所だろう。そして、ミレイアさんは手にしていた杖とローブ、バッグを傍《かたわ》らに置き、静かに地面に横たわった。

彼女が目を閉じてほどなくすると、その体の中央から淡い光が湧き上がり、全身がそれに包み込まれる。光はやがて一点に収束して体から浮き上がると、そのままするっと真上に――天井を突き抜け、空高く舞い上がり、更にその先へ飛翔した。

――あれは、ミレイアさんの魂《たましい》？　でも、どこにいくの？　……ああ、そうか。お師匠様のお兄さんを探しに行ったんだ。

そして、飛んで行った先は、真っ暗な世界だ。ここも知っている。次元の狭間《はざま》だ。各々《おのおの》の世界に生を受けた魂達は、死ぬとここに来る。そして、新たな世界でまた生まれ直すのだ。

ミレイアさんだった光は、しばらくの間、所在なげに漂《ただよ》っていたが、やがて何かを見つけたように一直線に進み始めた。そして、行きついた先……そこはまるで、私のいた世界、明治時代の日本みたいなところだった。いや、まさにそうなのかもしれない、洋装と和装が入り混じり、女性はまだ髪を結ってる人がいっぱいいる。ミレイアさんは、そこで新たな生を授かった。まっさらで、ちっちゃな赤ちゃん。勿論《もちろん》、女の子だ。そして、その手には白く光る石が握られている。

そこから先は、まるでＤＶＤを早送りにしたみたいだった。見る見るうちにミレイアさんは大きくなり、一人の男の人と出会った。私にはわかっちゃった。彼は、エインさんの生まれ変わりだ。そしてミレイアさんは、その人の心を掴む。生まれ変わった時に、前の時の記憶をすべて失っていたにもかかわらず、ね。

そして、更に時間が流れて、子供が生まれた。――と思ったらもう孫までできていた。その中でも最後に生まれた女の子は、どこかで見たことがある気がする。

そして――エインさんが死んだ。子供と孫と、ミレイアさんに看取られての大往生だ。ミレイアさんもずいぶんと年を取った。そろそろ、また『あそこ』に行く時期が来たらしい。それを悟り、ずっと大切にしていた、自分が生まれた時に握りしめていたという『石』を最後に生まれた女の子に託《たく》す。

『お守りよ、大事にしてね』

そう言って渡された石は、いつの間にか金の台座にはめ込まれ、きれいな指輪になっていた。

その指輪を私は見たことがある。私がおばあちゃんにもらったのと瓜二つ――いや、正にそのものじゃないか。

そう思った時にまたもいきなり場面が飛び、次に見えたのは、『私』が死んだその瞬間だった。

トラックに撥《は》ね飛ばされ、その衝撃で近くにあったビルの壁に激突する。そして、胸の中央辺りから白い光が生まれて私の体を覆い、瞳から光が消えるのと同時に何かを守るように収縮し、消えた。エインの樹の内側でミレイアさんの魂《たましい》を包み込んだ時みたいに――ってことは、もしかして？


「おい、レイッ！　しっかりしろっ」

「レイちゃん！」

「レイ殿っ！」

怒涛《どとう》の映像が終わって、気がついたら私はロウの腕に抱かれており、ガルドさんとターザさんがその隣で心配そうに見つめていた。

「あ……ロウ。私、どうしたの？」

「正気に戻ったか……よかった、肝を冷やしたぞ」

「いきなり黙り込んだと思った途端に、ぶっ倒れたんだ」

「ロウが間に合ったからよかったが、あのままでは倒れて頭を打っていた。大丈夫か？」

どうやら、立ちくらみを起こしたようだ。

「ごめんなさい、心配かけて。キャパオーバーでショートしちゃったみたい」

「きゃぱ……しょーと？」

「あ、えっと……つまり、いろいろと衝撃的なことが重なって、少し意識が飛んじゃった、ってことね」

本音を言えば『ちょっと』どころじゃないんだが。この衝撃の度合いは、あっちで死んで、こっちで生き返った時に匹敵するんじゃなかろうか。確かに、知りたいと思っていたことばかりではあるのだが、何も一日のうちに全部判明しなくてもいいんじゃないか。

「気を揉《も》ませてごめん——後で話すから、とりあえず休ませてもらっていい？」

今『見た』ことを隠すつもりはないが、その前に少し考えをまとめる時間が欲しかった。

「……本当に大丈夫か？」

「あ、う、うん、ありがとうございます。少し休めばいつもどおりになると思います」

ターザさんが心配そうに尋ねてくる。あの映像を思い出した直後なので、妙に意識しちゃう。

「そ、それとっ。明日、またお師匠様のところに伺いたいので、伝えておいてもらえますか？」

「ああ、それは構わないが……」

「じゃ、よろしくお願いしますっ」

つい、口調が強くなり、びっくりした顔をされちゃった。

いかん、落ち着け。『力』が見せた未来が絶対じゃないってことは、ハイディンで証明済みだ。可能性の一つにすぎないんだし、そもそもターザさんは私よりもロウやガルドさんとのほうが仲よしだ。——うん、そうだよ、過剰に意識する必要なんてない。それよりも今は、他のことを考えなきゃ。

何しろ、お師匠様から教えられた『こちら』の世界での出来事と、その後で例の力で判明した『あちら』の世界で起こったこと。それらを頭の中で整理して、お師匠様とロウとガルドさんに説明しなきゃいけない。

うぅ……説明下手な私にちゃんとできるのか、かなり不安だ。

「おそらく」「たぶん」そうなんじゃないかで、どこまで理解してもらえるのか——考えただけで前途多難で、ため息が出てしまう。

それでも気を取り直し、一晩、寝た後で、お師匠様のもとへ向かった。

そこで、ロウとガルドさん、それにターザさんにも同席してもらって、また一から話をする。ハイディンで見たほうの映像の話はしなかったのだけど、その他のことだけでかなりな分量だ。

私の奇抜さになれているロウとガルドさんはさておき、ターザさんは面食らっただろう。なぜ自分までこの話を聞いているのか疑問だったようだが、なんとなく聞いておいてもらったほうがいい気がしたんだ。

そして、お師匠様はと言えば、昨日の今日で何百年も追い求めていたミレイアさんの消息（？）が判明したことに、少し呆然としているようだった。

私の頭では一晩で全部を整理するのは無理で、支離滅裂になりかけたけれど、その度にお師匠様が的確な指摘や質問をしてくれ、なんとか理解してもらえたと思う。

そして、話終わったところで、お師匠様が一言呟いた。

「……つまり、レイガはエインとミーアの末裔《まつえい》ということか。そして、ミーアの体に宿っていた『宝玉』がお前をここに——ミーアの体に導いた、と」

映像に解説がついていたわけじゃないから、きっぱりそうとは言えないが、それでも状況からしてそういうことのようだ。

「ならば、以後は私を祖父と呼んで構わぬぞ」

「えええっ？」

見た目が二十代後半の超イケメンを、おじいちゃんと呼べと仰《おっしゃ》る？

いや、突っ込むとこはそこじゃない。あくまでも私が見た『映像』をもとにしてるだけなのに、少しは疑うとかないのだろうか？

「ミーアであれば、ありそうな話だ。昔から、あれは私の予想を軽く飛び越えて、とんでもないことをやってのけていたものだからな」

ミレイアさん……どうやら、私のひいひいおばあちゃんにあたる人として生まれ変わったらしいんだけど、貴女、一体どういう性格していたんですか？

「私の孫となれば、そうそう無様な姿は晒《さら》せぬぞ。今まで以上に、魔術の研鑽《けんさん》に励んでもらおうか」

「ええっ、そういう話になるんですか？」

「不満か？」

「いえ、そういうわけではないんですけど……」

お師匠様との年齢差を考えると孫どころか玄孫《やしゃご》以上に離れてるんだけど、霊族は個々の寿命が長いために細かく区別せず、孫以下の世代は全部まとめて『孫』扱いなんだと。

そんなわけで、更に気合を入れて魔術を教えてくれるようになった。ありがたいが、お師匠様、私は人間なんですから、あまり無茶は言わないで。

「ああ、それと、忘れるところであった。孫であるならば、私の遺産の相続人もお前ということになるな」

「……お師匠様より、私のほうに先に寿命が来ますけど？」

「む……」

む、じゃないでしょ。それに、財産とかいりませんから、そこで考え込まないでください！

第五章

「レイガ。前にお前の言っていた『れんこん』とやらはこれでよいか？」

魔法の講義＆訓練が終わると、お師匠様が『どっこらしょ』って感じで、泥つきの野菜を机の上に置いてくる。

アレコレがわかったあの日から、気がつけば二ヶ月近くが経っていた。

私はお師匠様の孫兼弟子（弟子兼孫？）というポジションを確保し、ロウとガルドさんは臨時の肉体労働要員って感じだ。

一つの館に高霊族と獣族と人族が仲よく暮らしてるなんて、おそらくここだけじゃないかと思うんだけど、上手く回ってるので何も言うことはない。

魔法の講義は、ここに到着した当初に比べて、内容はかなーり高度になり、ついでにハードになっているので終わるとホッとする。しかしお師匠様はその空気を一切読まず、というか、どっちかというとここからが本番とばかりに、毎度度肝を抜かれるようなものを出してきた。

今日もその例に洩《も》れず、新たな和食材の登場だ。

「お師匠様……毎度ですが、どこでどうやって見つけてくるんですか？」

これもどうせ教えてくれないんだろうなと思いつつも、一応尋ねる。

「きぎょうひみつ、であったかな。そのようなものだ、お前が気にすることではない」

ほらね、やっぱりだ。けど、深く考えたら負けだってことは、すっかり身に染みている。お師匠様はそういう人なんだと思うしかない。

「まぁ、私としてはありがたいからいいですけど――じゃ、それは『きんぴら』にしましょうね」

「新しい料理だな。楽しみにしているぞ」

白皙《はくせき》の美青年といっても過言ではないお師匠様が、お年寄りにウケそうなメニューに目を輝かせる様子はかなり違和感がある。実年齢が六百歳近いんだから、お年寄りといえば超お年寄りなので、当然なのかもしれないけどね。

鶏肉、ニンジン、サトイモ、ダイコン、レンコン、こんにゃくと、彩《いろど》りのサヤインゲン。以上が、私の実家である加納家の筑前煮《ちくぜんに》の材料だ。ひいおばあちゃんの代から伝わってたっていう伝統の味。その前の代からじゃないのは、もしかして生まれ変わってもミレイアさんの飯マズは変わらなかったせいじゃないか、と邪推したのは秘密だ。

サトイモとダイコンは、幸いなことにほとんど同じものがこちらにもあった。サヤインゲンも。鶏肉は――魔物にものすごーくニワトリに似たのがいるらしい。ちなみに、その魔物の名前はコカトリス……食べたら石化したりしないだろうなと不安になったりもしたけど、大丈夫だった。

お師匠様用には肉抜きで作ってみた。

お館の厨房《ちゅうぼう》をとりしきっているポーラさんにまずは味見をしてもらい、合格のお墨付きをもらった後、お師匠様にお出しする。

お師匠様は最初、出来上がった料理に手をつけるのを躊躇《ちゅうちょ》している様子だったが、ポーラさんが太鼓判を押してくれたこともあり、ようやくそれを口に運んだ。かみ砕くのも怖い、みたいな感じだったが、それでも一口目を呑み込む。

『レイガ』

『はい』

『お前を弟子にして、心底よかったと思うぞ』

『……ありがとうございます』

お気に召していただけたようだった。ついでに、私の飯マズ疑惑も払拭できて何よりだ。

肉が食べられないのはお師匠様だけなので、別に作っておいた肉入りのほうを他の人にも食べてもらったが、こっちも大評判だった。

「……旨いな」

「同感だ」

「レイちゃん、こりゃまだあんのか？　全然食い足りねぇ」

次々にお代わりしてくるから、大鍋いっぱいに作ったのにあっという間になくなっちゃったんだった。

以来、お師匠様が食材を見つけてくるたびに、それを調理してお出しするのが恒例になっている。ちなみに、洋食系のメニューも作るけど、総じて和食のほうがウケがいい。最初出したスープカレーは、味は気に入ったがとにかく香りがきつくて、ターザさん達獣族の皆様にはちとつらいようだ。

「ポーラさん、これから厨房《ちゅうぼう》をお借りしても大丈夫ですか？」

「まぁ、レイさん。いつも申し上げておりますが、わざわざ私に確認しなくとも、お好きに使っていただいて構わないんですよ」

ポーラさんとトゥザさんは、お師匠様から私との関係を説明してもらったそうだ。ただ、あまりかしこまった対応をされると反応に困るので、極力、普通に接してもらっている。それでも若干、敬語交じりになるのだが、これはもう仕方がないと思うしかない。

「それで、今日は何を作られるんですか？」

「えっと、先ほど、お師匠様からコレを渡されましたので、きんぴらにでもしようかと――ただそれだけだと余っちゃうんで、また肉抜き筑前煮《ちくぜんに》をつくってそれにも入れちゃいましょうか」

「まぁ、お館様の好物ですわね。喜ばれますわ」

「それと豆腐の味噌汁、青菜の煮浸《にびた》しでいいかなー、って思ってるんですが、それだと男性陣には物足りないかな？」

「そうですわね……でしたら、私がもう一品作りましょう。この前教えていただいた『みそステーキ』は、トゥザやターザにすこぶる好評でしたのよ」

一瞬、ここは日本だったんじゃないかって錯覚するようなメニューだが、間違いなく異世界だ。本気で和食がお気に召したらしいお師匠様がどんどん私に質問し、かつ、食材をどうやってだか見つけ出してきた結果である。

おかげで今や、お屋敷の厨房には醤油《しょうゆ》と味噌は当然のことながら、出汁《だし》昆布、乾燥ワカメ、干し椎茸《しいたけ》に、寒天までそろってる。それから、塩ね。こっちじゃ岩塩が主に使われてるけど、海水から作った塩が欲しいっていったら、翌日には並んでた。勿論《もちろん》お米もあるよ。

ハイディンじゃ米の料理そのものを見かけなかったから、てっきりないんだと思っていたら、珍しいがあるにはあるようだ。遠く、東の夷族の国から運んでくるので、非常に高価らしいが……。

ちなみに、豆腐は自作しました。私、頑張った！

そもそもの話、霊族であるお師匠様は、生き物だったものは食べない。食べないというか食べられないのだ。体が受けつけないらしい。例外はミルクと卵くらいで、後は完全なベジタリアンだ。

和食はそういった人に打ってつけだったんだよね。

ってことで、最初はお館の人達と私達三人は別々に食事をとっていたんだけど、今はみんなで食べるようになっている。

そして、料理が出来上がる頃に、外で作業をしていた男性陣が戻って来た。

「おお、今日はちくぜんにか。ボアのみそステーキもあるたぁ、豪勢だな」

「お帰りなさい、ガルドさん。ロウとターザさん、トゥザさんも、お疲れ様でした」

「さぁさぁ、席に着くのは、まずは手と体を清めてからですよ」

全く肉っ気のないお師匠様のお食事と、他のがっつり食べたい系の人のと、二種類作るのは一人だと骨が折れるが、ポーラさんが手伝ってくれるので問題なしだ。

大勢で和気あいあいと食べたほうが、おいしいものね。

清浄魔法で泥や汚れをきれいにした後、みんなで揃って食卓に着き、まずはお師匠様が手をつけるのを待ってから食事が始まる。

「いつも思うが、お前の料理は旨いな、レイ」

「全くだ。俺ぁもう、レイちゃんにがっちりと胃袋を掴まれちまってるよ」

「俺も、まさか野菜が好物になるとは想像しなかった。レイ殿の料理の腕前には恐れ入る」

ロウ、ガルドさん、ターザさんの三人に熱い目で見られる。

最後のターザさんのセリフは、微妙にポーラさんをけなしている気もしないでもないが、和食はいかに野菜を美味しく食べられるかを追求しているし、仕方ないのかな。ポーラさん自身がターザさんの言葉に頷いているから気にしないことにする。

頻繁に「おかわり」の声が響く中、和やかに食事していると、ガルドさんがこんなことを言い出した。

「そういえばよ。今日ターザに屋敷の裏手に連れて行かれたんだが、そこで妙なものを見つけたぜ」

「妙なもの？」

「ああ、こっから森の中へちぃっと行ったところでよ。そこだけ木の葉が黄色く枯れててな。んで、そこんところの中央にちっこい水たまりがあって、湯気の出る水が湧いてやがった」

「湯気？　……ってことは、まさか温泉っ？」

マジですかっ？

「レイ殿はあれが何か知っているのか？」

私が食いつくのを見て、ターザさんが不思議そうに尋ねてくる。

「おかしな匂いがするし、周りの木々にもよくない。水場としても使い勝手が悪いので、父と話し合って埋めてしまおうと思っていた。幸い、今はロウとガルドの助力もあるから、その下見のために連れていったのだが……」

「埋めるなんてとんでもない！　もったいないことしないでくださいっ」

ターザさんの呟きに思わず大声で抗議してしまい、「落ち着け、レイ」とたしなめられた。

けど、これが落ち着いていられますかっ。温泉だよ、温泉！　オルフェンに来た最初の日に一度だけ入った後はまたご無沙汰しまくりの温泉が、まさかこのお屋敷の裏手に湧いていたなんて……ああ、もっと早く知りたかった。そしたら、ここでも温泉三昧《ざんまい》だったのに。

「何やらよくわからぬが、それほどお前が興味を持ったのなら、明日にでも行ってみるがいい」

夕食の最中にいきなり大声を出したら驚くよね。けど、お師匠様はそのことは咎《とが》めずに、そう仰《おっしゃ》ってくださった。

「あ、はい――騒がしくしてすみません、お師匠様。それと、ターザさん。大きな声を出しちゃってごめんなさい」

「いや、改まって詫《わ》びられるほどのことではない。レイ殿でも声を荒らげることもあるのだ、と、新鮮だった。それと、明日、またあそこに行くのなら俺が案内しよう」

これがもしガルドさんの口から出たセリフなら、またからかわれているんだと軽くスルーできただろう。けど、ターザさんの顔はそういった感じではなく、真面目にそう思っているのがわかった。しかも、なんだか嬉しがっている気配すらする。

「あ、ありがとう」

うう、恥ずかしい。小さなことで大声を出してしまったのもそうだが、それをまるで気にせず、更には微笑んで案内まで申し出てくれるターザさんの大人な対応に、元アラサーな自分としては赤面せざるを得ない。ターザさんが幾《いく》つなのかは知らないが、ガルドさんと同じくらいだとしても、前世の私よりもよほど年下ってことになるんだよね。

最初の頃に訊きそびれてしまったので、今更訊きづらいんだけど、なんだろな。最近、ターザさんのことが妙に気になる自分に気がつく。

あ、いや、今はそれよりも温泉だ。

で、その翌朝、約束どおりにターザさんが迎えに来てくれた。

「おはようございます、ターザさん……と、お師匠様までどうして?」

「なに、お前があれほど反応した『温泉』とやらを私も見てみたくてな」

普段は書斎に引き籠《こも》りなお師匠様までついてきたことには少し驚いたが、そもそもお師匠様の土地だから、反対する謂《い》われはない。ロウとガルドさんも一緒になり、総勢五人でぞろぞろと森の中へ分け入る。

そこは、お館の敷地内ではあるが滅多に誰も訪れない場所らしく、道がない。藪《やぶ》をかき分け下草を踏み分けて進むと、そのうちに前方から懐かしい匂いがしてきた。

「おい、レイ。一人で先に行くな」

その匂いに惹かれるように、ダッシュをかけると、後ろから慌ててロウ達がついてくる。

「おい、レイちゃん？」

「レイ殿は、ここに来たことがあるのか？」

なくても、匂いでわかる。この匂い、硫黄《いおう》だ。つまり、この先にあるのは硫黄泉ってことになる。

早く確かめたくて、下草を踏みしめて一直線。少し行ったところのぽっかりとあいた場所に大きな岩があり、湯気が出ていた。

「ここだ！　やっぱり温泉だった！」

岩の下から湧き出たお湯は水たまりを作った後、小さな流れになって更に森の奥に続いている。

湧出量はさほど多くないようだが、時間をかけて溜めればいい。温度はちょっと高めで、これなら溜めてる間に冷めてちょうどいいくらいになりそうだ。

「一人で先に行くんじゃねぇ。ここは俺らが先に下見してたからいいが、他の場所だと何が出るかわからねぇんだぞ」

「あ、ごめんなさい。気をつけます……」

はしゃいでいたら、ガルドさんからお叱りをいただいてしまった。うん、ごめん。ちょっと興奮しすぎたね。

「昨日のターザの話どおり、周りの植物が枯れているようだが、危険はないのか？」

お師匠様が言う。その言葉に周囲を見渡すと、温泉の周りは草も生《は》えずに土が剥《む》き出しになっていて、周囲の木々の葉は黄ばんでいる。

「えっと、これは温泉の成分である硫黄のせいだと思います。植物にはあまりよくないんだけど、大量に飲んだりしなければ人体に影響はないから大丈夫。それと硫黄泉は、筋肉痛や皮膚病、後は気管支なんかの病気に効くんです」

他にもあれこれ効能があった気がするが、覚えてないや。確か硫化水素が発生するんで、換気に注意しないといけないんだけど、露天風呂にするなら問題ないよね。

ってことで、まずはここに温泉を作る許可をお師匠様からもらわなければ。

「えーと、とりあえず、私が知りたかったことはわかりました。その上でのお願いなんですが、ここに露天風呂を作らせていただけませんか？」

「風呂？　ここにか？」

「はい。えーと、屋根や壁のない入浴施設、と言えばいいかな」

どうもこっちにはその手のものがないらしく、仕方ないので『日本の露天風呂』について説明した。主観だらけのテキトーなものだが、私以外に知る人なんていないからツッコミは入るまい。

「……なるほど。つまりは、自然の中で湯に浸《つ》かり、心身の疲労を癒《いや》すための施設である、と？」

「そうです。だから遮蔽物《しゃへいぶつ》はないほうが、よりよく周囲の環境を取り込めるわけです。まぁ、もっと人が大勢いるところでは、塀や壁を作って視線をさえぎりますし、勝手に侵入されないような対策も施《ほどこ》しますが、ここではそういうのは必要ないですね。あ、屋根付きの脱衣所みたいなのもできれば欲しいところです」

「ふむ。多少、不明瞭ではあるが、お前がそれほど欲しがるのであれば構わぬぞ」

おお、やったねっ。

「本気で、そんなものを作る気か、レイ？」

「温泉のよさは宿で教えてもらったがよ。にしても、ここはちっと臭すぎねぇか？」

「宿のとは泉水が違って、ここは硫黄《いおう》泉みたいだからね。匂いは仕方ないのよ」

「本当に体に害はないのか？」

「閉め切った室内で、長時間嗅《か》ぐとかじゃなきゃ大丈夫……のはず」

「はず、って……おい」

ロウ達とそんな会話をしていたら、お師匠様が、ふと空を見上げるような仕草をした。

「……あれ？」

「なんだ？　匂いが薄まったぜ」

ガルドさんの言うとおり、さっきまでしていた卵の腐ったような独特の臭いがすぅっと薄まった。

「お師匠様？」

「風精に命じて、この場所の風の流れを少し変えさせた」

「そんなことができるんですか？」

「今、やって見せたであろう？　そもそも、やろうと思えばお前にもできるはずだが？」

「え？　あ……いえ、まったくそういう発想がありませんでした」

そういや精霊を感知できるようになったついでに、少しずつだけど力を借りることもできるようになってたんだわ。ただ、まだ慣れなくてつい忘れちゃう。

お師匠様に言われて、改めて感知を発動させると、確かにこの辺りにいた風の精霊が周囲の空気を緩《ゆる》やかに上空へ導いてくれているのがわかる。なるほど、このおかげで匂いが気にならなくなったのか。ありがとう、風精さん。

「我らには我慢できる程度であっても、ターザにはきつかろうからな。それにしても、お前は魔力は申し分ないし、制御もそこそこできるようになったというのに、なぜに肝心なところでぽかりと抜けているのか……」

「……すみません」

残念で仕方がない子を見る目つきになるお師匠様に、首をすくめながら謝る。

「――まぁ、よい。それで、具体的にここをどうしたいというのだ？」

「あ、えっとですね。まずはそこの源泉からこっちに穴を掘りまして――」

こっからここまでと、そこらの木の枝を拾って、地面に線を描く。直径二メートルくらいの円だ。

「深さは私の膝の上くらいまでかな。で、底と周囲に石を張って、穴の周りにも石畳を敷くつもりです。それから隣に小さな小屋をつくって、そこを脱衣所にしたいと思ってます。余力があったら、周囲もちょっと手を入れて、きれいな花をつける木を植えたらいいんじゃないかと」

「ふむ……なかなかに面白い趣向だな。それで、どうやってつくるつもりなのだ？」

「どうって、そりゃ……」

こつこつやるしかないでしょ。こっちにはショベルカーとかはないんだから、人力で掘るしかない。結構な労働量になるとは思うけど、時間をかければなんとかなると思うんだよね。勿論《もちろん》、ロウやガルドさんにもちょっとは手伝ってもらうつもりではあるものの、言わばこれは私の我儘《わがまま》だ。やれるところまでは一人でやるつもりだよ。

そう説明すると、お師匠様が深ーいため息を吐いた。

「レイ……お前、今、御大から言われたことを理解していないのか？」

「はい？」

そして、なぜかロウからツッコミが入る。その隣ではガルドさんとターザさんが苦笑いしてるし、なんなのよ？

わけがわからなくて眉間に皺《しわ》を寄せて考え込んでいたら、見かねたガルドさんが説明してくれた。

「あのな、レイちゃん。要するに俺らが言いたいのは、なんでそこまで魔力があるのにわざわざ手を使って穴掘るとか思いつくのか、ってことなんだが」

「なんで、って言われても……え？　魔力？　もしかして、こっちじゃ魔法で穴掘るの？」

「もしかしなくともそうだな――少なくともレイちゃんくらい魔力があればそうするだろうぜ」

「ええーっ？」

驚いたがよく考えると、確かにお師匠様に精霊魔法ってのを見せてもらったばかりだ。この辺りの空気の流れを精霊に変えてもらえたってことは、もしかして、頼めばここに穴を掘ってもらえるのか？　となれば、ここは一発、試してみるべきだろう。

「えと……地精さん、いますか？」

感知を発動させつつ小さな声で呼びかけると、地面の下にたくさんの精霊の気配が感じられた。私の呼びかけに集まってきてくれたようだ。それに向かって更に話しかけてみる。

「あのね、ここにこれくらいの穴を掘りたいの。よかったら、力を貸してもらえますか？」

慣れれば念じるだけで意思疎通ができるとお師匠様に言われたけど、まだそこまでの自信がないので声に出して言ってみた。『これくらいの』ってところで、同時に頭の中にお風呂の完成形を思い浮かべる。

すると、立っている地面がずもももも……って感じで揺れ始めた。

「うわっ、地震っ!?」

驚いて声を上げたが、なぜか私以外の人は落ち着いている。

さっき地面に線を描いた辺りが一番揺れが激しいので、安全のために距離を取った。揺れは一定の強さで続いていて、止む様子がない代わりに激しくなる気配もない。

一体どうなるのかと、固唾《かたず》を呑んで見ていたら、いきなりボコッとそこが陥没《かんぼつ》した。私が描いたラインに沿ったきれいな円形で、深さも思ったとおり。そして、それだけじゃ収まらなかった。

「えっ？」

びっくりしてるところへ、更に次の変化が起こる。

「ええっ!?」

掘っただけで、土が剥《む》き出しだった穴の底から湧き出すようにして、石畳が出現した。それは底面だけじゃなくて側面もで、周囲にまでそれが広がる。

「えええっ！」

あの辺にちょっと大きめの岩が欲しいよなー、とか思ってたところにも、地響きと共に、地面からすごい勢いで大きな岩が生《は》えてきた。

「……大盤振る舞いだな。よほど地精に好かれたらしい」

呆れたようなお師匠様の声に我に返れば、目の前には見事な露天風呂が出来上がっていた。

ナニコレドウイウコト……？

そして、その露天風呂のまだお湯の張られていない底の部分に、何かいた。湯船の底に、ちょこんと立っている。

……モグラ？

「地精だ。用心深く、めったなことでは人前に姿は現さぬのだがな」

なんでこんなところにモグラが、と思ってたら、お師匠様が教えてくれる。身長（と言っていいのか？）は三十センチくらいで、茶色のビロードのような毛に包まれた体を直立させてこっちを見てる。短い脚でしっかりと立ち上がり、手には長い爪が生えていた。本物のモグラならこれで地面を掘って進むんだろうが、精霊だとどうするのかね？

「地精？　……貴方が、これをやってくれたの？」

臆病と聞いたので、驚かせないように小さな声でそっと問いかけると、モグラ——もとい、地精がコクコクと小さく頷く。そして、ビー玉みたいな真っ黒い目で、じっとこっちを見てる。

……何これ、可愛い。超可愛い。

あ、可愛さに悶《もだ》える前に、まずはお礼を言わなければ。

「えっと、地精、さん？　立派なのを作ってくれてありがとう。正直、こんなに上等なのができると思わなかったからびっくりしたよ。すごいんだね」

穴だけ掘れたらいいと思ってたのに、まさかの完成形だよ。いくらお礼を言っても言い足りない。にっこり笑って感謝の意を伝えると、モ……じゃない精霊さんも嬉しそうにしてる。どうやら、こっちの言葉がわかるらしい。

可愛らしい様子にほんわかしてる間に、できたばかりの浴槽に源泉から流れてくるお湯が溜まっていく。それが精霊さんの足元まで到達した。モグラって濡れて大丈夫だっけ？

慌てて駆け寄って抱き上げる。モフモフした手触りはないけれど、短い毛がびっしりと生えているその体は柔らかくて、まるででっかい大福を抱っこしてるみたいな感触だ。

――もーりん。

「……はい？　何？」

いきなり頭の中に小さい声が響いたので、辺りを見回す。

『もーりん……もーりん……』

「え？　何、誰の声……もーりん？」

キョロキョロしてる間に、もう一度、今度はもっとはっきりと声が聞こえた。一つの単語を何度も繰り返すので思わず口にしたら、腕の中の精霊さんが嬉しそうに私を見上げてくる。

「……もしかして、今の貴方?」

そう問いかけると、こっくりと頷く。うぉぉ、いちいち仕草が可愛すぎるだろうっ。

『もーりん……なまえ』

「すごいね、おしゃべりできるんだ。私はレイガだよ、よろしくね、モーリン」

基本的に猫萌えだけどモグラも意外といいかもしれないとか、阿呆なことを考えながら、私も自己紹介した。そしたら、腕の中のモーリンの体が淡い光に包まれる。

『モーリン、レイガ好き。嬉しい、楽しい、一緒いる』

そして、その光が消えると、さっきよりもモーリンの声がよく聞こえるようになっていた。

「……つくづく規格外だな、お前は」

「お師匠様?」

出来上がった温泉にどんどんお湯が溜まっていくのを横目で見ながら、モーリンと戯《たわむ》れていた私に、お師匠様がとことん呆れたみたいな声をかけてくる。気がつけばロウ達も生温かいという表現がぴったりな目で私を見ていた。

……私、なんかやったっけ?

「わからぬのか……まぁ、そこがお前らしいいか」

「えと……すみません、何かマズかったですか?」

モーリンが腕の中でシュンとしちゃったので、慌てて励ます。ビロードみたいな手触りの頭をなでなでしてやると、嬉しそうに「きゅぅぅ」と小さな声を洩《も》らした。

「——とりあえず、それが僥倖《ぎょうこう》であるとだけは覚えておけ。そもそも地精は人見知りで気が小さい。故《ゆえ》に、先ほど言ったように滅多に人前に姿は現さぬ。しかもかなり高位の精霊のようだな……それが実体化して、『名』まで与えるとは、お前はいったい何をやったのだ？」

「何を、と言われましても……」

滑《なめ》らかで柔らかな手触りに癒《いや》されている私に、お師匠様がいろいろと教えてくれる。これって超レアなの？　単に呼びかけてお願いしてみただけなんだけど。

……え？　何、遠くからずっと見てた？　ああ、私がここに来てから？　優しそうで温かい光がきれいで、近くで見たかった、と？

「……だそうです」

「なるほどな……ところで、レイガ。他にも、それと似たようなものがいるぞ」

「はい？」

「せっかく姿を現したというのに、いつまでもお前が気付かぬので、へそを曲げているようだ」

「は？」

慌てて確認すると、確かに湯口の辺りに何かいる。既に足首くらいまで溜まっていたお湯の中ににょろんと何かがいた。って、蛇っ!?　いや、足がある、ついでにちっこい角もある。

もしかして、龍？

『り・お』

『ふぃーあ』

龍（？）は一匹なのに、声は二つする。と思ったら、岩の上にちょこんと座っているのがいた。見た目はリスっぽいんだけど、ふさふさの尻尾が陽炎《かげろう》みたいにゆらゆら揺れている。もしかして、こっちが火精なんだろうか。そして当然、龍のほうは水精だよね？　さっきのモーリンと同じく、今のが名前なんだろう。

「リ・オにフィーア、ね。レイガです、よろしくね」

私も名前を告げて、改めて挨拶すると、さっきのモーリンみたいに二体の体が光った。その光が消えるや否や、リ・オがつる～んって感じで水中を移動して、近づいてくる。おお、さすがは水精だ。フィーアも湯船の縁をぐるりと回り込み、駆け寄ってくる。そして足元からするすると私の体をよじ上って左肩にちょこんと座った。リ・オは湯船の端までくると、ふわりと浮き上がり、私の頭の上でとぐろを巻いた。

「え、えっと……」

「ああ。それと、風精もだな――」

言われて空を見ると、大きめの雀《すずめ》のような鳥が飛んできて『しゅん、なまえ、なまえ』と囀《さえず》りまくる。こっちにも名乗ったところ、寄ってきた。

今の私の状況は、両手でモーリンを抱きかかえ、左肩には火精のフィーア、右肩に雀《すずめ》似の風精のシュンが乗っかり、頭の上には水精のリ・オが鎮座している。

「壮観だよなぁ」

「ああ……つくづくレイの非常識さを思い知らされる」

「さすがはお館様の孫……」

いや、孫違いますから。そして、見物しているだけじゃなくて、どうにかしてくださいよ。一匹ずつならまだしも四匹同時に体に乗られると動けない。しかもなんかお互い牽制《けんせい》し合ってる感じなんだ。

抱っこしてるモーリンを下ろそうとすると身をよじって嫌がるし、肩に乗っかってる二匹に「降りてくれる？」ってお願いしてもスルーされる。頭の上でとぐろ巻いてるのはどうやら寝ちゃってるようだ。

「四大精霊に気に入られて何よりだな、レイガ」

「……お師匠様、面白がってるでしょ？」

「いや、呆れている。ミーアも人族にしては精霊達に好かれてたが、そこまではなかったぞ」

「ミレイアさんもだったんですか？　それって、女神の宝玉のおかげとか？」

「かもしれぬが……お前と比べると差はあった。私に訊くよりも、直接尋ねたほうが早いのではないか？」

言われてみればそのとおりだ。うとうとしているリ・オも起こして、訊いてみる。

「どうであった？」

「……よくわかりません。というか、本人達も具体的な理由があるというんじゃない感じで……とにかく気になって見てた、近くにいると気持ちがいい、とか言ってます」

「まぁ、精霊とは気まぐれなもの故《ゆえ》な……とにかく、だ。精霊が名を明かし、それにこちらが応えれば契約は成る。本来は精霊を使役するための行為で、あれこれと制約がつくものだが……まぁ、お前だからな」

属性魔法（主に攻撃用）を強化するために、その属性の精霊と契約するのは一般的な手法だそうだ。勿論《もちろん》、そうするためにはある程度の魔力が必要だし、上手く呼び出せるか、呼び出しても名前を明かしてもらえるかはその人の運にもよる。その他、いろいろとめんどくさい手続きというか、どのくらいその精霊から力を分けてもらえるのかとか、契約に当たっての条件の交渉みたいなものがあるらしいんだけど――そういうのなかったよね？　っていうか、契約って最初にそのことを言ってからやるものじゃないの？

「それは、相手が先に名を告げたからだな。普通は、先にこちらから名乗り、精霊がそれを受け取って、初めて名を明かす」

今、普通って単語を強調しましたね、お師匠様。

要するに、契約を望むほうが先に名乗るシステムってことだ。私の場合、先に名前を教えてもらえたってことは、精霊のほうが契約を希望したってことになる。滅多にないけど、このパターンでは制約は一切なしで精霊の力を借りられるようだ。

「いいんでしょうか、そんな……別に何もしたわけじゃないのに」

「何もせずに、それだけの精霊になつかれたのならば、それはそれで誇ってよいぞ。それに、お前ならその力で悪事を働くとも思えぬしな」

それは悪いことをたくらめるほど、頭がよくないってことでしょうか。あっさり肯定されたらへこむから、訊かないけどね。

「つまり精霊達もレイちゃんに惚れたってことだよな。妖精までたらし込むたぁ、すげぇな」

「レイ……少しは自重しろ」

「……気持ちはわからないでもない、な」

ガルドさんもロウもちょっとひどくない？　ターザさん、そのセリフはどういう意味でしょうか？

それに忘れているようだけど、いい加減に私を動けるようにしてください。

「契約が成ったのだ。そこまでべったりとくっついている必要はあるまい。名を呼ばれればいつでも出てこられるのだからな」

ようやく、お師匠様がそう言ってくれる。精霊ズは、ちょっと不満そうだったけど、しぶしぶって感じで離れてくれた。それでもモーリンとフィーアは足元に控えてるし、リ・オとシュンは私の周りを飛び回ってる。

そしておかげさまで、あっという間にプライベート露天風呂が出来上がった。記念すべき初風呂は、お師匠様に進呈した。――そしたら、和食と同じく虜《とりこ》になっちゃったみたいだ。それは、お師匠様だけじゃなくて、お館にいる全員が同じだったんだけどね。

「最近、このおかげか肌の調子がよくて……」

「お師匠様もつるっつるになってましたよねぇ」

女は女同士ってことで、ポーラさんと仲良く入浴している時にもそんな話になる。後がつかえて急《せ》かされるのが嫌だから、男性陣には先に入ってもらうようにしていた。

「夜中や朝早くにも、時々来られているようです——ここを一番気に入ってらっしゃるのはお館様かもしれませんわ」

お師匠様に至っては、優雅に朝風呂を嗜《たしな》んでいるらしい……そのうち、お風呂に桶《おけ》を浮かべておちょこで一杯とかやりそうな気がする。ハイエルフのイメージがどんどん崩れていった。

きれいな夜空と気持ちのいいお湯は最高だよね。

露天風呂万歳。いやー、つくってよかったよかった。

第六章

日々、和食を食べ、夜は温泉に浸《つ》かり、すっかり異世界ライフを満喫している私だが勿論《もちろん》、本来の目的である魔法の修行も怠《おこた》りなくやっている。

私の過去判明事件で告白することになった、例の『見える』力についても、なんとか制御できるようにならないかと試行錯誤を繰り返していた。ただ、こっちについてはお師匠様でさえ初耳だということで、あまり成果はあがっていない。

日に日に厳しくなっていくお師匠様の扱《しご》きに耐えて、気がつけば季節は晩秋から冬になりつつあり、白いものが舞う日もある。もっと寒くなるとこの辺りは一面の雪景色になるそうだ。ターザさんの話だと、最盛期は一月の終わりから二月にかけてらしい。オルフェンの街まで行くのにも難儀する積雪とかで、屋敷に籠《こも》りがちな日々になるんだって。

「ってことは、本業再開は春になってからかなぁ」

この日は珍しくお師匠様にお客が来たので修行はお休みだ。私達がこのお館で厄介《やっかい》になってから初の客人だ。私達がここにいるのは別に秘密でもなんでもないんだけど、おおっぴらに宣伝することでもない。

これは主に、お師匠様のオルフェンでの名声ってやつが原因だ。

お師匠様は人嫌いで通っているが、世の中には面会を断っても諦めない人もいる。直接申し込んでも受けてもらえないなら、搦《から》め手で……なんて考える連中が私達にすり寄ってきたら面倒だからね。

「ああ、そうなるだろうな」

「ま、それまでは修行をがんばれってこった」

あ、本業ってのは放浪者としての活動のこと。忘れられてるかもしれないが、私は駆け出しとはいえ放浪者だ。本来はギルドへ行って依頼を受けて、その報酬で生活するもの。

ところがここでは衣食住は保証されてるし、居心地が抜群な上に、ギルドのあるオルフェンの街まで遠い。ほとんど活動停止状態になっていた。

その日、そろそろ夕食の準備に取り掛かろうと思い始めた頃、ターザさんが姿を現した。

「あれ？　今夜はお客さんがいるから、食事は別々にって言われてましたけど？」

いつもはポーラさんと一緒に作ってるので、私はターザさんが間違えて呼びにきたのかと思った。

「いや、客はもう帰った。その件でお館様がレイ殿らに話があると仰《おっしゃ》るので、呼びにきた」

「え、もう？　てっきり一晩泊まってくもんだと思ってたけど」

冬の日は短いから、今から戻ったんじゃ、オルフェンに着く頃には真っ暗だろうに。

「厄介《やっかい》ごとしか持ち込まない相手を歓待する謂《い》われはない、と仰っておられたな。急なことで申し訳ないが、ロウとガルドも一緒に来てもらいたい」

「三人まとめて呼ばれてるの？」

「ああ」

ここに来た当初、魔力量を測定され、アドバイスをもらったりはしたけれど、それきりお師匠様がロウ達を呼びつけることはなかった。いや、顔は合わせていたけど、それは私にくっついてきてただけで、今回みたいに名指しでお呼びがかかるのは珍しい。

「なんの用だろうね、二人は思い当たることはないの？」

「ない。が、ターザが言っていた『厄介ごと』というのが気になる」

「あー、確かになぁ……こりゃ、ちょいと覚悟を決めて出向いたほうがいいかもしれねぇぜ」

「……怖いことを言わないでよ」

孫として可愛がってくれるが、魔術の訓練については容赦のないお師匠様だから、悪い予感がひしひしとする。どうか、大した話ではありませんように……と、内心で祈りつつ、お師匠様の書斎のドアをノックした。

「失礼します――お呼びと聞いて、伺いました」

「ああ、待っていたぞ。ロウアルトとガルドゥークも一緒だな」

「はい、私達三人に御用だと聞いていますが……？」

「うむ。ではまずは座るがいい」

促《うなが》されて、三人そろってソファーに腰かける。書斎には既にターザさんもいて、お師匠様の後ろに立っている。で、私達が腰を下ろすのと、ほぼ同時に、お師匠様が口を開いた。

「さて、話の中身だが――お前達に魔獣を退治してもらいたい」

……えーと。魔獣ってなんでしたっけ？

思わず現実逃避しかけたが、私の記憶は勝手にその情報を思い出す。

通常、私達が目にするのは魔物と呼ばれる魔力を持った動物だ。一般的な動物との差は、体内に魔石（魔核ともいう）を持っていることと敵対心がとても強く、同族以外を見かけるとほぼ確実に襲いかかってくることだ。そして死亡後、一定期間放置されると、魔石を残して消える。魔獣はその仲間だ。

確か、前にロウが言っていた。『魔獣とは、魔物の中でも特に強大で凶暴な個体だ』って。ロウが私と出会った迷いの森で倒れていたのも、魔獣に襲われたからだったらしい。

依頼の魔獣はグリズリー種のレア。ベアの上位種がグリズリーで、ベアよりも体が大きく力も強い。勿論《もちろん》、凶暴性も格段に上だ。それでも通常のグリズリーは魔物として分類されるのだが、その中にたまにレアと呼ばれるものが発生する。グリズリーに限ったことじゃないが、レアの体は普通の二倍から三倍で、力も強い。更に言うなら、レアは強力な魔法を使うものが多い――そういった個体を、普通の魔物と区別するために『魔獣』と呼ぶ……んだったはずだ。

で、お師匠様はそれを私達に倒せ、と仰《おっしゃ》る？　ちょっと無茶ぶりがひどすぎませんか、それ。

放浪者ギルドにおけるランクEってのは、そこそこ仕事に慣れてきた半人前以上、一人前以下って感じの位置づけだ。人数的にもEとDが一番多いらしく、そこからランクCへ上がれるかどうかが、ずっと放浪者を続けて行けるかどうかの分かれ目になってる。私も早くそうなりたいと思っているが、生憎《あいにく》とまだEだ。

「お前の魔力は、ランクAであったとしても不思議はない。魔獣を倒せる実力は持っているはずだ」

Aって、それって、ガルドさんより上？

「私の弟子であるお前の魔力量、制御力、そして発現の効率は、今でも充分ランクAに匹敵する――もっとも、絶対的に経験が足りぬがな」

「経験値が足りないなら、やっぱり今のランクが妥当ってことじゃないですか」

「だからこそ、その足りぬ経験を積ませてやろうという親心であろうが。私が手ずから鍛え、かつ孫でもあるお前が、いつまでもEなどでいいわけがない。この館に滞在しているうちに、最低でもB、いや、Aに昇級してもらうぞ」

「ええええっ⁉」

突きつけられた、あまりと言えばあまりな要求に、思わず悲鳴を上げる。

「これしきのことで悲鳴を上げるな。それに、お前もいつかはここを出て、更に広い世界を回るのであろう？　そのためにも、今のうち――私の目の届くところで昇級し、私を安心させてくれ」

「……お師匠様」

お兄さんとミレイアさんを、目の前で失ったお師匠様にそう言われてしまうと、もう反論なんかできるわけがない。ちょっとしんみりしてしまった私だが、切り替えの早いお師匠様はこちらにお構いなしにロウ達へ視線を移す。

「レイガがAになるのだから、ガルドゥーク、ロウアルト。当然、お前達も昇級だ」

男二人には『してもらう』なんて甘い表現じゃなく、昇級することが決定事項らしい。いきなり自分達にお鉢が回ってきたもんだから、二人とも目を白黒させてる。

「おい、御大……」

「ちょっと待ってくれ、Aっつったら、んな、簡単になれるもんじゃ……」

「繰り返すが、レイガがAになるのだ。守護者であるお前達がそれより弱くてどうする──ああ、昇級の条件であるギルドへの貢献値なら、この魔獣退治──オルフェン評議会からの依頼を受けることで割増しで獲得できるように話をつけてあるから、安心するがいい」

ロウとガルドさんの抗議のセリフも、途中でぶった切られる。どうやらお師匠様は本気も本気で、この無理難題を吹っかけてきている様子だ。

「とはいえ、いきなりお前達だけでやれ、と言っているわけではない──ターザ」

「はい、お館様」

ここで、ずっと後ろに控えていたターザさんの名前が呼ばれる。

「当分の間、お前達にはターザをつける。本来、魔獣退治はターザへの依頼だからな──ああ、もう知っていると思うが、こ奴の実力は現在のところお前達よりもはるかに上だ。安心して行ってくるがいい」

『行ってくるがいい』が『逝《い》ってくるがいい』に聞こえたのは、私だけじゃないと思う。

なんとも言えない複雑な表情で、自分を見つめる私達に気がついたのか、口数の少ないターザさんには珍しくお師匠様へ声をかける。

「僭越《せんえつ》ではございますが、お館様。依頼の仔細《しさい》を説明したほうがよろしいのではないでしょうか？」

「ん？　……ああ、そう言えばまだであったか。つい失念していた」

脱力して、思わずロウ達と顔を見合わせてしまう。どっか抜けてる、というか、ひたすらマイペースというか……何気に食い意地も張ってるし……

「先ほどまで客が来ていたのはお前達も知っていよう？」

そう前置きをして、今回の『依頼』についてお師匠様は話し始めた。

「あれはオルフェン魔導ギルドの支部長で、今期の評議会の代表だ。オルフェンの統治機構については今更説明は必要ないな？」

ハイディンにいる頃、図書館で調べて知っていた。オルフェンは、ガリスハール王国の一都市ってことになってるけど、実態はローマ時代の都市国家に近い。王国に忠誠は誓っているものの、領主はおらず、各ギルドの代表者で構成された評議会により都市機能が運営されている。議長は持ち回りで、今は魔導ギルドの代表者がなっているようだ。

「私は、その評議会の後見を務めている。この地に住まう代償といってよいかもしれぬが、時たまこうして持ち込まれる事柄が、退屈な日々に多少の彩《いろど》りを添えてくれるのでな。甘受している。それで、今回の一件だが――」

オルフェンの近隣には、魔力の強い土地が多い。人と同じで、土地にも魔力の多い地域と少ない地域がある。ハイディンの近くは比較的魔力の少ない土地が大部分を占めており、そのため、そこに生じる魔物もそれほど強くなかった。ところが、オルフェンはそうじゃない。

土地の魔力が強いということは、そこに生じる魔物も強いということだ。

そんな物騒な場所に都市を作らなくてもと思うが、魔力が強い土地は魔法使いにとって有利なのだ。土地の魔力の多寡《たか》が魔力回復の時間に影響するのだという。

魔術の研究にはもってこいの場所である。多少リスクが高くてもそれ以上のメリットがある、ってことでここに初代の魔導ギルド長が都市を作ったんだって。

勿論《もちろん》、その分ちゃんと自衛策は講じてある。高い城壁もそうだし、門ごとにいるゴーレムも本来は襲ってくる魔獣を撃退するためのものらしい。

「長年かけて駆除を続けてきたおかげで、今はオルフェン周辺に魔獣はほとんどおらぬ。だが、北嶺山脈の中にはまだまだ多数の魔獣が徘徊《はいかい》している。夏場は滅多に山から下りてくるようなことはないのだが、冬は食料が不足するのだろう。この時期になると、目撃されるのだ。そのため、オルフェンでは冬季には魔獣退治の依頼がギルドに出される。ところが、今年は実力のある放浪者が少ないのか、せっかく出した依頼を受ける者がいないとの話でな」

「そこで、困ってお師匠様に相談に来た、と？」

「困っているのは事実だろうが、相談というわけではない。ターザを貸し出せ、と言ってきた」

「俺……私は放浪者が本職ではないと、何度も言っているのですが……」

「ターザであれば、魔獣の一頭や二頭は軽く倒すからな。以前はトゥザを貸せ、と言ってきていた。本人が、自分はもう年だからと断ってからは、ターザに矛先《ほこさき》が向いたのだったな」

「父は単に面倒がっているだけです――そもそも、私どもはお館様のご用を足すためにここにおります。オルフェンの事情など関係ない」

軽く流したターザさんだけど、会話の中身はとんでもない。つまりターザさんとトゥザさんは、魔獣をソロで倒す力を持ってるってことだよね。ロウとガルドさんが歯が立たないわけだ。

しかし、毎年ではないにしても、恒例になってることなら、ターザさんが一人で向かえばいいことだと思う。

「それでは、お前達のランクが上がらぬであろうが。今回はターザを貸し出す見返りとして、特例として認めさせた。お前達はターザと戦団《パーティ》を組み、依頼を受け、魔獣を倒してくるのだ」

「え……ってことはつまり、ターザさんが魔獣を倒してくれて、稼いだギルドの貢献値を私達に配分してくれる、と?」

オンラインゲームで、高レベルのプレイヤーが初心者とパーティを組んで、高レベルの敵がいる場所で狩りをすることがある。すると、初心者はついてきているだけなのにレベルがガンガン上がる。所謂《いわゆる》、パワーレベリングというやつだ。養殖とか促成栽培とか呼ばれることもある。てっきり、そんなふうにやるのかと思ったら違うみたいだ。

「愚か者。それでは、お前達の実力でランクを上げたとは言えぬ。ターザはあくまでも万が一の時の備えとして、お前達自身で倒してくるがいい」

まぁ、パワーレベリングは私も好きじゃない。確かにレベルは上がるけど、言い変えれば上がるのはレベルだけ。プレイヤーが選択した武器や職業に必要とされるプレイヤースキルってのは、全く上がらない。だから、私達自身の強さ——実力を上げるなら、勿論自分で戦うほうがいいわけだ。

そうなんだけど……

「それだと、難易度はほとんど下がってないような気がするんですけど？」

「俺らも御大が買ってくれるのは有り難てぇが、正直なとこ、三人だけで魔獣をやれる自信はねぇ」

「情けない話だが、俺もガルドと同意見だ。格好つけたために死ぬような愚かなことはしたくない」

「何を寝とぼけたことを言っている。そもそもターザは、お前達には十分、魔獣を倒す力があると言っているのだぞ」

「……は？」

「おい、そりゃ……」

ロウとガルドさんが絶句してる。私も、思わず目を見開いた。そりゃ、二人とも強いのは知ってるけど、それでも魔獣退治するほどの実力はないって話だったよね？

「そうでもなければ、可愛い孫に危険な依頼を受けさせるわけがなかろう。まぁ、どうしても受ける度胸がないというのならば、ターザだけをつけてレイガを向かわせてもよいのだが？」

「っ！　それは……承服できん」

「だな。さすがにそりゃ情けなさすぎる」

可愛いと思ってくださっている割には、ハードな扱いだ。そして、ロウとガルドさんはまんまとお師匠様の望む答えを口にさせられてる。さすがは年の功。

「――とはいえ、お前達の不安もわからぬではない。私から……そうだな、お前達の昇級の前祝い、ということにするか。先ほどの客に、オルフェンの武具屋に話をつけるよう言付《ことづ》けてある。明日にでも、行ってみるがいい――ターザ」

「はい、お館様」

「お前もついていき、見繕《みつくろ》ってやれ。レイガの杖とローブ、ガルドゥークの剣はそのままでよいが、後は一新するように」

「かしこまりました」

「それと、依頼の期日は年末まで――あと一月と少しだな。準備には十日もあればよいか？」

「装備がそろい次第、退治に向かいます」

「うむ、引率役は頼んだぞ。私の顔をつぶさぬように、な」

引率って、幼稚園の遠足じゃないんだから、もうちょっと別の表現はなかったんですか？　なんて文句を言う暇《ひま》もなく、私達は書斎を追い立てられた。

背後でパタンとドアの閉まる音がすると、それにかぶせるように複数のため息が聞こえる。

「あり得ねぇ……三人で魔獣退治かよ……」

「御大はああ言っていたが、正直なところ、俺はそこまで己惚《うぬぼ》れていない」

「ガルドさん……ロウ……」

ため息をつきたくなる気持ちは理解できる。基本的に後衛の私と違って、二人は真っ向から魔獣に突っ込まなきゃならないんだ。ロウには弓もあるけど、それが役に立つのは最初だけだろうし。

私自身はその『魔獣』ってのを見たことはないけど、この二人がここまでためらう相手だ。かなり強いと考えられる。となれば、私も今までみたいに防御や攻撃力アップの後方支援とか、散発的な攻撃なんてスタンスじゃダメだ。思いっきりズドンとやらなきゃならないと思われる。が、正直、攻撃魔法はそれほど使ったことがない。自分でもどれくらいの威力があるのかわからなかった。

「ガルド、ロウ。それに、レイ殿も。そこまで深刻にならなくてもいいのではないか？」

ロウ達に加えて、私まで難しい顔をして考え込んでいると、ターザさんが苦笑して話しかけてくる。

「ターザ……お前ぇ、俺らの身にもなって見ろよ。そりゃ、深刻にもなるだろうがよ」

「お前くらい、実力があれば楽観的になれるかもしれないが……」

「お館様が仰《おっしゃ》ったことは事実だ。俺はお前達と闘《や》りあって、それを確認している。何頭も魔獣を倒してきた俺が保証する。お前達なら魔獣を倒せる。何より、レイ殿の力もあるんだぞ？」

「……まぁ、レイちゃんの反則級の魔法がありゃ、なんとかなる……か？」

「確かに、レイの魔力は出鱈目《でたらめ》だからな……」

二人とも……反則級だの、出鱈目だのって、それ褒め言葉じゃないよ？

「お館様がお前達に武具を誂《あつら》えろ、と言ってくださった。明日の朝、一番にオルフェンに向かいたいが、構わないか？」

「ああ、ぶっちゃけ、装備は揃えてぇな」

「そうだな。あまり高価なものは無理だが、できるだけのことはしておきたい」

「掛《ひ》かり《よう》はお館様持ちだ。いくらかかっても構わないから、最高級の物を選べと仰っていた。安心しろ」

「マジかよ……」

「だが、それでは……いや、今回は甘えることにするか」

おや、意外。てっきり反発するかと思っていたのに。

そんな思いが顔に出たんだろう。ロウとガルドさんが自分達の気持ちを説明してくれた。

「意地を張って、命を落としては元も子もない。無茶を言ってきたのはあちらのほうだしな」

「そういうこった――なぁ、レイちゃん。俺らは放浪者だ、騎士じゃねぇ。妙なプライドを優先させて死んじまっても、誰も褒めてくれねぇ稼業だ。俺らにとって大事なのは、生きて戻ってくること。これに尽きるんだぜ？」

「勿論《もちろん》、プライドを持つなと言っているわけではない。意地を張るべき時と折れる時を見極めるのが、放浪者としての力量だ」

「ってことで、今回は御大の厚意をありがたく受けさせてもらおうぜ。それによ、魔獣討伐なんて依頼だ、報酬もでかいはずだろ？　どうしても納得できねぇってのなら、その報酬から御大に返しゃいいんじゃねぇか？」

元騎士のガルドさんが『自分達は騎士じゃない』という。

プライドの塊《かたまり》みたいなロウが『折れる時を見極めろ』という。

二人揃って、何より大事なのは生きて帰ることだと。

だったら、まだまだ未熟な私が何を言うことがあるだろうか。

「ううん、大丈夫。私も二人の意見に従うよ」

「なら、これで決まりだな――それと、ターザ。よろしく頼む」

「ああ、了解した」

話し合いの結果、動くなら早いほうがいいってことで、明日の朝食後、すぐにオルフェンに向かうことになった。装備を揃える店については、トゥザさん、ターザさんも顔馴染《かおなじ》みの、オルフェンでも指折りの老舗《しにせ》にした。

うわ、高そう。けど、お金で命が買えるわけじゃないんだから、ここはお師匠様のご厚意に甘えることにするとしよう。

「それと――レイ殿、少しいいだろうか？」

ところが、話が一段落した後で、一人だけ呼び止められてちょっと驚く。私はロウとガルドさんに先に戻ってくれるように身振りで伝えて、ターザさんに向き直った。

「どうしたんですか、ターザさん」

「それほど大した話ではないのだが……その、ロウとガルドについてだ」

あら。それなら二人も一緒に話を聞いたほうがいいんじゃないの？

「いや、面と向かっては訊きづらいことで……先日、畑仕事を手伝ってもらった時に、少しやりすぎてしまったようなのだ。そのことについて、何か言っていなかっただろうか？」

「先日……ああ」

畑仕事で思い当たる。二日ほど前のことだ。ターザさん達の手伝いを終えた後で、へろへろになっていた二人が愚痴ってたっけ。

「確か雪囲いをした後、『叫び草』を収穫したんでしたよね？　もしかしてその時ですか？」

お師匠様のお屋敷には畑もある。本館から少し離れた場所にあって、お師匠様のお眼鏡にかなった野菜や、希少な薬草なんかが植えられている。私達が来るまでは、トゥザさんとターザさんで世話をしていたが、今は宿賃代わりにロウとガルドさんも手伝っている。先ほど言った『叫び草』っていうのも、そこで栽培されているものの一つだ。

見ようによっては人の形にも見えるでっかい根を張る植物で、その根っこに効能があり、薬や魔法を使う時の触媒なんかになるんだそうだ。野菜というよりも、薬草かな。その根っこっていうのが幾《いく》つにも枝分かれしてて、そっからまた細かいひげ根が出てるので、引き抜いて収穫するのに非常に力がいるらしい。

尚、『叫び草』の名前は、引き抜く時に大声を上げて気合を入れないと抜けない、ということに由来していて、人を殺したりはしない。

「ロウもガルドさんも、収穫するのにえらく苦労したって言ってました」

そして、自分達が苦労してやっとの思いで収穫しているものを、ターザさんがいともたやすく引き抜いていたとも。

「ああ。しかし、俺にはそのような様子を見せなかったので、無理をさせてしまった。それで、気を悪くしているのではないかと……」

ああ……なるほどねぇ。それで、ロウ達には直接訊きづらかったのか。

「大丈夫ですよ、ターザさん。確かに二人共、『きつかった』とは言ってましたけど、それでターザさんのことをどうこうとか、考えたりしてませんよ」

二人に聞いた話を思い出すが、それを平気な顔でやってのける獣族の体力と腕力に、感心半分、うらやましい気持ち半分って感じだった。そう話すと、ターザさんがほっとした表情になる。

「そうか、よかった。その……恥ずかしながら、俺はあまり他人と付き合うのになれていない。しかもロウとガルドは、人族だ。獣族である俺とはいろいろな面で違うと、頭ではわかっていても、つい失念してしまうことが多く、ヘマをしでかしたのではないかと心配していた」

「種族の違いは仕方がないですけど、別にそれを必要以上に意識することもないんじゃないですか？　少なくともロウ達は、ターザさんが『獣族』だからといって、付き合い方を変える人じゃないですよ」

霊族は人族よりもはるかに寿命が長く、魔力も桁違《けたちが》いに高い。獣族は、寿命は人族と同じくらいだが、体力・筋力に優れている。種族ごとの特徴、差異はたしかにあるけど、他者とかかわりあいながら生きていくという面では、なんら変わりはない。

「それでも、まぁ……体力差とかは、ちょっとは考慮したほうがいいとは思いますけど」

「あの二人がまるで獣族のように戦うので、つい忘れがちになる。心する」

そういえば、ターザさんとは戦闘訓練もやってるんだったね。

「それって、二人には最高の褒め言葉ですよ」

今のセリフを二人に教えてやれば、大喜びするだろう。ターザさんの話は終わったようだし、戻って早速——と、思っていたら、もう少しだけ続きがあった。

「それと、これは俺の思い過ごしかもしれんが——レイ殿は最近、俺を避けているのではないか？」

「え？」

「先日、お館様と共にレイ殿の身の上の話を聞いたが、あれ以来、どうもそのような気がしてならん。俺が何か気に障ることをしたのであれば、この機に謝罪したい」

「いやいや、そんなことは全然ないですよっ」

気に障ることなんか、全然されてない。

でも、確かにちょっとターザさんとの接触を控え気味にしていた自覚はある。理由は例のあの『映像』ですよ。あれを思い出しちゃったおかげで、妙に意識してしまうというか、なんというか。

「しかし……」

「ホントです。嘘じゃないです。ターザさんがそんなふうに感じていたのなら謝るのは私のほうです」

私にしてみれば、ちょっと控えめくらいの感覚だったんだけど、それほどターザさんが気にしていたのなら申し訳ないことをした。

「いや、それならいい——そうか、よかった」

そう言って笑った顔が、ものすごく晴れやかで、嬉しそうで——思わず、キュンッてなっちゃったのは、あの『映像』とは全く関係のない、私の自然な心の動きだと思う。

さて、ハイディンまで出かけて装備を一新した私達が、討伐に出発する日は晴れ——じゃなくて、どんよりとした鉛色《なまりいろ》の空から、ちらほらと雪が降ってきてました。

「やれやれ、また雪かよ」

「この辺りではこれが普通だ」

今から登る予定の山は、すっかり白く雪化粧している。全員、装備の上から分厚い防寒用のマントを着ていて寒さは感じないが、それでもあそこに今から向かうのか、とちょっと憂鬱《ゆううつ》になる。

「防寒の備えは万全だ。お館様より魔導具も預かっている。はぐれでもしない限り危険はない」

いやいや、ターザさん。出発前にそんなこと言って、フラグを立てちゃダメでしょう。

絶対にはぐれないようにしよう、と固く心に誓った。

「新雪は滑りやすい、足元に注意してくれ」

先頭を行くのは、この山をよく知っているターザさん。その後ろをガルドさんが歩いて、私、最後がロウだ。

「レイちゃん、大丈夫か？」

「う、うん。今のところなんとか……」

ともすれば遅れがちになる私に、ガルドさんが気づかわしげに声をかけてくれる。

身体強化は掛けてるが、私は元々鍛えていないから男性陣に比べると効果が弱い。強くできないことはないんだけど、反動が怖いからしちゃダメだって言われていた。ついでに、スタミナもバリバリある体力派の三人に比べたら、お粗末だ。もっと早くから、ちゃんと体力づくりをしておけばよかった、と思っても後の祭りだ。

「ごめん、足手まといになってるね」

「気にするな。速く進めばいいというものでもない」

「戻ってから鍛えてやる。安心しろ」

前者はターザさん、後のはロウのセリフだ。どっちもぶっきらぼうな物言いだけど、微妙に性格が出てると思う。どちらにしても、私を気遣ってくれているのは間違いないので、ありがたく頷いた。

「ところで、索敵《サーチ》には反応があるか？」

「ううん、今のところは……小さなのはいくつかあるけど、大きなのは見当たらないかな」

私自身は実際に魔獣を見たことはないけれど、この世界に来たばかりの時に、赤く大きな反応があったのは覚えている。その後でロウと出会い、彼が倒れていた理由を教えてもらったから、あれが魔獣の反応なんだろうとわかっていた。

「あ、でも……あっちのほうに、反応が多い気がする」

進行方向に向かってやや右手。ここからだと木が邪魔で見えないけど、もう少し進んだ先に、数個の赤い点が集まっている。

「群れているのか。とすると魔犬か狼の類《たぐい》か、あるいは……」

「喚《よ》ばれているか、だな」

「とりあえず、向かってみるか。雑魚《ざこ》なら蹴散らしゃいいことだしな」

「そうでなかった場合でも同じだ。どちらにせよ試し斬りができる。嬉しいだろう？」

ロウとガルドさんの呟きに、ターザさんが合いの手をはさみながら、そっちへ進路変更する。

目的地周辺は木々が密集して生《は》えていて、その間をすり抜けるのにかなり難儀した。索敵《サーチ》には相変わらず複数の赤い点があり、しかもだんだんとその数を増している。そう告げると、ターザさんが「やはりか……」と呟いた。

「やはり、ってどういうことです？」

「魔獣と呼ばれる上位の存在は、下位の連中を統率する能力がある。魔獣被害が大きくなる一因だ。おそらくこの先にいる奴らも、そうして集められているところなのだろう」

「え……それって、かなりやばいんじゃ……」

「やばいどころじゃねぇぜ。魔獣一匹でも難儀するだろうに、わらわらと雑魚まで襲ってこられちゃたまったもんじゃねぇ」

「今のうちに蹴散らしておくべきだな」

気がつけば、既にロウもガルドさんも臨戦態勢だ。私も慌てて杖を持ち直す。

「レイちゃん。索敵にはでかい反応はねぇんだよな？」

「う、うん。今のところは通常の魔物のしかないよ」

「今が好機ということだな——レイ、お前の判断は？」

判断は、と訊かれても、既に舞台は整ってるんじゃないの？

それでも、筆頭である私が指示することに意味があるのだろうと考え、口を開く。

「ここにいる魔物をできるだけ早く、確実に全滅させる――まずは私が近くにいる敵を魔法で倒すから、そしたら飛び込んでください。数が多いので気をつけて。逃げ出す奴がいるかもしれないけど、取りこぼさないように――こんな感じでいい？」

「上出来だ。ただ、初撃を放った相手には敵意が集中しがちなのを忘れるな。言うまでもないが、ここにいるのはハイディン周辺の魔物よりもかなり強力だし凶暴だ。レイは魔法を撃ったら一旦下がれ。その後、状況に応じて個別に撃破、だな」

「うん、わかった」

なるほど、敵の注意をどこに向けるか――ヘイト管理も大切だってことか。こういうところはゲームとあまり変わらない。勿論《もちろん》、ゲームとは違って本物の命のやり取りではあるんだけどね。

「魔獣本体ではないし、ここは俺も出る」

「はい、ターザさんもよろしくお願いします」

方針が固まったので、目標からは見えない位置で、私を含めた四人に防御の魔法をかけた。お師匠様に鍛えられたおかげで、ハイディンにいた頃よりもはるかに防御力も持続時間も上がっている。自分の身体強化も新しく上書きし、最後に残っていた距離を詰めた。

「レイのタイミングでいい。様子を見て、いけると思ったら遠慮なくぶちかませ」

「了解」

ロウの言葉に、こっそりと木の間から魔物達の様子を窺《うかが》う。予想どおり、そこには狼に似た魔物がいた。灰色に黒が混じった毛色で、目は爛々《らんらん》と赤く燃えている。体はかなり大きくて、前世の虎くらいあるかもしれない。

「……もうすぐ最後の奴が合流するよ。そしたら、行く」

緊張で手に汗をかいていて、杖が滑りそうになる。魔物達も私達の気配に気がついている様子で、数匹が低くうなりながら周囲を警戒しているようだ。あちらから攻撃してこないのは、統率する存在がまだいないからだろう。

索敵《サーチ》と目視の両方で監視しているうちに、群れから見て麓《ふもと》側にいる私達とは反対方向、崖の上に最後の一匹が姿を現す。

「来た、いきますっ――ファイアーアローッ！」

グル……ギャッ！

魔物は自分に向かって飛んできた火矢を警戒する声を上げるが、その直後、胴体を撃ち抜かれる。それとは別に水平に五発放った魔法が、最前線にいた三匹を倒した。

「よくやった！　後は下がっていろっ」

そう叫んだロウを先頭に、私が空けた場所めがけて三人が飛び込んでいく。

「右はまかせる」

「おうよっ」

ロウを中央に置き、左にターザさん、右にガルドさんが陣取ると、飛び込んだ勢いのままに各々《おのおの》が武器を振るう。

ロウの双剣が疾《はし》る。両手で操られるそれらは炎の魔力をまとい、相手の急所――目や頸動脈《けいどうみゃく》、あるいはそこが狙えなければ手足の腱《けん》を捉え、着実に行動力を削いでいく。

低い体勢から繰り出される数々の攻撃は、まるで剣舞を見ている気にさせられた。

「なんて切れ味だ――前のものとは全く違う。戻ってから、御大に礼を言わねばならんな」

そう言えば、新調した装備での実戦はこれが初めてだ。

「そん時ぁ、俺の分まで頼むぜ、ロウッ」

ガルドさんはもっと豪快だ。多少の攻撃は新プレートアーマーと私の盾《シールド》が防ぐのをいいことに、群れのど真ん中へ切り込んで大剣を振り回している。雷の魔力をまとう大剣は、直撃を受ければ即死、かすっただけでも放電により魔物は体がしびれて動きが鈍くなる。

ターザさんは棍《ぼう》――普通の棒じゃなくて、要所要所を金属で補強した打撃武器を振り回していた。戦う姿を初めて見るが、ブンッと風を切る音が聞こえる度に魔物の断末魔の叫びが響く。長さが二メートルを越す上に金属までついていて、さぞや重いだろうに、全くそれを感じさせない。武器を頭上で軽々と回転させ振り下ろす様子は、どこぞのカンフー映画の主人公のようだ。

私はと言えば、初撃を放った後はいったん下がる。敵意《ヘイト》を集めすぎたために、そのまま前にいれば全部が私に襲いかかってくる恐れがあり、それを回避するためだ。男性陣を援護するどころか、下手に手を出せば邪魔になりそうで、そのまま様子を見ていることしかできなかった。

「――お疲れ様でした。みんな、怪我はない？」

隠れていた木の間から出て、三人を労《ねぎら》う。全部片づけるのに、五分もかからなかったんじゃないだろうか。私でもわかる、異常な速さだ。

「ああ、大丈夫だ」

「新しい鎧《よろい》と、レイちゃんの盾のおかげだな」

「レイ殿こそ大丈夫か？」

回避型のロウは兎《と》も角《かく》、かなり無茶な戦いをしていたはずのガルドさんのプレートにもひっかき傷一つついていない。確かに高いだけあるよ、新装備。ロウと同じ革装備のターザさんも無傷で、かえって私の心配をされてしまった。

対して魔物達は——細長い広場に無残に屍《しかばね》をさらしている。最初は白かった雪はすっかり赤黒く染まっており、輪切りになったのや頭を砕かれてるのが転がっていて、かなりグロい様相を呈《てい》していた。あんまり見てると気分が悪くなりそうだったから、慌てて目をそらす。

「慣れろ」

「……はい」

それに目ざとく気がついたロウから叱られた。こういうのに慣れちゃうのは乙女としては問題アリだと思うんだけど、私は放浪者だからねぇ。頑張ります。

その時だ。チリ、と項《うなじ》の毛が逆立った気がした。そこから後頭部へ向かって、ブワッと熱さとも冷たさともつかないものが駆け上がる。

ヤバい。なんか知らないけど、危ない。

何が、とか、どうして、とかそういうのはすっ飛ばして、とにかく今、この場所にいるのは危険だ。それだけはわかる、断言できる。

「みんな、逃げてっ！」

そう叫ぶと、真っ先にその場から離れた。この中で一番トロイのは私だから、他の人の反応を待って、なんてことはしない。危ないと思ったらとにかく逃げろ、とはロウからもガルドさんからも耳にたこができるほど言われている。今がまさにその時だった。

ゴウゥッ！

突風が巻き起こり、危うく体を持っていかれそうになる。他の三人は私の声に反応して、散開していた。そして、つい先ほどまで私達がいた場所には――

「……親玉のお出ましかよ」

象とまではいかないが、確実に犀《さい》よりは巨大な魔物が突如出現している。

グルルルル。

低いうなり声を上げて、魔物が辺りを睥睨《へいげい》する。

金色――いや、濁《にご》った黄色に光る目、大きく裂けた口元からは私の手のひらほどもある牙が覗《のぞ》く。体高は二メートルはあるだろう、長さは尻尾の先まで入れれば四メートル以上か。四肢には鋭い鉤《かぎ》爪《づめ》があり、漆黒の毛に覆われた体は強靭《きょうじん》な筋肉と、それに見合う破壊力を秘めている。

「魔狼……しかも風……風魔狼の魔獣？　名付きとか、冗談だよな？」

ガルドさんが呟いているのが聞こえた気がする。けど、それは私の意識の隅っこをかすっただけで、どこかへいっちゃった。

だって、睨まれてるんだよ。真正面から、力いっぱい。

危険を感じて咄嗟《とっさ》に逃げたまでは良かったのだが、実戦経験の浅い私は、その逃げる方向にまで気を配ることができなかった。ひたすら距離を取ることだけを考えていたために、私は三人とは反対側へ駆け出していたらしい。運が悪いことに、突然現れた魔獣が向いていたのがたまたま私がいた方向だったのだ。呼び寄せていたはずの眷属《けんぞく》が全滅しているのに気がつき、いらだったような声を上げた魔獣は、敵意と威圧をたたえたその視線で、真っ直ぐに私を射貫いていた。

「レイ！　動けっ、逃げろっ！」

「レイ殿っ」

ロウやターザさんが叫ぶ声が聞こえる。でも、先程のガルドさんのそれと同じで、私の耳を素通りしてしまう。

怖い、怖い、怖い、怖い怖い怖い怖い……

この世界に来て――ううん、元いた世界でも感じたことのない恐怖が、私の体と意識を雁字搦《がんじがら》めにしていた。

これほど大きな魔物を見たのは初めてだ。これほどの敵意を向けられたのも。

日本には魔物なんていないし、中小企業のＯＬが『食い殺してやる』的な敵意を向けられることなんて普通はあり得ない。

頭ではわかっていたつもりだった。魔物だってたくさん見たし、倒してきたし、誘拐されて命の危険を感じたこともある。それらを経験し、更にはお師匠様のもとで魔法の修行もして、そこそこの実力はついたと自負していた。

だから舐めていたんだと思う。これまで大丈夫だったんだから、きっと今回だって、と。

だけど、これは違った。今までのが全部、おままごとに思えるほどのプレッシャーを感じながら、凍りついた頭の片隅で考える。剥《む》き出しの敵意——殺意が痛いくらい降り注ぐ。

私の前には誰もいない。これまでは、誰かしらそばにいてくれた。ウールバー男爵に攫《さら》われた時は別だが、あの時は売り飛ばされる恐れはあっても、命の危険はなかった。あれこれの事情でちょっと普通の精神状態じゃなかったのもあり、それほど恐怖は感じなかったのだ。

しかし、今、強大な敵と対峙した私は、完全にその殺気に呑まれていた。

ガクガクと足が震え、その場にへたり込んでしまいそうになる。本能と理性の両方が、早くここから逃げ出せと叫んでいるが、体が反応しない。視線は魔獣に釘づけで、足に根っこが生《は》えたみたいにそこから一歩たりとも動けなかった。

ああ、魔獣が大きく口を開けた。怖い。助けて。ずらりと並んだ牙がよく見える。きっと、あの口で私は食い殺されてしまうんだろう。怖い。誰か。怖い。

腕を噛まれたら、肩ごと持っていかれそうだ。それなら頭からがぶっといってくれたほうが、早く意識がなくなって楽だよね。怖い。怖い。誰か。怖い。間違ってもなぶり殺しとかごめんだ。怖い。誰か。怖い。嫌だ。怖い。怖いのは嫌だ。痛いのは嫌だ。早く私を——死なせてください。

支離滅裂な思考が、ものすごい勢いで頭の中を駆け回る。死の直前に今までのことが走馬灯のように脳裏をよぎると聞いたことがあるが、どうもそれは私には当てはまらないようだ。魅入られたように魔獣を見つめていた私の視線の先で、魔獣の前足に力がこもる。

ああ、来るんだな。そう思って、目を閉じた。

「バカ野郎っ！　何を呆けているっ」

そんな叫び声と当時に、ドンッ、とものすごい衝撃が来た。ただし、来たのは横方向。そのまま横っ飛びに吹っ飛んで、勢いで地面に激突——はせずに、地面よりも柔らかい、それでもしっかりと硬いものが私の体を受け止めていた。

その硬くて、ちょっとだけ柔らかいものが、私を抱きしめながら叫ぶ。

「ガルドッ！　ターザッ！」

「おお、まかしとけっ」

「どこを見ている、お前の相手はこちらだっ」

完全に諦めて目を閉じていた私は、その状況を把握するのに時間がかかってしまった。

おそるおそる瞼《まぶた》を引き開けたものの、不意打ちの衝撃に頭がくらくらしていて、目の焦点が合わせづらい。ぼんやりと視界に映るのは、黒い革鎧《よろい》と揺れる銀髪。

「……ロウ？」

その持ち主の名を呟くと、至近距離で、今まで聞いたこともないほど怒りを含んだ声が聞こえた。

「このバカがっ。なぜ、ぼんやり突っ立っていたっ！」

どうやらロウは、私を抱きしめたまま地面に横たわっているようだ。というか、全力で私に体当たりをし、勢いを殺しきれずに転んでしまった、というのが正しい。それでも咄嗟《とっさ》に私を懐《ふところ》に抱え込み、自分の体をクッションにすることで、極力ダメージを受けないようにしてくれた。

だが、生憎《あいにく》と私はまだ頭がはっきりしない。完全に死を覚悟して、すべての思考を放棄してしまっていたから、今の自分が置かれている状況が理解できないのだ。

故《ゆえ》に、どうしてロウがこれほど怒っているのかがわからず、ぼぅっと彼の肩口と、その先にある雪の積もった地面を見つめていた。

「おい、レイッ」

名前を呼ばれ、ようやく視線をその顔へ移す。

銀の髪に、淡いブルーの瞳。すっきりと通った鼻梁《びりょう》と、やや薄いが形のよい唇。すっかり見慣れた、いつも私のそばにいるロウの顔。

無口な上に表情筋を動かしなれていないのか、出会った当初はその感情を読み取るのにかなり戸惑った。一緒に旅をするうちに、わずかな口角の動きとか目尻の角度とかで、少しずつ理解できるようになってきた。そして今は、明らかに激怒しているのがわかる表情だ。

「お前は死にたいのかっ！　あんな……無防備に……どうしてすぐに逃げなかったっ？」

私を抱きしめたまま体を起こしつつ、ロウは続けざまに怒鳴る。私は首を傾げた。

死にたい？　いや、そんなことはない。一度死んだのだから、もう一回なんて当分は御免だ。あっちで早死にしちゃったんだから、せめてこちらでは寿命の許す限り生きていたいじゃないか。

ぼーっとしている頭でそこまで考えたところで、先ほどの出来事を思い出す。私――獲物を狙うぎらついた黄色い目。

「……つっ」

喉の奥から、かすれた悲鳴が洩《も》れる。

私の頭よりはるかに高い位置から、殺意をみなぎらせて黄色く光る目。獰猛《どうもう》なうなり声を出す、のこぎりのように鋭い牙がずらりと並んだ巨大な口。私の体など一薙《ひとな》ぎで引き裂けるだろう太い爪。

それらの記憶が怒涛《どとう》のように脳裏に押し寄せ、再び、恐慌に陥《おちい》りかける。

怖い、怖い、怖い、怖い、怖い怖い怖い怖い怖い……

止めようもなく激しく体が震えだし、背中を冷たい汗が伝う。上手く息が吸えない。心臓を鷲掴《わしづか》みにされたように胸が痛み、手足は痺《しび》れ、恐ろしい魔物の姿しか見えなくなる。

殺される。私達、皆、あいつにコロサレル……

「おい、レイッ……くそっ、すまん、許せっ！」

パァン、と乾いた音が私の耳を打つ。頬に衝撃を感じ、じわじわと熱くなった。

「死にたくないなら正気に戻れっ！」

その声と、頬の痛みに、またしてもあの無気力な、無抵抗に死を受け入れる精神状態になりかけていた私の頬を、ロウが強い力で張り飛ばしたのだと気がつく。

「しっかりしろっ。あいつを倒しに来たんだろうが！」

「あ……」

今度こそ――今度こそ本当に正気に戻って、思い出した。そうだ、私達は魔獣を倒すためにここに来ていたんだった。

「最初からあんなものが出てくるとは思わなかった。お前が怖がるのも無理はない。だが、殺《や》らなければ、殺られるのはこっちだ」

「それはわかるな？」と問われ、震えながら頷く。

「怖がるなとは言わんが、何もせずに殺されるのを待つバカがどこにいるっ。なんでもいいから足《あ》掻《が》け、生きることにしがみつけ！　お前は俺達が守る。少なくとも、お前が死ぬのは一番後だ。俺の誇りにかけて誓う。自分が死ぬ前に、お前を死なせるようなことは決してしない」

気を抜けばまた恐怖に呑み込まれそうになる私に、ロウは根気強く話しかけ、落ち着かせようとしてくれる。

完全にロックオンされ、魔獣のど真ん前にいた私をその鼻先からかっ攫《さら》うなど、自分の身の安全を考えていたらできる行為ではない。なのにロウはそれをやってくれた。そして、ガルドさんとターザさんは、魔獣の注意を私からそらし、正気に戻る時間を稼ぐために必死に戦ってくれている。

やっとのことで、私はそれに気がついた。

「ロウ……ごめん、私……怖くて……っ」

私はなんのために魔法を頑張ろうと思った？　それは、ロウやガルドさんを守りたいと思ったからじゃないか。前の人生であえて目をそらしてきた『大切』なものをたくさん見つけるために、『大好き』で『大切』な人達と一緒に生きるためだ。

なのに、たかが魔獣一匹にビビって、素直に殺されようとしたとか、なんて情けないんだ、私は。

「初めて魔獣を見たんだ、怖いのは仕方ない」

「でも……」

「正気になったのなら、もういい。今は、それよりお前の力が必要だ――見ろ」

指し示されたのは、魔獣と闘うガルドさんとターザさんの姿だ。

「ちぃ、デカブツのくせに動きが速ぇっ。ちょこまかと……このっ！」

「風と雪の、魔獣、だからなっ」

大剣を振り回すガルドさんと、それに並び立つようにしてターザさんが棍《ぼう》を振るっている。

「アレの動きが速すぎる。あいつは『フェンリル』。風と雪の魔獣で、その魔力はかなり強い。ターザも風の属性を持っているが、フェンリルの魔力が強すぎて、思うように使えないでいる」

ロウの言うように、名付き――魔獣の中でもひときわ強くて特別な名前を持つフェンリルの動きは、その巨体からは考えられない程に速い。ガルドさんもターザさんも懸命に武器を振るっているが、その速さに翻弄《ほんろう》されて思うようなダメージを与えられないようだ。対して、フェンリルはその速さを存分に発揮し、風や雪の魔法を使って二人に攻撃している。

今はまだ私がかけた盾《シールド》が効いていて、二人とも大きなダメージは受けていないが、あとどれくらい保つのか心もとない。

「……どうすればいいの？」

「あいつの足を止めてくれ」

足を狙って、魔力を放つ。だが――

「ダメ。動きが速すぎて……」

私の使う捕縛魔法のバインドは、対象の足元の地面に魔力を送り、土を変形させて相手の足を捕らえて動けなくさせるものだ。多少狙いが甘くても、普通の魔物ならば捕まえることができていた。ところが、今回の相手はそれが通用しない。相手が大きい上に動きが速すぎて、私の制御できる範囲を軽く超えて移動されてしまう。

「あきらめるな、成功するまでやれ」

「わかってるっ、さっきから何回もやってるんだけど……」

そんな会話を交わす間にも、じりじりとガルドさん達が押され始めていた。

ガルドさんの武器は大剣だ。当たればダメージが大きいが、ロウのような短剣や片手で扱う長剣に比べるとどうしても攻撃速度が遅くなる。そこを持ち前の強力《ごうりき》で、他の人では無理な速度で剣を振り回して大ダメージを与えるのが彼の戦闘スタイルなのだが、今は相手の回避がそれを上回ってしまっている。

ターザさんも棍《ぼう》を振るって打撃を与えてはいるが、フェンリルが私とロウのほうへ行かないように牽制《けんせい》してくれているために、本来の威力が出せない様子だ。

一瞬でいいから相手の足を止められれば、ロウが参戦する隙《すき》ができる。三人の中で最も身軽なロウであれば、その隙をついて何らかの手が打てるはずだ。ジリ貧になりつつある現状を変えるにはそれしかない。そして、その切っ掛けを作れるのは私だけ。

「あっ、やったっ！　捕まえ……ああ、ダメッ、逃げられたっ」

掴み損ねては取り逃がし、タイミングを工夫し、魔力を送る範囲を広くし、何度も失敗を繰り返して、やっとのことで、魔獣の足を一本だけ掴むことができた。しかし、相手の力が強すぎて、すぐに振り払われてしまう。

グル……ゴアァッ！

「ひっ……っ」

大きく跳躍し、左の後ろ足に絡みついた土を空にまき散らして、魔獣がこちらを睨む。

「ひるむな――お前は俺が守ると言っただろう！」

私の前にロウが立ちはだかり、魔獣の視線をさえぎってくれた。おかげでパニックにならずに済む。こちらにヘイトが向いたのに気がついたガルドさん達が、すぐに魔獣の注意を引いてくれる。

「今のでいい、やり続けろ」

「う、うん……」

だけど、さっきのははっきり言ってマグレだ。しかも力不足で、これではもう一度幸運に恵まれて同じ状況になっても、結果も同じになる。フェンリルの動きを封じるにはもっと強い力が必要だけど、今の私にはこれ以上強力な魔術は使えない。魔力はあっても制御できないのだ。

どうしたらいいんだろう。

今この瞬間も、ガルドさんとターザさんは闘っている。ロウだって、早く二人の加勢に行きたいはずだ。私が、あいつの動きを封じることができれば――でも、どうやって……

焦る気持ちを抑え、ひたすら考える。

私の魔術の発動の速度と精度、その強さ、相手の動き。考えて、考えて、ふと、あることを思いついた。否、思い出した。

「……モーリンッ！　モーリンッ、聞こえるなら来てっ」

――クウ？

一瞬の後、可愛らしい声が私の足元から聞こえる。視線を落とすと、私の呼びかけに応じて、小さな体がそこに出現していた。

「おい、レイッ。この非常時に何を……」

私の行動に、ロウが呆れと怒りを含んだ声を上げる。けど、それに構うことなく私はモーリンを抱き上げると、目線を合わせて頼みごとをする。

「あいつの足を止めたいの。でも、私の力だけじゃ足りなくて――」

『精霊が名を明かし、それにこちらが応えれば契約は成る』

露天風呂をつくった時の、お師匠様の言葉を思い出したんだ。魔法使いは、契約した精霊の力を借りることができ、それによって魔法の威力が上がるということを。

「お願い、モーリンッ。貴方の力を貸してください」

私の呼びかけに応じて現れてくれたモーリンに、真剣な顔でお願いすると、その短い首をかしげながら問いかけてくる。

『レイガ、困ってる？』

「うん、すごく困ってる。だから、お願いっ」

私の必死な様子に、何かを感じとってくれたのだろう。小さく頷いて、『あっちに向けろ』と言うように体をよじる。それに応じて反対向きに抱き直すと、モーリンは私の腕の中で身じろぎして居心地のいいポジションを確保した後、尋ねてきた。

『アレ？　倒す？』

「ううん、足止めだけでいいの。でも、私だけじゃすぐにふり払われちゃって……」

『……わかった。力を貸す。やって？』

頭の中にさっきからの出来事を思い浮かべると、モーリンはそれを読み取ってくれたようだ。そして、契約した時のように、小さな体がほんわりと光り始める。

「ありがとう、モーリンッ――ロウ、なんとかなりそうだから準備しておいて」

「何を血迷ったかと思ったが、そういうことか……俺ならいつでもいい。やってくれ」

血迷ったって、さすがにこの状態で、モフるためにモーリンを呼ぶわけがないでしょうに。まぁ、さっき醜態《しゅうたい》を見せてしまった弱みがあるから、ここは黙っておくけど。

念のためにロウに盾《シールド》を張り直し、魔獣に意識を集中する。

「それじゃモーリン、ロウ、いくねっ」

モーリンから発生している光が広がって、私の体を包み込む。それがどういう意味を持つのかわからないが、モーリンを信じて魔力を放った。

「バインド！　――って、ええっ!?」

私は驚愕の叫びを上げた。

魔獣の足元――具体的には先程上手くいった左の後ろ足の辺りの地面がぐぐっと盛り上がり、目標を包み込もうとする。それは前回と変わらないが、今回はちょっと違った。何がって、そのサイズと速度だ。

これまでは最大でも直径一メートルくらいだったが、それでは通常の魔物はキャッチできるが、魔獣相手だと力負けしてしまう。ところが、今のはその何倍もの大きさだ。

そして、変化する速さも段違いだった。魔力を送った次の瞬間には、大量の土ががっちりと魔獣の後ろ足を包み込んで動きを止めている。瞬《まばた》きほどの時間もかかっていない。まるで動画の途中部分をぶった切って、頭と終わりを直接くっつけたみたいだ。

「っ！　レイ、後で説明してもらうぞっ」

ロウも驚いているようだが、んなこと言われても私だって想定外だ。

ロウは私の言葉を待たずに走り出し、魔獣の正面でヘイトを稼ぎつつ攻撃を加えていた二人に声をかけた。

「すまん、待たせたっ！」

「遅ぇ！　何ちんたらしてやがったっ」

「レイ殿は大丈夫かっ⁉」

「ああ！」

そう応えて、ロウは走り寄った勢いのままに高く跳ぶ。

「疾《し》っ！」

鋭い掛け声と共に、魔獣の背中に着地し、即座に首筋めがけて剣を振るった。

グァウッ！

突然現れた新手、しかも背中に乗られた上に急所に切りつけられ、魔獣が怒りの咆哮《ほうこう》を上げる。大きく体をゆすり異物を振り落とそうとするのだが、ロウはそれよりも早く自分から飛び下りると、素早く距離をとった。

「……硬い」

「当たり前だ、この阿呆っ。俺らが攻めあぐねてんのが見えてただろうが！」

魔獣を挟んで私の反対側。ガルドさん達からも少し離れた場所で、ロウがぽつりと呟く。二人の近くに立たないのは、自分が遊撃としての役割を求められているのを理解しているからだ。

「足が止まっている今が好機だ、全力で行くぞっ！」

ターザさんの指示のもとに、三人が全力で斬りかかる。先ほどまではその速度にものを言わせ、強力な斬撃は飛《と》び退《すさ》って避けていた魔獣だが、後ろ足を一本拘束されていることで回避能力が落ちた。大剣を振るうガルドさん、棍《ぼう》を振り回すターザさんの攻撃が顔面と前足にヒットする。そして、身軽なロウが側面や背後からヒットアンドアウェイの攻撃を仕掛け、少しずつ魔獣の体力を削っていった。

グオウ……ゴアッ！

自由に動けないことに苛立ったのか、魔獣が一声大きく吠える。そして、三人の攻撃を無視して自分の後ろ足を拘束する土でできた手に噛みついた。

「マズい――逃がすな、レイッ！」

「わかってる……けどっ」

魔力で作られた土の手に負荷がかかったのがわかった。必死でその形状を維持するための魔力を送り続けるが、相手の力が強すぎる。

「このデカブツが！　よそ見すんじゃねぇよっ」

「お前の相手は俺達だっ、こちらを向けっ！」

ガルドさん達も必死で魔獣の気を引こうとするのだが果たせない。ヤバい。このままでは噛み砕かれて、また魔獣が自由になってしまう。

焦る私達を助けてくれたのは、やはりモーリンだった。

『まだ動く？　レイガ、もう一回』

そこだけ妙に呑気な空気をまとったまま、私の頭の中に話しかけてくる。

もう一回、と言われてもなんのことだかわからず戸惑っているうちに、自分の魔力が勝手に動くのに気がついた。いや、モーリンが私の魔力を誘導しているんだ。

『動く、ダメ。じっとしてる』

ずもんっ、と、一瞬、地響きのような音が響き渡る。そして、その音が消えるよりも早く、地面から超巨大な手が生《は》えて、それが魔獣の胴体を鷲掴《わしづか》みにしていた。

「……おい」

「レイちゃん、こりゃ、ちと……」

「……さすがはお館様のお血筋」

「血縁関係ないからっ！　それに、私じゃなくてモーリンの力だからっ」

　確かに魔法を使ったのは私だが、私だけではこんな大きなものは作れない。必要になる魔力が膨大すぎて、今の私の技量では制御できないのだ。でも、そこにモーリンの持つ精霊の力が加わると、不思議なことに膨大な量の魔力がいともたやすく操れる。モーリンが制御の面でもサポートしてくれているからだろう。なるほど、これは契約したがるわけだ。つくづく、精霊の力ってハンパない。

『これで動けない』

　あまりのことに茫然としていたが、満足そうなモーリンの声にはっと我に返る。

「い、今のうちよっ。倒して！」

　私と同じく目の前の光景に動きが止まっていた三人も、私の叫びに反応して戦闘を再開する。

「ここまでお膳立てされて、倒せねぇとか、ありえねぇ、よ、なっ！」

　ガルドさんが雷の大剣を振るい、魔獣に斬りつける。音節ごとに区切って聞こえるのは、その度に刃が魔獣の体に食い込んでいるからだ。

「ロウ、ガルド！　一気にカタをつけるぞ」

　ターザさんも棍《ぼう》を仕舞い、本来の武器である拳《こぶし》で打撃を与え始めていた。巨大な口の下に潜《もぐ》り込み、弱点である心臓のある位置を狙って、たっぷりと体重の乗った一撃を叩き込む。

「これで最後だ――沈めっ」

　がっちりと魔獣の胴体を掴んだ手の上に、ロウが再び飛び乗る。既に魔獣が動かせるのは首から先だけだ。死に物ぐるいで暴れる魔獣の背の上で器用にバランスをとると、双剣の片方を鞘《さや》に戻し一本だけを両手で握る。刀身に炎をまとったそれを、渾身《こんしん》の力で魔獣の延髄《えんずい》めがけて突き立てた。

同時にガルドさんの大剣が頸動脈《けいどうみゃく》を切り裂き、ターザさんの拳《こぶし》が胴体にめり込む。断末魔の悲鳴を上げた魔獣は、しばらくの間ヒクヒクと全身を震わせていたが、やがて目から光が消え、力なく開いた口元からだらりと長い舌が垂れさがった。

そして、すべての力を失った魔獣の体がその場に崩れ落ちる。土でできた手は、魔獣の反応がなくなると同時に元の地面に戻っていた。

「やった？　……やれた？」

『もう動かない。レイガ、嬉しい？』

ぴくりとも動かない魔獣の姿に、半信半疑のまま呟くと、腕の中からモーリンがいつもの調子で問いかけてくる。

「うれしいに決まってる、ありがとう、モーリンッ！　私達の命の恩人だよ、本当にありがとうっ」

嬉しさのあまりギュウウッと力いっぱい抱きしめかけて、はっとして力を抜いた。命の恩人を圧死させたら大変だ。力加減に気をつけつつしっかりと抱きしめ、頬ずりし、何度もお礼を言う。

「レイッ」

「レイちゃん！」

「レイ殿っ！」

そうしている間にも、魔獣に止《とど》めをさした三人が走り寄ってきた。

「「無事かっ？」」

異口同音に、最初に私の身を案じてくれる言葉が嬉しくて、涙が出そうになる。

「うん。みんな、ありがとう」

私よりずっと背の高い三人を見上げた。けれど、あれ？　いつもよりその角度が大きくない？

ほとんど真上を向いてるぞ。

「そんなところに座っていては体が冷えてしまう。立ったほうがいい」

ターザさんに言われて、自分がぺたりと地面に座り込んでいるのに気がついた。おかしいな、いつの間に座ったんだろう。

慌てて立ち上がろうとするが、足に力が入らない。

「おい、レイ？」

「……立てない……」

「おいおい。腰でもぬかしたのか？」

「いや、ちょっと待って……あ、あれ？」

焦るものの、何をどうしても腰から下に全く力が入らないんだよ。

上半身だけでじたばたともがいていると、ひょいっと体全体が持ち上げられた。

「気が緩《ゆる》んだんだろう。無理はしなくていい――守ると言ったのに、助けられたのはこちらだった。怖かっただろう？　すまなかった」

「……ターザさん」

いわゆるお姫様抱っこの体勢で、手を伸ばせばターザさんの顔に触れられる距離だ。粗削りだがきれいな顔立ちで、頭の上にはちょこんとケモ耳が生《は》えている。ゆっくりとした口調の、低音の美声でかけられる言葉に、先ほどまでの恐怖を思い出すと同時に、無事に倒せたという安堵《あんど》が湧き上がり――情けないけど涙が出てきた。

「ターザに先を越された、だとっ!?」

「油断ならねぇ……さすがは獣族だ」

そんなセリフがどこからか聞こえた気がしたが、とりあえずスルーする。

最初は遠慮がちだった涙だが、ターザさんが優しく髪を梳《す》いてくれるものだから、その感触とぬくもりに更に気が緩《ゆる》んじゃって、広くて逞《たくま》しい胸に縋《すが》りついて子供のように声を上げてわんわん泣いてしまった。

死ぬかと思った、怖かった――ものすごく怖かった！

「もう大丈夫だ、レイ殿のおかげだ。安心して――気が済むまで泣くといい」

しゃくりあげつつも、その言葉にしっかりと頷く。

頷きながら、その胸に顔を埋めて……あ、やばい、鼻水垂れてきた。これ、ターザさんの服で拭いたらダメだよね。

と、妙に冷静に考えつつ、とりあえず思いっきり泣きじゃくる。

そんな私を、三人は代わる代わる宥《なだ》めてくれた。

私達の最初の魔獣退治は、アクシデントはあったものの、なんとか成功の裡《うち》に終わった。

ただ、魔物《モンスター》を倒したからそこで終わりというのは、ゲームの中だけの話だ。目の前に転がっているのは、ものすごいレアな魔獣であり、そこからとれる素材もレアで、高く売れる。放浪者稼業である私達にとって、それを放っておくという選択肢はない。

「まぁ、最低限、魔石と討伐証明部位さえありゃいいようなもんなんだけどよ。フェンリルの証明ってのはどこだっけか？」

「どの魔獣かわからんので、ギルドからの指定はなかったからな。魔犬と同じく耳か尾でいいだろうと思うが……」

「適当に持って帰ればいい。万が一そんな細かいことで文句をつけてくるなら、金輪際《こんりんざい》、依頼は受けんと言うだけだ」

そんな会話を交わしながら、男性陣で絶賛剥《は》ぎ取り中だ。私が仲間に入ってないのは、彼らほど刃物の扱いになれてないってこともあるのだけど、疲労困憊《ひろうこんぱい》で立ち上がるのも億劫《おっくう》な状態だったから。

ようやく解体が終わった頃には短い冬の日はとっぷりと暮れていて、本日はここで野営ということになる。必要なものはターザさんに渡してあると、お師匠様から説明されていたのだけど——

「天幕もターザが持ってんだよな？」

「ああ。展開するので少し離れてくれ」

「……展開？」

聞きなれない言葉に戸惑っている間に、ターザさんが周囲の広さを確認し始めた。歩幅で測っているのか、真っ直ぐに十歩歩いた後、直角に曲がってまた十歩。そして、その内部に目立つ障害物がないことを確認した後、魔倉に手をやる。

「出すぞ」

そして、いきなり目の前に出現したものを見て、私達三人はそろって目をむいた。

「……驚いたっつーか、呆れたっつーか……」

「予想を裏切るにもほどがある」

目の前に出現したのは、おしゃれなコテージというかログハウスというか、まぁ所謂《いわゆる》そういうたぐいの『建物』だった。床の高さは地面から一メートル弱で、そこに上がるためのステップまでついている。

「お館様が兄上様方と旅をなさっている間に使われていたものだそうだ。今回はレイ殿が同行するということで、お貸しいただいた」

「あー、元々は自分用かよ。なら納得できる……わけがねぇだろ！　家が入る魔倉なんざ、俺ぁ初めて見たぞっ」

「そもそも、家を魔倉に入れるという発想自体がありえん」

突っ込む体力がないだけで、私も同意見だ。お師匠様ったら、こういう反応を狙って私達に細かい説明をしなかったんだろう。全く、お茶目な爺様だ。

しかし、このコテージがあれば、天幕で寝るよりはるかに快適に過ごせることは間違いない。有り難く使わせていただく。

私はとにかく疲れきっていたし、ロウとガルドさんも私ほどではないが疲労している様子だ。ターザさんだけはいつもと変わらなかったのはさすが獣族としか言いようがない。

いつまでも呆然としてはいられないので、ターザさんに促《うなが》されるままにコテージへ入る。温度が一定になる魔法がかけられているらしく、外の厳しい寒さにもかかわらず、内部は防寒具を着たままだと暑いくらいだった。食事を作る気力も体力もないので、魔倉の中にあった食糧を食べた後は、最後の根性を振り絞り清浄魔法をかけ、奥にあったベッドにダイブして、あっという間に眠ってしまった。

そして、翌朝。

「俺の言いたいことはわかっているな？」

「……はい」

朝食もそこそこに、朝一から、絶賛、お小言の嵐。

「いきなりの魔獣に驚いたのはわかるが、あの後は一体なんだ」

「はい、ごめんなさい……」

私はベッドに腰掛けて、ロウが目の前に立っている。その後ろには苦笑を浮かべたガルドさんと困ったような顔をしたターザさんがいるけど、口を出せるムードじゃない。

「逃げる方向まで気が回らなかったのは仕方がないが、それに気がついた段階でどうして助けを呼ばない？　それほど、俺達は頼りないか？」

「そんなことないよ！　ただ、あの時は気が動転してて……」

「咄嗟《とっさ》の時に助けを求めないのは、俺達を信用していないからじゃないのか？」

「違うって！　ちゃんと信用してるよ」

「口でそう言っていても、行動はそうとれないんだがな……」

お小言というよりも恨み言というか、愚痴られてる気がする。

「それに、呆けたように棒立ちになる前に、やることはいくらでもあったはずだぞ。盾《シールド》を張り直したり、防壁を展開することもできただろう？　効くかどうかはともかく、魔法で攻撃する選択肢もあったはずだが？」

「あ……そ、それは……」

あう、やばい。突っ込まれるとは思ってたけど、やっぱり訊かれちゃったよ。

「それは、なんだ？」

「いや、それについては……」

うう、言いたくない。言ったら絶対叱られる。

「レイ」

ロウの声がもう一段階低くなる。眉間に寄った縦皺《たてじわ》も更に深くなってる。

言いたくないけど、言わないともっと怒られるよね、これ。

「いえ、その……つい、うっかり……」

「うっかり、どうした？」

ええい、覚悟を決めて言ってしまえ。

「忘れてました！」

わーい、言っちゃったぁ。

「……何？」

あー、やっぱりというか、案の定というか、ロウの目が点になってる。

「レイちゃん、そりゃ……ええと、あれだ、ほら。どの魔法を使えばいいか思い出せなかった、とか、そーゆーんだよな？」

「……確かに、極度の緊張で自分の使用可能な術が思い出せないことがあると聞く」

今まで口出ししてなかったガルドさんとターザさんが、フォローしてくれようとする。その気持ちは嬉しいが、ロウはわかっちゃってるみたいだ。

「お前は……この期《ご》に及んで、答えがそれかっ！」

「だって、魔法が使えるようになって、まだ半年やそこらなんだよ。咄嗟に魔法があることを思い出せなくても仕方がないと思う」

「……宝の持ち腐れ」

「ロウまでっ？」

ここでそのセリフを言う!?

「やかましい！　本当のことだろうが。あれだけ鍛錬して挙句がこれだぞ」

「それを言われると……で、でも今回はホントに突然だったし！　初討伐だったしっ。次は絶対ちゃんとやれるからっ！」

「どうだか。信用できんな」

ひどいっ、そんなきっぱりと言い切らなくてもいいじゃない。フォローしてほしくてガルドさんとターザさんに視線を向ける。けれど、なんかとっても残念な生き物を見る目でこっちを見ていた。

「……まぁ、なんつっても初だしよ。いきなりだったし、な……」

「ああ、今回で学んだことも多かったはずだ。次は大丈夫……だろう、きっと」

それでも、すがるような私の目に気がついて、ぽちぽちと口添えしてくれる。ありがとう、ガルドさん、ターザさん！　今度、好物いっぱい作るからねっ。

ロウはお説教したりない様子だったけど、二人に宥《なだ》められて、なんとか矛《ほこ》を収めてくれた。そして、その後は今後の方針についての話し合いになる。

「まさか初日から、あんな大物に当たるとは思わなかった。全員無傷で討伐できたことはめでたいが、この後はどうするつもりだ？　戻るか、しばらく山中で粘るか決めねばなるまい」

ターザさんの言葉に、しばし考え込む。

討伐に出かける前にギルドで正式に討伐の依頼を受けたのだけど、とにかく『魔獣を退治』ってことだけで数や種類は指定されなかった。これは依頼を受けた人がどの魔獣に遭遇するかわからないのと、普通の放浪者なら一頭倒したところで満身創痍《まんしんそうい》、次に行く余力のないことが多いからだ。だから、報酬は『討伐成功』に対するものに加え、どのくらいのランクを倒したかによってボーナスがつくって話だ。

依頼は、フェンリルを倒した段階で既にクリアしているし、ボーナスもかなりなものになるだろう。だから、ターザさんの言うとおりに、今すぐ戻っても構わないわけなんだけど……

「今年は長期間、受ける人がいなくて依頼が放っておかれてたって言ってたよね？」

「ああ、そのようだ。だからこそ俺達にお鉢が回ってきた」

「だったら、もうしばらくここにいない？　出かける時に、大体一週間くらいを予定していたんだし。魔獣全部を退治できるなんて思ってないけど、少しでも減らしておけば、オルフェンの人達も安心できるでしょ？」

「レイ殿がそう言ってくれるのは有り難い。山中にはいくつか集落がある。そこに住まう者達のためにも、幾分《いくぶん》なりと危険を減らせるならそれに越したことはない」

「ロウとガルドさんの負担が増えると思うけど……」

「お前が決めたことならば俺に異存はない」

「俺もだ。つーか、昨日は結局ターザの力を借りちまったからな。俺らだけで倒せっていうのが御大の指示だったんだし、それをやる前に戻るわけにいかねぇだろ」

話が決まれば、早速、魔獣探しだ。一晩お世話になったコテージを魔倉に収納する。

「今日は、あそこに見える尾根を目指す。これまでの経験から言うと、これから向かう場所は魔獣に出会う確率が高い。気を引き締めて進んでくれ」

ターザさんの道案内で、再び山を登り始める。索敵《サーチ》は、目いっぱい範囲を広げた。

昨日、魔獣が私達の目の前にいきなり現れたのは、風属性の魔法で移動速度をものすごく上げていたのが原因らしい。まさか索敵範囲外から、一瞬であの場所まで移動してくるとは思わなかったのだ。

今度は注意すべき範囲を広くして、汚名返上に努める。

そのおかげで、すぐに魔獣を察知できた。

「レイ、足止めしろっ」

「ガルドさん、一旦下がって！　——バインドッ」

「おら、熊公っ、こっち向きやがれっ！」

次に出会ったのは白クマな魔獣だった。ロウによれば、迷いの森をうろついていたグリズリー系の魔獣より大きいとのことだ。ただ、フェンリルほど速くないし、力もそれほどでもない。この辺りが、同じ魔獣でも名付きとそれ以外の差ってことだろう。

そこそこ強い魔獣のはずだが、昨日のフェンリル戦と比べれば、あっけないほど短時間で戦闘が終わってしまった。

「二日で二頭。これだけでもかなりの成果だ。希望としては三頭ほどは倒しておきたいと思っていたが、この分ならすぐに済みそうだな」

「レイちゃんの引きだろ」

「なんだかんだで、あれこれと引き寄せる体質のようだ」

ちょいと引っかかる発言があったけど、私達の願いが天に通じたのか、翌日は更に二頭の魔獣に遭遇した。

「よくやった。名付きまで倒したそうではないか。評議会からも感謝の言伝《ことづて》が届いている。さすがは私の孫だ」

最初の予定どおり七日間ほど山に籠《こも》り、その結果、合計で七頭の魔獣を討伐して戻った私達は、上機嫌のお師匠様からお褒めの言葉をいただいた。

別に一日一頭って決めてたわけじゃないんだけど、結果的にそうなった。おかげで、最終日にギルドに報告した時には、思いっきり驚かれたよ。

しかも最後の一頭は、フェンリルみたいに名付きではないものの、それと匹敵するくらいに厄介《やっかい》なワイバーンの魔獣。その討伐の証拠として尻尾を出したら、変な生き物を見るような目で見られちゃった。

『名付きも含めて、七頭だと？　何かの間違いではないのか？』とか『たった四名でできるはずがない』とか『ランクEが筆頭の戦団だぞ、ありえん。あっていいはずがないっ！』とかいろいろ言われたけど、討伐部位と一緒に魔獣の死骸からとれるでっかい魔石を提出したら黙った。

あ、そうそう。討伐の依頼を受けるにあたって、暫定的にターザさんも『銀月』に入ってもらってたのだ。ターザさんのランクはA。平団員がCとBとAで、リーダーがEってどうよ、とも思ったけど、ロウやガルドさんと同じく、ターザさんもまったく気にしなかった。実力のある男の余裕ってやつなのかしらね。

「私のランクはEから、Dになりました。次の依頼でCにしてくれるそうです。ロウもBになって、ガルドさんはロウの貢献値が溜まったところで、一緒にAになりたいそうです」

さすがに私がいきなりAは無理だった。というか、普通に考えてありえないし、そもそも、まだ自分にそこまでの実力があるとは思えないので、かえってありがたい。

「今回のことで、お前達の実力はわかったはずだが、仕方あるまい。特別扱いをさせても構わんが、後々難癖をつけられてもつまらぬな。ここは順を追って上げることにしよう」

……ギルドってのは独立不羈《どくりつふき》で、外部のどんな圧力も受けないはずなんですが、お師匠様はなんか怖いことをサラッと言った。私の心の平安のため、これは聞かなかったことにしよう。

第七章

魔獣討伐から戻ったらすぐに新年になった。ついでに本気の冬将軍もやって来て、見渡す限りすっぽりと雪に覆われ、本館へ行くにも雪かきが必要なほどだ。よって、魔獣退治で一旦は復活したはずの放浪者稼業も再び休業状態になり、温かい家の中で魔法の修行に励む日々が続いていた。

そんなある日。いつものようにお師匠様の書斎でシゴかれ、ヘロヘロになって出てきたところを呼び止められる。

「レイ、お前に少し話がある」

振り返ると、珍しくロウとガルドさんが本館に来ていた。その後ろにはターザさんもいる。

「ロウ？　どうしたの、そんな改まった声を出して……？」

妙にまじめな口調で言うから、何事かと思う。三人揃ってることに関しては、最近よくつるんでいるのを知っていたから気にならなかった。

しかし、お館《ここ》では話しづらいから、場所を移したいと言われると、一体何の話だろうと不思議になってしまう。

とりあえず、促されるままに移動した。

一階のリビングにあるソファーに私を挟むようにしてロウとガルドさんが座り、向かいにターザさんが腰を下ろしたところで、その話が始まる。

「レイ殿──いや、レイガ殿」

真正面に座っていたターザさんが、真剣な口調で私の名前を呼んだ。ついでに、その口調と同じくものすごく真面目な顔で見つめられて、ドキッとする。

「突然だが、俺を、貴女の夫に加えてもらえないだろうか？」

「……はい？」

「俺は貴女を生涯かけて守り抜く。だから俺を正式に『銀月』に加え、三人目の夫にしてほしい」

「は？　え？　……お、夫……？」

いきなりすぎて、頭がついていかない。処理能力を超えてフリーズしてしまった私をよそに、ターザさんの告白は続く。

「俺を貴女の番《つがい》にしてほしい。ただ俺は獣族だ。それが理由でダメだと言うなら、きっぱり諦める。しかし、そうではないのなら──どうか、この願いを聞き届けてはもらえないだろうか？」

ちょっと待ってぇっ。これってもしかしなくてもプロポーズッ？

慌ててロウとガルドさんを見ると、ロウはちょっとばかり不機嫌そうだったけど、ガルドさんは『ようやく言ったか』みたいな顔でターザさんを見ている。どっちも反対する様子はない。

「人族では、新たな番──夫となるには他の番達の許しが必要だそうだが、ロウとガルドには話を通してある。レイ殿に黙っていてもらうように頼んだのは俺だから、二人を責めないでほしい」

やっぱりかい！

「……二人に最初に話したのはいつごろなんですか？」

「あれは確か、最初の魔獣退治の後だったと思う。名付きを倒した夜、か」

「あの日なのっ？」

いきなりフェンリルと遭遇して、危うく死にかけ、ターザさんの装備を涙と鼻水まみれにしたあの時ってこと？　確か、私は疲労困憊《ひろうこんぱい》してて、ベッドに入った途端に寝入ってしまったんだよね。でも、その翌朝は、ターザさんも他の二人も、ごく普通な感じだったはずだ。それ以後も、特段変わった様子はなかったと思うんだけど。

「もっとも、俺がレイ殿に惹かれ始めたのはもっと前だ。今思えば……最初に出会った時からなのかもしれん。お館様を訪ねてくるのは、そのお力を私欲のために使おうと企《たくら》む連中か、そうでなければ自分達の手に余る厄介《やっかい》ごとを押しつけようとする者ばかりだ。だが、レイ殿はそれらのどれとも違った。ただ純粋に己の力を磨くため、何の前知識もなくお館様を訪ねてきた。そんな相手は初めて見た」

「いや、それは単に、私がもの知らずの怖いもの知らずだっただけなんですけど」

何しろ、お師匠様が高霊族だってことすら知らなかったんだ。

「まぁ、レイが他のどんな女とも違う、というのはターザの言うとおりだな」

「レイちゃんを普通の女と思ってたら、えれぇ目に遭うのは、ハイディンでもオルフェンでも実証済みだしよ」

二人共……。後でちょっと話し合う必要がありそうだね。だが、今はそちらに気を取られている場合じゃない。

「あ、あのね。ターザさんが、本気でそう言ってくれてるのは理解したんだけど、なんというか、その……あんまりにも唐突で……」

「レイ殿がそう言われるのは俺にも理解できる。なので、この場で答えをもらいたいとは言わん」

ゆっくり考える時間はもらえるらしい。よかった、即答してくれとか言われたらパニくるところだったよ。

「唐突というが、ターザの態度はわかりやすかったと思うぞ。普通は気がつく。お前が鈍いだけだ」

「だな。ターザの様子を見てりゃ、バレバレだったと思うんだが、レイちゃん、見事に気がつかなかったよなぁ。さすがの俺も、ターザに同情したぜ」

「え？　え？　そんな……だって、言われなきゃわかんないでしょ……？」

「ターザ、こいつはここまで鈍いんだが、本当にいいのか？」

「ああ、俺はレイ殿がいい。無論、無理強いする気はないが」

ロウやガルドさんの言葉にもめげず、ターザさんはあくまでも大真面目に答える。私も腹を立てている場合じゃない。

「いい返事が聞けることを祈るが、断られたとしても恨みには思わない。どうか、ゆっくりと考えてほしい」

「うん、わかりました。ちゃんと考えるね」

「ありがとう、レイ殿。では、今夜のところはこれで失礼する」

そう言って席を立ち、あっという間に出ていってしまう。

残された私達は、しばらくの間、黙ったままだったんだけど、やがて、こらえきれなくなった私の絶叫が室内に響き渡った。

「いきなりのプロポーズってどういうことっ！　ロウ、ガルドさんっ、全部吐いてもらうからねっ！」

「ま、まぁ、落ち着けって、レイちゃん」

宥《なだ》めるようにガルドさんが言い、超珍しいことに、ロウがそそくさとお茶を持ってきてくれた。けど、そんなことじゃ誤魔化されないから。

「とりあえず、知ってること――って言うか、私が知らないこと、全部教えてもらいましょうか」

「あー……そうすっと、かなり話が長くなるぜ。今夜はもう遅いし、明日にでも改めて」

「今すぐ吐け――でないと、私、マジでキレるかもよ？」

プロポーズされてキレるってのも、レアなケースだとは思うが、この場合は仕方ないだろう。全く寝耳に水、な話なんだよ。

「……本気で全く気がついていなかったのか。ターザが気の毒すぎる」

「俺もびっくりだが、まぁ、レイちゃんだからなぁ……」

男二人は首をすくめつつそんなセリフを吐いた後、向かいのソファーに腰を下ろして話し始めた。

「さっきターザも言っていたが、俺らが話を聞いたのは、フェンリルを倒した夜のことだ」

こういった場合、主に話をするのはガルドさんと相場は決まっている。時折、ロウが横から補足を入れつつ、話を進めていく。

「レイちゃんも覚えてっだろ？　フェンリルを倒した後、腰を抜かして座り込んじまって、ターザに抱き起こされたよな。んで、その後、ターザに抱き着いて大泣きした――」

「うん、覚えてるよ。っていうか、恥ずかしくて忘れたい記憶だけど、それ」

「おいおい、忘れんなよ――ターザがレイちゃんに完璧にヤられたのがそん時だって話だぜ？」

「え？　そ、それホントッ⁉」

ええー、涙でぐしょぐしょで、鼻水も垂れてたはずだぞ。顔面大洪水で、ターザさんの装備に擦《こす》りつける勢いだったんだが、よりによってその時にっ？

「あん時のレイちゃんは、名付きに睨まれて最初、真っ青になって震えてたよな」

「う……。だから、その話は恥ずかしいってば」

しかし、そんな私の抗議にもかかわらず、ガルドさんは先を続ける。

「そこそこ修羅場を潜《くぐ》ってきた俺やロウだって、いきなりフェンリルなんて超大物を目の前にしちゃビビらねぇわけがねぇ。それを、駆け出しも駆け出し、まだ卵の殻がケツにくっついてるようなレイちゃんじゃ、そのままなーんもできなくたって不思議じゃねぇ。正気に戻っただけでも儲《もう》けモンだ。ましてやその後、きちんと戦闘に参加して、精霊まで呼び出して貢献してくれるなんざ、奇跡みたいな女だぜ」

「正直、俺もあの時、レイに惚れ直した」

ちょ、待ってよ、ロウまで。そんなこと真顔で言われたら、顔が赤くなっちゃうじゃない。

「だってのに、その後は普通の小娘みたいに、へたり込んで大泣きしてんだろ。男にしてみりゃ、保護欲つか、庇護欲っつか、まぁ、そういうのがビンビンに刺激されるよなぁ。元々惚れ込んでる俺らだってたまんねぇんだ。初心《うぶ》なターザなんざ、いちころだったろうぜ」

「そ、そんなもん、なの……？　前半は兎《と》も角《かく》、最後のは単にみっともないところを見せただけのような気がするんだけど」

「そこらは女と男のものの感じ方の違い、ってやつだろうぜ――で、その後、ターザが出した家に入って、レイちゃんはすぐに寝ちまっただろ？」

「うん、そうだったね」

半日以上、雪山を歩き回った挙句のフェンリルとの死闘の疲れと、真剣に死を覚悟した精神的疲労もあって、夕食もそこそこに私は爆睡してしまったんだった。死にそうになった直後にも眠れるなんて、我ながら神経が図太いと思う。

「その後、だな。ターザが俺らに話をしたってのは」

ガルドさんの話は、おおよそこんなふうだった。

あっさりと夢の国に旅立ってしまった私と違って、男性三名はなかなか寝つけなかったらしい。私にはよくわからない感覚なんだけど、血がたぎるというか、戦闘の余韻で神経が興奮して眠気が遠のいてしまったようだ。

そういう時というのは酒を飲むか、あるいは別の方法で発散させるかするのが一番らしいが、さすがに遠征中に酒はマズい。もう一つの方法は、もっとマズい。となれば、おとなしく眠くなるのを待つしかないのだが、そこでターザさんが口を開いたのだ。

『ロウ、ガルド。どうやら俺は、レイ殿に心惹かれてしまったようだ』

なんともストレートな告白に、反発を感じるより先に毒気を抜かれてしまった二人は、そのままターザさんの話に耳を傾けることになった。

ターザさんの言《げん》によれば、私達が訪ねてきた時、『最初は自分がしっかりと見張っていなければ』という使命感に駆られたらしい。主人であるお師匠様の手前、表面上は友好を装《よそお》って挨拶したけれど、怪しげな侵入者に対して内心は穏やかではなかった。

ところが、私達は、あっという間に館の空気に馴染《なじ》んでしまった。何かを企《たくら》む様子もなく、それどころか新しい調味料だの、それを使った料理だのを伝授され、危うく胃袋から懐柔されそうになる。こんなことではいかん、もっとしっかりしなければ。そもそも、馴染んでいるように見えても、所詮は人族――大昔のこととはいえ獣族を迫害し、大森林に追いやった張本人だ。警戒してしすぎることはない。

そう思ったものの、その後も露天風呂を作ってみたり、複数の精霊と契約してみたり、と……度肝を抜くことばかりする私を見ているうちに、いつの間にやらその警戒心が跡形もなく消えてしまっていたのだそうだ。そして、その代わりに生まれたのは『私』という存在に対する、強烈な好《こう》奇心《きしん》だ。次は何をやるのか、何をしでかすのか、目が離せない。

魔獣退治のお供としてついていくことを命じられた時も、大喜びで承諾した。そして、あのフェンリルと遭遇したわけだ。

「ターザの気持ちはよぉっくわかるよなぁ」

「危なっかしくて、目が離せんというのには、俺も全面的に同意だ」

「なんか、どさくさ紛れに貶《けな》されてる気がするんだけど……」

私がフェンリルに殺されそうになった時、ターザさんは自分でも驚くほど動揺したのだそうだ。

それはお師匠様に護衛を命じられた相手というだけじゃなくて、何がなんでも『私』を失うわけにはいかない、という感情の爆発だった。

幸いフェンリルを倒すことができて、私もほぼ無傷。安心すると同時に、べそべそ泣いている私を見て、発作のように庇護欲が湧き上がり、思わず抱き上げてしまっていた。獣族は、基本的に他者とはスキンシップをしないのにもかかわらず、だ。

獣族が人族よりもはるかに警戒心が強いせいなのだが、反対に、自発的に触れる相手というのは、その無意識の警戒心すら抱かなくなるほどの存在、ということだ。

それを自覚したターザさんは潔癖な性格そのままに、それを自分一人の心のうちにしまい込むことをよしとせず、ロウとガルドさんに告白したのである。

「そん時の話は、それでしまいだったんだよ。まぁ、仁義を切ったってとこだろうぜ」

なんといっても、私は人妻である。複数婚が普通の人族だから、いきなり不倫とはみなされないが、既存の夫達への配慮は必要である。

ターザさんは獣族だけど、魔獣退治やなんやかやでギルドにも登録しているので、それなりに人族の知り合いもいるし、その習慣も理解していたためそうすべきだと思ったようだ。

「それから、だな。時折、ターザのほうから報告というか、相談がもちかけられるようになった」

「それが、聞いてる俺らが赤面するような、純な話ばっかでよ……なんつーか、あれを聞いちゃ、反対なんざできねぇよなぁ」

「俺としては不本意極まりないが――ガルドと同意見だ」

『今日、レイ殿が自分に微笑みかけてくれたが、上手く微笑み返せたか自信がない』

『レイ殿が夕食に自分の好物を作ってくれた。嬉しくてつい夢中で食べてしまったが、下品だと思われなかっただろうか』

『レイ殿が寒くないようにと手作りの防寒具を贈ってくれた。もったいなくて使えないが、使ってこそ贈り主は喜ぶと母に言われた。本当だろうか？』

ほぼ無表情で感情の動きがわかりにくいターザさんが、はにかんだ笑みを浮かべて報告するのだそうだ。うわー、それを聞かされる私も赤面しちゃうよ。

ターザさんの中で、私という存在がどんどん大きくなっていくのが二人にも手にとるようにわかったが、前述のような理由でそれを阻《はば》む気にはなれなかったらしい。

そして、何よりも一番の理由が別にあった――と二人が言う。

「そもそも、だ。レイ。お前も、ずいぶんターザのことを気にしていただろう？」

「だな。それがなきゃ、俺達もこの話、レイちゃんに持ってきたりしねぇよ」

「え？　な、何よ、それっ？」

「しらばっくれても無駄だ。まぁ、お前の場合、無自覚にそうしていたのかもしれんが」

「レイちゃんのこった、自分じゃ気がついてねぇのかもしれねぇがなぁ」

ふとしたことで、ターザさんを話題にする。時折――いや、頻繁にその姿を目で追っている。物思いにふけっていることが多くなった、等々。

「何か、言い訳することがあるか？」

「いえ、それは……」

言われてみれば確かにそうだったかもしれない。例のハイディンで見た映像を思い出して、『そういう可能性』があるとわかってから、できるだけそのことを意識しないようにしていたんだけど、どうやら態度に出ちゃっていたらしい。

「まぁ、最終的にどうするかは、レイちゃんが決めることだ。俺らにしても、ターザが仲間になってくれりゃ心強いのは確かだが、だからって、恋敵《こいがたき》が増えるなぁ、複雑なモンがあるしな」

このセリフって、ガルドさんが仲間になる前に、ロウが言っていたものとよく似ている。

「そういうわけで、俺とガルドとしては、ターザを受け入れることに反対はしない。が、俺達から薦めるつもりもない。ガルドが言ったとおり、お前が決めることだ」

ロウはロウで、やはり『夫仲間』が増えることにはいささか抵抗があるようだ。ただ、ガルドさんの時のような強い葛藤《かっとう》を伴うものじゃなくて、半分達観したみたいな――これは私達が『三人』になってからそれなりの時間が経ち、上手くいっている実績があるからじゃないかと思う。

元々、こっちでは一夫多妻、一妻多夫が普通だしね。二人も三人も一緒、などという乱暴な理論じゃなくて、ここにもう一人加わったとしても私達の信頼と絆《きずな》は変わらないと思ってくれたのだろう。勿論《もちろん》、ターザさんの信用も大きいに違いない。

後は本当に、私の気持ち一つってことだ。

「ま、レイちゃんとしては考える時間が欲しいだろうが、できたらあんまり待たせずに返事をしてやってくれや。受け入れるにしろ、断るにしろ、な?」

「そうだな、生殺しが長すぎるのはターザが哀れだ」

……あまりプレッシャーをかけないでください。

とはいえ、早めに返事をしないといけないのはわかる。うーむ、今夜は眠れそうにないな。

案の定、その夜は寝不足になり、翌日もほぼ一日を悩んで過ごし、更に一夜が明けたところで、私は諦めた。

「――それで、ここへ相談に来た、ということか」

「お師匠様に恋愛相談とかありえないとわかってるんですけど、他に相談する相手がなくて、藁《わら》にもすがる思いというか。もしかしたら年の功でなんかいいこと言ってもらえるんじゃないかとか、考えまして……」

寝不足と悩みすぎで、うっかり本音がダダ洩《も》れになったが、お師匠様は苦笑しただけで許してくれた。

「ターザはお前に惚れぬいておるようだし、お前も憎からず想っておる。ならば、悩む必要などどないと思うが？」

「ターザさんの気持ちを疑ってるわけじゃないんです。どっちかというと、信用できないのは、私の気持ちのほうなんで……」

ハイディンで見たあの映像のことも説明する。

「お前のその『力』については、未知の部分が多い。少なくともミーアはそのような力は持っておらなんだ。私も、初めて聞くものだからな。未来はおろか、過去まで見通せるとなれば、その恩恵は計り知れぬが、その分、御しにくい力であるのは当然だろうて」

前に、お師匠様から『魔力とは魂《たましい》の力だが、それは肉体の影響を受ける』と教わった。その時は、魔力量の多寡《たか》についての話だったんだけど、こちらの世界の人であるミレイアさんが、私の世界に転生し肉体を持った時に、何らかの突然変異を起こしたのではないかと推測している。

それがおばあちゃんに隔世遺伝し、更に私に……ということなんだろう。

「精進あるのみだな」

「はい……」

『力』について、改めてそんな会話をした後で、本題に突入する。

「ガルドさんの時は、あれが決心するための決定打になったんです。けど、ターザさんの場合は、それが切っ掛けみたいな感じで……だから、どうしても考えちゃうんですよ。もし、あれを見てなかったら、どうだったんだろうかって」

先入観のない、完全にまっさらな状態で出会ったとして、それでも私はターザさんのことを意識したのだろうか？　前の人生でこの力に振り回されていた私としては、またこちらでも同じことをしでかしてしまうんじゃないかと、自分を信じきれないのだ。

「お前はまだ若い。それ故《ゆえ》、悩むのだろうが、私にしてみれば今以上に重要なことはなかろうと思うのだがな」

「どういうことでしょうか？」

「現に、お前はターザを好ましいと思っている。その始まりがどうであろうと、な。ならば、お前が考えるべきことは、存在しなかった過去を前提とした仮説ではなく、今、お前が抱いている気持ちが、ターザのそれに応えられるものであるか、否か、ではないのか？」

そこでお師匠様は一旦、言葉を切り、優しいまなざしで私を見つめた。

「私はお前が可愛い。お前がミーアとエインの末裔《まつえい》であることも大きいが、それとは別に、弟子としてもな。お前の弟子入りの希望を受け入れたのは、その顔がミーアと同じであったのが理由だが、それ以後のお前と過ごした時間により、今、私はお前を紛れもなく愛《いと》しく思っている」

できの悪い弟子ほど可愛いとよく言うであろう、とお師匠様が笑う。

「そもそもの話、心――『想い』は理屈で説明しきれるものではあるまい。ミーアとエインを見てきた身としては、最初の出会い方なぞ、その後の長い時間に育《はぐく》まれたものと比べれば些細《ささい》なことだと断言できるぞ」

そう言えば、ミレイアさんとエインさんの出会いって、ミレイアさん四歳、エインさん二百歳越えの時だったよね。

「切っ掛けはどうであれ、その後に育まれた想いのほうが大切……だってことですか？」

「うむ。それと、私はターザのことも可愛く思っている。何せ、あれが生まれた時から見ておるからな。お前に強いるつもりはないが、あれが幸せになる未来を期待しているぞ」

うん、そうだよね。不幸せな未来よりも、幸せな未来のほうがいいに決まってる。そして、未来は自分の手で変えられることを学んだ私が、私とロウ、ガルドさんだけじゃなく、ターザさんも幸せになる未来を考えてるってことは――なんだ、ガルドさんの時と同じじゃないか。我ながら進歩がないのを反省しつつ、お師匠様にお礼を言う。

「ありがとうございます。お師匠様に相談してよかったです」

「ターザは今頃、外で雪の始末をしているはずだ――答えのわかりきった問いに悩む様《さま》を眺めているのも一興だが、たまには導いてやるのもよかろうて」

「その情報は感謝しますが、後半が余計ですよ。お師匠様」

善は急げ、ってことですね。私としても、結論が出た以上、無駄に引っ張るつもりはない。

すぐに外にかけ出した。

「ターザさん！」

「レイ殿っ？　どうした、ここは冷えるぞ」

「ターザさんこそ、雪まみれじゃないですか」

肩や腕は勿論《もちろん》、濃い茶褐色の髪と、そこからぴょんと飛び出した猫耳も白い雪にまみれている。さぞや寒かろうと思うんだけど、本人は全然平気な顔をしてる。いや、今はそんなことに気を取られている場合じゃなかった。

「あのね、ターザさん。昨日——じゃなくて、一昨日《おととい》の話なんですけど」

回りくどい言い方はダメだ。「本当に私でいいの？」とかもダメ。ターザさんはあれほどはっきりと言ってくれたんだから、それを疑うような発言は間違ってもしちゃいけない。こっちもはっきりと返事をしなきゃ。

「レイ殿……もしや、答えを頂けるのか？」

うん、とか、はい、って応じて、それが返事だと思われたらと思うと、迂闊《うかつ》に頷くこともできない。自分では冷静なつもりでいたんだけど、やっぱりテンパっていた。

とにかく、ここは一言で決めなきゃなんて、妙に力《りき》んだ結果——

「お婿に来てくださいっ！」

口に出した瞬間に『あれ？　なんか変な気がする』と思ったんだけど、後の祭りだ。

ただ、それを聞いたターザさんの顔がぱぁっと、それこそ、初めて会ってから今までで一番輝いた笑顔になったのを見たら、他のことはどうでもよくなっちゃった。


「んで、腹は決まったなぁいいが、レイちゃん。ターザの扱いはどうすんだ？」

お師匠様との会話と、その後のターザさんへの告白の話をすると、ガルドさんがそう訊いてきた。

「扱いって？」

「ぶっちゃけちまうと『あっち』のこったな」

……あ、了解しました。しかし、いきなりそれですか？　まぁ、結婚ってのはつまり、結局はそういうことだし、何より、私達は若い。いろんな意味で、血が滾《たぎ》るお年頃だ。

「俺達はお前の夫だ。こういうことはお前が決めて、それに俺達が従う――基本的には、な」

ロウ、最後の一言がなんか怖いんですが……。しかし、私の意見、というか希望を訊いてくれる気はあるようだ。

「ターザの話を聞くかぎりでは、『そちら』の経験は皆無のようだぞ。俺達が軽く教えはしたが、どこまで理解しているか保証できん」

「え？　ターザさん、初めてなの？」

「意外そうな声を出すな。考えても見ろ、生まれてから十七年間、トゥザ殿、ポーラ殿の両親と御大しかいないここで育ったんだぞ。街に出向くことがあっても、獣族ということを隠してでは、そういうことと縁遠いのは当たり前だ。まぁ、極秘というわけではないようだから、知っている者は知っているだろうがな」

そう言われてみれば確かにそうだ。最初に街中で見かけた時も、目深《まぶか》にフードをかぶっていたし、ギルドに行った時も同じだった。ロウ達の装備を整えてもらった工房の人達や、魔獣退治の話を持ってきた人なんかは、知っていたようだけどね。

っていうか、ちょっと待て。その前に、なんかすごいことを聞いた気が……

「生まれて十七年って……もしかして、ターザさんって十七歳？」

「レイちゃん、そりゃ今更すぎだろ」

「ガルド、相手はレイだぞ」

最低でも二十歳は越えてると思っていた。だって、物腰は落ち着いてるし、考え方もしっかりしてるし、本当に年下っ？

「そういうことになるな。年上で経験も豊富なお前が指南してやるか？」

年上は兎《と》も角《かく》、経験豊富って……。まぁ、いろいろと鍛えられてる自覚はあるが、それは二人のせいでしょうが。しかし、そうかハヂメテならば、ちょっと考えないとダメだよね。

「……とりあえず、最初はターザさん一人ってことでお願いしたいです」

「その理由は？」

「さすがに、いきなり複数でっていうのは刺激が強すぎるかなー、って」

というか、確かにそれもあるんだけど、三人でもいっぱいいっぱいなのに、そこにもう一人加わるとか、いきなりでは私のメンタルと体力がもちそうにない。

「ふむ——ということは、本気でお前が指南するつもりか？」

「え？　なんだよ、初ならレイちゃんに手取り足取り教えてもらえるのか？　だったら俺もお初とっときゃよかったぜ」

「お前の初物は、十年以上前だろう。それにその年とその顔で女を知らないと言われたら、気色が悪いだけだ」

赤裸々《せきらら》な下半身話が始まった。花も恥じらう乙女になんてことを聞かせるんだ。それは兎も角、二人の賛同をもらえたので、後は私が頑張るだけだ。いや、うん……が、頑張る……

「んじゃ、俺はターザを呼んでくるぜ」

「レイ、ターザを頼んだぞ」

「え？　ま、待って！　今夜いきなりは無理！　せめて明日にっ」


そんな感じで、現在、私はベッドの上で正座している。主寝室の無駄に広いベッドの上だ。

お向かいには胡坐《あぐら》をかいたターザさんが、緊張した顔つきで座っている。ロウとガルドさんは、しばらく下で飲んでそのまま寝るって言っていた。防音結界はちゃんと張っている。

「えっと、その……不束者《ふつつかもの》ですが、よろしくお願いします」

三つ指ついて、深く一礼する。

「え？　あ、いや、こ、こちらこそ、よろしくお願いする」

一瞬、びっくりしたような顔をしたターザさんだが、すぐにあわてて返事をしてくれた。

「その……俺は、こういったことには疎《うと》くて……不調法をしでかすかもしれんが、許してもらいたい。しかし、レイ殿を大切に思う気持ちは、ロウやガルドにも決して負けないつもりだ。だから、レイ殿も二人に向ける気持ちを、少しでも俺に分けてもらえると嬉しい」

「少しでも、だなんて言わないでよ。私にとってはもう、ターザさんはロウやガルドさんと同じくらい大切な人だよ」

「そう言ってもらえると……。レイ殿、俺はあなた一人をずっと大切にすると誓う」

「あ……ありがとう、ターザさん」

ターザさんはすごい。すごく正直で、勇気があって、そして純粋で——そんな彼にこれほどの想いを寄せられるほどの価値が私にあるのか、不安になったりする。

「……レイ殿？」

「あ、ごめんなさい、ちょっと考え事してて……」

黙り込んでしまった私に、ターザさんが少し心配そうに声をかけてくる。

「考え事、というと……やはり、俺とは……」

「違う、違うっ！　そんなことじゃないから大丈夫だよ」

「そうなのか。安心した。ならば——レイ殿」

ものすごく熱っぽい目つきでターザさんが私を見た。その目は獲物を狙う肉食獣のそれに似ている。

「もう、貴女に口づけていいだろうか？」

……そういや、今の今まで、キスしたことすらなかったよ、ターザさんと。どんだけ我慢させてたのか。ターザさん、ごめん。

ターザさんの顔が近づいてくる。真っ直ぐに私を見つめたまま。

「む……」

「ほら、ちょっとだけ顔を傾けないと、唇より先に鼻が当たるよ」

「なるほど。コツがあるのだな」

コツなのか、これは？　若干の疑問は残るが、ターザさんはすぐに要領を掴んだようだ。軽く、優しく、触れ合うだけの可愛らしい口づけ。しかも、たった一回だけ。

「……ガルドの言ったとおりだ。これは……くる」

何を吹き込まれたのか気になるけど、真っ赤になって口元を押さえ、うめくように呟くターザさんが可愛く見えて仕方がない。もしかして、今のがターザさんのファーストキス？　うわ……ってことは、全部私がもらっちゃうってこと？　彼女がバージンだった男の人の気持ちがわかるような気がする。親父思考と言いたくば言え。

「ターザさん、今度はちょっとだけ口を開けててね」

ならば、私がリードせねばなるまい。

今度は私から顔を近づける。ターザさんの顔が高い位置にあるから、ちょっと伸び上がるようにしないといけない。分厚い胸板に手をついて、唇を重ねた。

私に言われたとおりに薄く開いた唇。その間に舌を差し込む。突然のことに驚いたらしいターザさんの体が小さくピクリと動いたが――うん、マジで覚えが早い。すぐにこの行為の意味を理解して、積極的に舌を絡めてくる。同時に戸惑っていた両腕が、私の背中に回された。

抱きしめられるのはいいけど、力加減を考えて。必死で背中をタップして、窒息する寸前で力を抜いてもらえた。あばらがミシミシ言ってたよ。

「む、すまない。苦しかったか？」

「だ、大丈夫」

「二人に注意されたことを忘れるところだった。レイ殿に触れる時は、極力優しく、だ」

そんなことを反省の面持《おもも》ちで大真面目に言うから、つい笑みがこぼれてしまう。

「うん、できるだけそうしてね。ターザさんは力が強いから……でも、力加減を忘れることもあるだろうから、その時は言うね」

「ああ、お願いする」

そんな会話をしながら、ターザさんの着ている服の合わせに手をかける。

「私のも脱がせてもらえる？」

「……いいのか？」

「着たままのほうがいいなら、そっちでも」

「いや。レイ殿が見たい」

お互い、脱がせ合いっこして——ここで照れてはいかん！　と気合を新たにして挑む。

ターザさんの裸体はそれはもう見事なもので、照明を落とした薄暗い室内でも、きれいに割れたシックスパックが見てとれた。

「それで、その……この後、なんだけど」

「一通りのことは教えられた。そのとおりにやってみるが、間違っていたら指摘してほしい」

ゆっくりと後ろに押し倒されながらの発言に、ちょっぴり安心した。

私が押し倒さないといけないかと思ってたよ。ハヂメテの男の子に、あれこれと手管《てくだ》を教える年上の女性ってシチュエーションに心惹かれるが、どう考えても私のキャラじゃない。

「レイ殿」

優しく甘い声で、ターザさんが私の名前を呼ぶ。本当にもう、どうしてこうイケメンの上にいい声なんだか。ロウやガルドさんもそうだし、顔がいいと声もいいって法則が、こっちの世界にはあるのだろうか？

「レイ、殿……」

「ん、ふ……んっ」

キスの合間にターザさんが、何度も私の名前を呼ぶ。さっき覚えたばかりのはずなのに、ちょっと上手すぎないか？

私の口中に舌を差し入れ、あちこちくすぐる。舌同士を絡め合い、呼吸まで奪われる深い口づけに、体の芯が熱くなった。

やがて満足したのか、唾液の細い糸を引きながら唇が離れ、それが私の項《うなじ》に埋まる。

「あっ」

「レイ殿、は……ここがいい、と聞いた」

ぺろりと舐め上げられ、次に軽く吸いつかれる。誰だよ、そんなことまで教えたのは――って、あの二人以外にいるわけがない。

私が弱いのは耳の下と顎《あご》の線が交わる辺りなんだけど、ターザさんは的確にそこを攻めてくる。舌でくすぐられ、吸いつかれ、甘く歯を立てられる。

さすがにそれだけでイッてしまうほどではないが、じわじわと全身に熱が蓄積して、呼吸が浅く、甘くなる。燻《くすぶ》る熱をなんとかしようと、ターザさんの肩に添えていた手が無意識に彷徨《さまよ》い始めた。

逞《たくま》しい背中をなぞり、焦茶色の柔らかな髪に包まれた頭をかき抱く――と、ふと、その指先に触れるものがあった。

あ、これ、耳だ――ケモ耳。

そういや、これ、もう触っていいんだよね？　耳と尻尾は、家族か配偶者じゃないと触っちゃダメッて言われてたけど、私はターザさんの番《つがい》になったのだから、触る権利があるはずだ。

そのことに気がついて、片手の指でケモ耳に触れ、もう片方の手を尻尾へ伸ばす。

私が着ていたのはワンピース風の夜着だったんで、前を開けたらほぼ脱いだも同然だけど、ターザさんはまだズボンを身につけていた。お尻の辺りを触ってみたら、どうやら尻尾を出すスリットがついてるようだ。尻尾が生えているのは、尾骶骨《びていこつ》の終わり辺りくらいかな。

手探りで脱がせるのは難しそうだし、いきなり下半身を剥《む》かれたらターザさんが困るだろう。ってことで、ズボンはそのままで出てる部分をそっと触る。

中に細くて硬い骨の存在を感じて、その周りが髪の毛よりもっと柔らかい毛で覆われている。その手触りが気持ちよくて、つい手のひらで握り込み、付け根から手の届く先までついーっと滑らせてしまった。

「レ、レイ殿っ!?」

その途端、私の項《うなじ》に顔を埋めていたターザさんが、ビクンッ、といきなり固まった。最初に指が耳に触れた時も、体がわずかにこわばっていたが、私は初めて触れるその感覚に夢中になる。そして、更に阿呆なことに、もう一回、ついーっとなぞった。

「レイ殿っ、そこ、は……っ！」

「え？」

私は忘れていたのだ。猫の尻尾の付け根は、実は性感帯なんだってことを。猫カフェに行った時に手のひらでポンポンッて叩いてやったら、えらい勢いで喜ばれたことがあったのにうっかりしていた。ただ、獣族にも同じ特徴があるなんて思いもしなくて……いや、予想しておくべきだったのか、これは。

「ターザさん？」

固まったまま、何やらプルプルしだしたターザさんにびっくりする。頬が真っ赤になっていて、ケモ耳が小さくぴくぴくと震えている。

そして、唐突に胸にむしゃぶりつかれた私は、驚きの声を上げた。

「きゃぁっ、や……あんっ！」

「レイ殿っ」

舐めて、しゃぶって、転がされて。もう片方も、揉《も》んで、抓《つま》んで、擦《こす》り合わされて。交互にやられると、あっという間に先端が赤く硬く色づいてくる。膨《ふく》らみ全体も、ずっしりと重みを増したように思えた。勿論《もちろん》、それはターザさんにもわかったようで、吐息だけの笑い声を洩《も》らすと、更に行為に熱がこもる。

「痛っ」

「すまない」

「あ、あっ、ひゃっ！」

「む……」

ターザさんの力はとても強くて、本人はほんのちょっと力を込めただけなのだろうが、私にしてみればたまったものじゃない。指の跡が残るほど強く揉《も》まれて悲鳴を上げた。彼は慌てて力を抜いたけど、今度は抜きすぎてくすぐるみたいになる。

それを何度か繰り返し、やっとのことで程々の力加減をわかってくれたようだ。が、程々になったのはそれだけだった。

「ひぁ、んっ！　あ、ああんっ」

「ああ、レイ殿……レイ、殿っ」

触られるのと同時にどこもかしこも舐められる。

両方の胸から始まり、彼の舌は鳩尾《みぞおち》に下がってヘソにたどり着いた。舌の先をへその窪《くぼ》みに入れられて、むっちゃくすぐったいけど感じてしまう。そこから右のわき腹へ移動して、下から上に何度も丹念に舐め上げられると、ぞわぞわとした快感が湧き上がった。

それから今度はくるりとうつ伏せにされ、背骨に沿って項《うなじ》に舌を這《は》わされ、そこをカプリと甘く噛まれる。耳たぶを唇で挟まれ、舌を差し込まれて、甘い刺激に背筋がのけぞると、背後から回された指に胸の先端を抓《つま》み上げられた。

「んんっ！　あ、あんっ」

「二人の言ったとおりだ。レイ殿の胸は、とても、気持ちがいい……」

あれこれと入れ知恵されていたターザさんは、最初はその指南にそってやっていたようだが、途中からオリジナル要素を入れてきた。戦闘センスのよさをこっち方面でもいかんなく発揮しているようだ。

背後から抱き込むように手を回し、「レイ殿の肌も汗も……とても甘い。いつまでも舐めていたくなる」だの、「ここが気持ちがいいのか？　なら、もっと……」とか、言葉責めまで入れてくる。で、その間もずっと、あっちこっちにキスされて、舐められて、揉《も》んで、さすって、ちょっとでも私が反応したところを重点的に攻められた。

おかげで、まだ触られてない部分――主に下半身がとっくの昔にドロドロだ。

うつ伏せにされたまま、背筋を通って下りてきた唇がお尻にチュッとキスした時には、ああやっと……と、思わず泣きそうになったくらいだった。

挙句に、両手をお尻に添えて、親指で広げるようにして舌が差し入れられ、私は悲鳴を上げる。

「っつ！　やだっ、そこはダメッ！」

そこは違うぅ！　欲しいところはもっと下！

「ダメ？　だが、寝台の上での女性のイヤ、ダメは額面どおりに受けとるなと言われたぞ」

何を吹き込んでるのよ、あの二人ぃっ！

「いや、でも、そこだけはダメッ、汚いからっ」

「レイ殿はどこもかしこもきれいだ。汚いところなどどこにもない」

「と、とにかくっ、そこじゃなくてっ――その、下を、触ってぇ……っ」

まだロウにもガルドさんにもそこは許してないんだからっ！　いきなりターザさんに触らせるわけにはいかない。というか、そこをどうこうする度胸はまだ私にはない。それよりも、まだ触ってもらえずに欲求不満でヒクついている部分をなんとかしてほしい。

半泣きの私に、ターザさんもどうやら本当に嫌がっていると理解してくれたようだ。

「すまない、レイ殿――どうやら間違えたようだ」

「い、いいから……ね、早く……っ」

私がリードしていろいろと教えないといけない、と思っていたのに、いつの間にやらこっちがお願いする立場になっている。

うつ伏せのまま、フルフルと震えている私を、ターザさんがもう一度ひっくり返す。ぐったりとシーツに沈み込む私の両足を大きく広げて、まじまじとその中心へ目を凝《こ》らした。

「……濡れている」

すごく嬉しそうな声で言われる。

「よかった――合格のようだ」

何を言ってるのかわからんのですが？

しかし、ターザさんは何やら勝手に納得したようで、体を折って上半身をそこへ近づけてきた。

私の中心に頭を埋めるような体勢のおかげで、両足がターザさんの肩に担がれる形になり、足が閉じられない。

今更悲鳴を上げることはないけど、ちょっと見すぎじゃないですか？　灯りを落としているからよくは見えないだろうけど、さすがに恥ずかしい。

「女性、とは……このようになっているのか……」

「……びっくりした？　その、あんまり……気持ちのよいもんじゃないでしょ？」

「いや、美しい……薄紅色で、濡れて、光って……ああ、これがその突起か？」

「きゃぅっ！」

会話の途中で、いきなりそこに吸いつかないでっ！

「ひ、あんっ、あ、ああっ……あふぅんっ」

「どんどん溢《あふ》れてくる」

話すか舐めるかどっちかにしてくださいっ。あ、いや、前言撤回、話すほうをメインに——ちょ、
そんな……歯を立てちゃダメぇっ！

「びしょびしょだ……で、ここが、その……」

「んんっ！」

指が一本差し入れられた。ってか、指も太いっ。

「熱いな……それに、狭い」

「あ、あっ、ダメッ、しゃべっちゃっ」

「っ！　今、ものすごく締まったぞ、レイ殿っ」

言わんでいいからっ、知ってるからっ！

「やっ……あ、あん、あぁぁんっ！」

「本当に、狭い、な……動かしていいか？」

だから、舐めながらしゃべらないでってばぁっ！

さんざん焦《じ》らされてからの刺激に、私は感じまくってしまった。

初めてのはずのターザさんだが、不思議とツボを心得ていて、的確に私が悦《よ》いと感じるところを攻めてくる。ナニコレ、もしかして野生の勘ってやつ⁉

私から返事がないのに待ちくたびれたのか、ターザさんが指を動かし始める。最初はゆっくりとだったが、次第に速度を増し、根元まで衝《つ》き入れた。

「確か……この辺りのはず、だが……」

「きゃぅ！　あんっ」

「ああ、ここ、か――レイ殿、ここ、がいいのだな？」

なんで知ってるんですかっ、個人情報を勝手に話しちゃダメなんだよ……って、そろそろ自分でも何を言っているのかわからなくなってきてる。

「あ、あんっ、あっ、ひゃ……ぁんっ」

「気持ちがいいのか、レイ殿？　くっ……そのように、乱れられては……っ」

そのように、って貴方が乱れさせてるんでしょうに。

腰が跳ね、担ぎ上げられた両足は、快感のためにじたばたと暴れている。太ももでターザさんの頭をきつく挟んだり、ぴんっと突っ張ったり、踵《かかと》で背中を蹴っ飛ばしたりした。

両手もいつの間にかターザさんの頭に添えられていて、突き放したいのか、もっと強くしてほしいのか、自分でもわからない。髪の毛の間に指を差し入れるようにして、夢中でそこをかき回す。

「あ、あ……ねっ、も、もうっ」

指は二本になっていた。揃えて衝《つ》き入れ、親指で突起をクリクリと捏《こ》ねまわしている。中に入れた指を軽く曲げて、私の悦《よ》いところを刺激したかと思えば、外にある親指に添わせるようにして刺激した。

ヤバイ……快感のあまり下腹がヒクヒクと震えてしまう。ああ、イきたい。けど、ここまで気持ちいいのに、まだ一度もイかせてもらってない。

わざとじゃないのはわかる。私がイきそうになって息をつめたり、体をぎゅっと固くする度に、ターザさんは、何かマズイことをしたんじゃないかと、手を止めちゃうのだ。しかし、そのまま続けて、とは言いづらいし、何よりもそんな状態でまともにしゃべれるわけがない。

「タ、ターザさんっ、お願いっ」

「……レイ殿?」

「も……がまんできないのっ!　お願いっ、来てっ」

力の入らない手を必死で動かしターザさんの頭を抱え込み、上に引っぱるようにする。髪の毛がつっぱって痛いかもしれないけど、今は気づかう余裕がない。

「レイ殿……『来て』とは、その……?」

「い、挿《い》れてほしいのっ。もう、我慢、無理っ!」

私の要請に従って、ターザさんの顔は、今は胸の辺りにある。下から見上げるようにして、戸惑った声で問われて、こちらの希望を告げた。

「挿れ……っ！　しかし、俺のは、その……」

「大丈夫だからっ……ね、ターザさんも、脱いで」

うん、まだズボン穿《は》いたままだよね。

チラリと視線を落とすと、布をビンビンに押し上げている。もしかして、痛いんじゃないかと、そうっと手を伸ばして触れると、ターザさんは腰をびくっとさせて後ずさった。

「ま、待て！　じ、自分で脱ぐっ」

ターザさんは私の手から逃れるようにして、自分のズボンに手をかける。そのまま一気に引き下ろすと元気なものがぶるんっと現れた。

「……おっきぃ……」

って、いかん、つい声に出てしまった！

「も、申し訳ない、レイ殿……」

「あ、いえ、その……だ、大丈夫ですからっ」

謝られるのも変な気がして、もう一回、そう返しておく。室内が薄暗いので、はっきりとは見えないが、ごつごつしたフォルムだ。ロウやガルドさんのと同じモノのはずだけど、個性というか個人差ってあるのね。

思わずまじまじと見つめていると、ターザさんは私の視線に気がつき、恥ずかしそうにしながらまっ裸になった。

「……レイ殿、その……これから……？」

「あ、はい」

うむ、ちょっと冷静になっちゃったが、体はまだジンジンと疼《うず》いてる。早く満たしてほしいんだけど、ターザさんは戸惑ってるので、こちらがリードしないとダメみたいだ。口で言うのは恥ずかしいから、手を動かしてもっと近づいてくれるように促《うなが》した。

恥ずかしいけど、シーツの上で大きく両足を広げ、その中央にターザさんの腰を誘導する。

「ここに……わかる？」

「あ、ああ……」

びっしょりと濡れそぼっているソコに、ターザさんの硬いものが触れる。

「うっ」

あ、ぴくって動いた。思わずっていうふうにターザさんの腰が動き始めて、あふれ出たものがソレを濡らす。襞《ひだ》をかき分けるようにして、とがり切っていた突起を押しつぶし、何度もそこを行き来した。まだ入れてもいないのに、湿った音がして、腰が揺らめいてしまう。

ああ、気持ちがいい……けど、本当に欲しいのはそこじゃない。

「ね、もう、いいから……」

早く挿《い》れてほしくてお願いすると、ターザさんははっとしたようにソコを見下ろして、ごくりと喉を鳴らした。そして、わずかに腰を引くと、一気にそこへ衝《つ》き立て――ようとした。

ぬるん、つるんと滑り入り口には当たってるけど、ナカに入ってこない。

下腹にぴっちり張りついて、おへそまで届くんじゃないかってくらいにそそり立ってるソレを、ターザさんは上手く制御できないようだ。一応狙ってはいるらしいんだけど、勢いがよすぎて行きすぎちゃってる。その度に強くとんがりを衝かれて生殺しになり、つらい。

「あんっ、あ、ああんっ、タ、ターザさっ」

「すまないっ、だが……」

生殺しはターザさんも同じらしい。真っ赤になって焦っているけど、焦れば焦るほど上手くいかない。手を添えりゃいいのに、そこは教えてもらってないのか？　う……なら仕方ない。

「ちょ、ちょっと待ってて。今……」

手を伸ばして、ターザさんのソレに触れる。びくっとなって腰が引けそうになるのを押しとどめ、自分からソコへ宛《あて》がった。

「このまま、ゆっくり、ね？」

「あ、ああ……わか、った」

ターザさんが動くのを待つと、ようやく、ゆっくりと硬いモノが入ってくる。

「んっ」

「レイ殿っ？」

「だ、大丈夫だから……」

やっぱりおっきい。入り口を広げられる感覚に小さな声を洩《も》らすと、ターザさんが戸惑いの声を上げる。私は先を促した。おそるおそるといった感じで進んでくるソレは、ものすごくゆっくりなせいでやけにはっきりと形が感じられる。

「んっ、きつ……っ」

「……くっ」

さっきまで二本の指を受け入れていたとしても所詮は指だ。それよりもはるかに大きいターザさんのモノが入ってくれれば、きついに決まっている。

ロウやガルドさんで慣れているつもりだったが、ぎこちないターザさんの動きが加わると、なんだかいつもとは違う感じがする。

ターザさんは小刻みに前後に動いて進みやすくするなんてのは思いつかないようで、ただひたすらに奥を目指す。その動きは息が詰まるような感じがする上、強引に進んでくるごつごつしたのが悦《よ》いところに当たっちゃって、ナカがぎゅぅって収縮した。

「うっ、まっ……ぐ、ぁっ……！」

「っ⁉」

一瞬、ターザさんがその容量を増し、わずかな間を置いて、繋がっているところからドプリと何かがあふれ出てきた。

「も、申し訳っ……」

「え？　な、何？　……あ、も、もしかして……？」

真っ赤になってうろたえるターザさんを見て、理解する。所謂《いわゆる》『暴発』ってやつですね。

私もビックリしたけど、それ以上に本人が驚いてる。

「こんな……俺は、その……」

「気にしなくていいからっ。初めてなら、よくあるって話だしっ！」

「し、しかし……俺、だけ……」

「私は気にしないからっ！　ホントにホントに、大丈夫だからっ」

まずは落ち着かせるのが先と、くすぶり続けている熱を無視して、「大丈夫、大丈夫」と呪文のように繰り返す。ターザさんは、フルフルと小刻みに震えて、ちょっと涙目になってこっちを見ている。その様子が、むちゃくちゃ可愛い。

そう言えば、こんな年相応（？）な表情って、あんまり見たことがないかもしれない。どうしよう……ヤバいよ。ヤバいくらいに可愛いよ。

「ホントに、ね。大丈夫だから……落ち着いて？」

シーツに預けていた体を起こし、ターザさんの頬に手を添える。下半身はまだ繋がったままだけど、構わずに両手で頬を挟んで引き寄せて、キスをした。

「レイ、殿……」

「初めてなんだから、仕方がないよ」

ケモ耳までへにゃんと垂れてて、可愛すぎるぅっ！

「う……その……レイ殿の中が、あまりにもよすぎて……」

「うん、私も。ターザさんが入って来て、とっても気持ちよかったよ」

「……レイ殿も、か？」

「うん。すごく気持ちよかった――今も、気持ちいいよ」

慰《なぐさ》めるためもあるけど、まるっきり嘘ってわけじゃない。

まだナカにいるターザさんは、さっきほどの硬さはないけど、それでもみっしりとした重量感で私の内部をじわじわと刺激していた。それがなんか、ちょっと硬くなってきている。

「俺の、その……本当に？」

すがるような顔で問いかけられて、しっかりと頷いて見せる。

「うん、ホントに……きゃっ？」

うおっ！　ムクッ、って動いたっ？　ちょ、これって……っ⁉

「レ、レイ殿っ」

そして、ものすごい勢いで押し倒された。慌ててターザさんを見上げると、目がヤバい光を放っている。この目つきは見たことがあった。スイッチが入っちゃった時のロウやガルドさんと同じだ。

「ならば――もう一度、いいだろうか？　今度は、無様なことにはならないと約束する」

何の約束ですか、それはっ。って言うか、抜かずの二発目ですかっ？

しかし、いろいろ確認する前に、ターザさんが動き出してしまう。

「ひぁっ！　んあぁんっ、あっああっ……っ」

ガッツンガッツン、奥まで来る。両方の太ももを大きく広げてシーツに押しつけられ、その中心へものすごい勢いで腰を打ちつけられた。その勢いに胸がぶるんぶるんと震えて、脳みそまでシェイクされそうだ。あまりに激しすぎる打ちつけに、ターザさんの首に必死ですがりつく。

半身を起こしていたターザさんは、私の動きにつられるように、全身でのしかかってきた。ただでさえ衝《つ》き上げのおかげで呼吸しづらいのに、更に圧迫されて、窒息しそうだ。

「む……」

それに気がついたのか、ターザさんが私の頭の両脇に手をついて、自重《じじゅう》を支えてくれた。けど、そのせいで肘に私の足が引っ掛かる形になる。先程よりも更に大股開きな体勢は、当然ながら結合も一層深くなり、しかも固い下腹の筋肉が小さな突起に当たっている。

腰を前後に振る動きによって、そちらも擦《こす》られ押しつぶされ、気持ちがよすぎだ。

「や、ぁっ、激し……すぎ……って、イ……っ」

快感が腰から背筋を駆け上って、項《うなじ》へたどり着く。そこがチリチリとあぶられるような感覚がして、力いっぱい閉じた瞼《まぶた》の裏で、白いスパークが飛んだ。

「つく、ぅっっ！」

「う、おっ——くっ、これし、き……っ」

私のイく声に、ターザさんのうなり声が重なる。ナカがぎゅうっと収縮して、暴れまわるターザさんを締めつけても、その抽挿は止まらない。いや、更に激しくなった気すらする。

「あ、あっ！　ダメッ、今、イッ……あああんっ！」

イッてる最中だというのに、更に快感がこみ上げてくる。

突っ張っていた腕を曲げ、肘で体を支えるようにして、喘《あえ》ぎ声が止まらない唇をターザさんが塞ぐ。さっきみたいに押しつぶされてるわけじゃないが、固い胸板に胸の先端を擦られ、息苦しさと気持ちよさが一緒になって、もうどうしていいのかわからない。

「ま、また、ぃ……ひぁああんっ、あん、あああっ」

「く、ぁ……う、くっ……ぐっ、この……っ」

ターザさんは猛獣のうなり声みたいな声を洩《も》らした。一直線だった動きに、上下左右のバリエーションまで加わる。

奥まで衝《つ》き入れてから、絡みつく粘膜を引きはぐ勢いで抜かれて、また衝かれる。一番奥でぐりぐりと捏《こ》ねられ、衝き上げられ、絶頂の大波が引く前にまた次が押し寄せた。瞼《まぶた》の奥のスパークが頭の中まで広がって、やがてそこも真っ白になる。

「うっ、く……レイどのっ、レイ、ど……っ！」

「ひぁあああんっ！」

意識が途切れる寸前を狙ったかのように、ターザさんが体を起こし、私の腰を抱え上げた。両手でがっちりと掴まれた腰をわずかに浮かすようにして衝き入れられると、奥の一番悦《よ》いところがちょうど刺激される。さっきまでのもすごかったが、もう一段上の快感に、飛びそうになっていた意識がひっぱり戻されてしまった。

ホントに初めてだよね？　嘘ついて、どっかで特訓とかしてないよね？　だったら、なんでこんなにすごいのっ？

「タ、ターザさ……も、ちょ……ゆっく、りぃっ！」

「く、ぅっ――レ、レイ……殿っ」

ダメだ、聞こえてない。完璧にイっちゃってる。

たとえチェリーボーイだろうと、獣族はまさに野獣だったんだね。

そして当然、野獣はスタミナもものすごいんだよね……

気絶することすらできず、ひたすら啼《な》かされ、やがて声も嗄《か》れ果てて、それでもターザさんは止まらなかった。何回か、ナカに出された気もしたんだけど、果てた次の瞬間には既に復活の兆しが見えている。しかも、その間ずっと正常位。どこまでもひたすら正常位だった。

おかげで、やっとのことでターザさんが正気に戻った明け方には、私の股関節はその形で固定されたみたいになっていた。これ、ヒールで治るだろうか……？

「レイ殿……俺は、こんな……こんな素晴らしい朝を迎えたことはない」

うん、よかったね。声が出せないからお返事できないけど、気持ちはちゃんと伝わったよ。だから、私、もうギブアップしてもいいかな？

そしてようやく意識を手放すことができて——意識が途切れる前に、私の頭をよぎったのは『獣族って、マジでハンパない』の一言でした。

第八章

夜明けまでアレされてナニなことになっていた私が目を覚ましたのは、既に昼を回った時間だった。ロウ達の朝ごはんと昼ごはんも用意できず、彼らは有り合わせのもので済ませたらしい。

でもって、あまりにも起きてこない私とターザさんの様子を見にきた。そこで、後朝《きぬぎぬ》を楽しんでいたターザさんを叱りつけつつ、今、私の介抱をしてくれているわけだ。

「自分とレイちゃんの体力の差ってものを、ちったぁ考えやがれ」

「最初ということで大目に見ようと思っていたが……さすがにこれは看過《かんか》できん」

「すまん……」

私はとにかく喉が渇いていたのでごくごくと水を飲み、その後は果物などを食べさせてもらい、やっと人心地ついてほっとする。その隣では、まだターザさんが二人からお叱りを受けている。

「暴走しちまったなぁ、まぁ、わかるがよ」

「だ、だが、ちゃんと丁寧に優しくした——と思う」

「思う、じゃ困んだよ」

「そうだな……実際に、レイはこの状態だ。それに、ガルド。知っていたのにレイに忠告しなかったのは、お前の落ち度だぞ。獣族の耳と尾が性感帯だと、伝えなかっただろう」

「普通知ってるもんだと思ってたんだよ」

「俺は知らなかったし、レイならば余計に知るはずがない。不用意に触れられたターザが自制できなくなるのも当然だ」

ロウの言うとおり、そんなことは知らなかったのだ。おかげで、体に教え込まれた。

「……面目ない……」

しゅん、とした声でターザさんが謝っている。かわいそうな気もするんだけど、ここでしっかりと反省してもらわないと困るのは私だから、ここは心を鬼にして静観させてもらう。

「ま、この話は、後できっちりカタをつけるとして――そんで、朝までサカっちまったわけか」

「レイ殿に、その……指南いただいて、一つになることができたのだが、それがあまりにも心地よくて、我慢ができなくて……」

「暴発しちまった、と」

「面目ない……」

できればそういう話は、私のいないところでやってほしいのだが……ターザさんの声に、ロウとガルドさんもわずかに同情がにじむ声音で応じている。

「レイはよすぎるからな」

「だよな。俺でも、気を抜きゃ、すぐに持ってかれそうになるし」

「女人とは、すべてあのようなものではないのか？」

「んなわけがあるかよ。レイちゃんのは極上も極上だぜ。まぁ、ターザは他を知らねぇからしかたねぇけどよ。で、前から後ろから、レイちゃんのことをあんあん啼《な》かせまくってはやれたんだな」

しかし、その辺で再度、雲行きが怪しくなってくる。

「待ってくれ、ガルド。前？　後ろ？　それはどういうことだ？」

「……何？」

「おい、待て、ターザ！　ってこたぁ、もしかしてずっと……？」

「ずっと、なんだ？」

「ずっと、上からばっかでヤッてたってことかよっ？　おい、レイちゃんっ？」

おっと、ここで私に確認が飛んできた。まだ喉が痛くて声が出ないので、とりあえず頷いておく。

「……な、なら、抜いてちっとばかり休ませてやったり、撫でてやったり、は……」

今度は首を横に振る。うん、休ませてもらった覚えはない。

「延々と、抜かずに入れたまま、朝まで……か？　……おい、ガルド」

「俺に責任おっかぶせんな！　つか、まさかそこまでとは思わねぇだろがっ」

「よく壊れなかったものだ……レイ……」

ガルドさんの悲鳴じみた声に、ロウのしみじみした述懐《じゅっかい》が重なる。

状況を把握していただけたようで、私としても何よりだ。聞いているのはむちゃくちゃ恥ずかしかったが、私に説明を求められるよりもマシだと思おう。

そして、ターザさんへのお説教が一段落し、私が少しばかり元気を取り戻した頃になって、トゥザさんとポーラさんが訪ねてきた。

ターザさんが私の旦那様に加わったんだから、このお二人は私の義理の両親ってことになる。

ターザさんの気持ちを受け入れると決めた後、ご挨拶はしたはずなのだけど……？

「レイさん。この度は、うちの不肖《ふしょう》の息子をもらって頂いて、ありがとうございました。それなのに、とんでもないことをしでかしたと聞きまして、お詫《わ》びに伺った次第です」

「私からもお詫び申し上げる。レイガ殿、本当に申し訳ない――そして、ターザ。お前は、自分が何をしたのかわかっているのだろうな？」

えー、なんでしょうか、この状況は？　っていうか、どうして知ってるの？　さっきまでロウとガルドさんに叱られていたターザさんが、今度はご両親に叱られてます。

「あー、そりゃ、俺らのせいだな。あの状態のレイちゃんに何食わせりゃいいか迷ってよ、おっか《ポーラ》さんに相談したんだ」

ああ、どうりで疲れ切ってて甘味が欲しかったところに果物とか持ってきてくれたんだ。『おお、気が利く！　さすがは私の旦那様だ』なんて感激してたのだが、ポーラさんの指図だったのか。

ポーラさん、ありがとう――じゃないっ、何をしてくれるんですか、何を。

あわあわと私が慌てている間にも、義両親お二人のお叱りは続いている。

「夫たる者は妻をいたわり、何ものからも守り通すのが当たり前ですよ。なのに、なんですか！その当の夫たる貴方が、よりによってレイさんにこんな無体を働くなんて……っ」

「私も常々言い聞かせていたな？　獣族の男は、常に妻を立てて、その意向に沿った行動をとるべしと。お前も重々承知しているものと思っていたが、この様子では私の勘違いだったようだ」

「いや、母者、父者。俺はそれらをきちんと理解している。しかし、その……」

「言い訳ですか？　そのようなもの、聞く耳持ちません」

「この期《ご》に及んで見苦しいぞ、ターザ」

うおぉ、怖いっ！　トゥザさんが迫力満点なのはいつものことだけど、ポーラさんまで常日頃の穏やかな笑みをまるっと消して、ものすごく怖い目でターザさんを睨みつけてる。

「あー。そういや、獣族は基本的に母親のほうが強ぇんだったな」

え？　ガルドさんから、これまた初耳な情報が来ましたよ。っていうか、よく知ってますね。

「いや、トゥザの旦那から、獣族の男にゃ放浪癖があるってなぁ、レイちゃんも聞いたろ？　で、いつふらっといなくなるかわからねぇ旦那に頼り切りになるわけにもいかねぇってことで、家やらガキやらを守るのは基本的に女ってことになるんだとさ。そういう苦労をかけてるって旦那のほうも自覚して、遠慮がちになって――ってことみてぇだぜ」

そう、獣族の――特に男性には放浪癖があって、人によっては成人を待たずに家を飛び出すことがあるんだよね。住処《すみか》である大森林の中を一人でうろうろするのが多いようだが、たまにそこから飛び出して、人族の世界にまで足を延ばす人もいる。実はトゥザさんもその一人で、そこに幼馴染《おさななじ》みで恋人だったポーラさんがくっついてきて、二人で旅していた。そして、ポーラさんが体調を崩して困っていたところをお師匠様に助けられ――というのが、お二人がここにいる理由だと聞いた。

なるほど、母系社会ってことか。一家の大黒柱は女性で、男性はそれを補助する役割のようだ。

そういうことなら先ほどから、お二人がお怒りなのもなんとなく理解できる。それに、私のターザさんへのプロポーズのセリフも、あながち間違いってわけじゃなかったんだね。

「もう婿に出したのですから、私がとやかく口出しをする気はありませんでしたが……それを曲げても、もう一度、しっかりと言い聞かせる必要がありますね」

「及ばずながら、私も手伝おう」

「ええ、お願いしますわ、貴方」

叱りつけられ、引きつって声も出せないターザさんを、文字どおり引きずっていったのはトゥザさんではなくポーラさんだった。ラスボスはトゥザさんだと思っていたが、隠しボスがいたようだ。


へろっへろになったターザさんが、私達のところに戻ってきたのは翌日になってからだった。目が赤いのを見ると、どうやら徹夜でお説教&教育的指導を受けたようだが、怖くて詳細は訊けない。

「レイ殿、本当に申し訳ないことをした」

開口一番、またしても謝られる。

「いや、そんな……あの状況だったし、あまり気にしないでね」

一晩経って、私も声が出るようになっていたし、体力もかなり回復していた。

それと、ポーラさんにいらぬ情報をリークしたロウとガルドさんも、きっちりしめておいたから、もうこんなことにはならないと思う。

そして、どうすればいいか話し合った結果――

「とりあえず、ターザ。お前ぇは、今夜は見学だ」

「どういうことだ、ガルド？」

「そのままの意味だ。俺とガルドがレイを抱く。

「お前はそれを見て、いろいろ学べ」

それってどこのＡＶですか？

最初に二人からその提案をされた時は、当然ながら私は猛烈に反発した。

けれど、二人がかりで説得される。

「気に入らねぇのはわかるが、そこをなんとか……」

「今のままではマズいのは、お前もわかるだろう？」

「別に何度もやってくれたぁ、俺らも言わねぇよ。一回でいいんだ。ターザが覚えがいいのはレイちゃんだって知ってんだろ？　一回だけ、どんなもんなのかってのを見せてやりゃぁ、その後はなんとかなるはずなんだしよ」

「確実さを求めるのなら、実際に見せるのが一番だ」

そう言われ、何より、私自身も『問題有り』と認識してる事案だから、つい許してしまったのだ。

「……ホントに、一回だけだよ？」

「ああ、勿論《もちろん》だ。ありがとうな、レイちゃん」

「よく決心してくれたな、レイ」

うんうんと、頷く二人を見やりつつ、ため息が出る。結局はみんなでナニするのには変わりはないので、そこはもう覚悟は決めた。

「レイ殿、ロウ、ガルド。よろしくお願いする」

そして、夜になり、二階の主寝室に四人で集まる。いつもと同じように寝台の上には私、ロウ、ガルドさんの三名が乗っかった。ただ、いつもと違うのは、その寝台の傍《かたわ》らに椅子が用意され、そこにターザさんが座っているということだ。

「おうよ、任せとけ」

「よく見ておけよ」

いや、だから恥ずかしいから、改まって言わないでってば。ホントに、なんでロウとガルドさんは平気な顔をしていられるのか理解不能だ。

「他の野郎なら、レイちゃんの肌見せるなんざ、思いもしねぇけどよ」

「そうだな。そんな不届き者がいたら弓の的にしてくれる」

ああ、相手がターザさんだからそこは許すんですね。ホントに仲よくなっちゃって……

「さて、話はこの辺にして、そろそろおっぱじめるとしようぜ」

「お願いだから、もうちょっと……」

あまりにも即物的すぎるでしょ、と文句を言おうとした口を途中で塞がれてしまう。

「んぅっ」

前にガルドさん、後ろにロウ。そのロウが、顎《あご》を掬《すく》い上げるようにして私の顔を振り向かせ、唇を塞いでくる。そしていきなりの行為開始に抵抗する私の体を抱き込み、舌を侵入させた。

「んんんーっ、んぅっ！」

開始宣言直後からの本気のキスだ。しゃべっている暇《ひま》があれば、口づけに応えろと言わんばかりに、口中を蹂躙《じゅうりん》されてしまう。

ガルドさんはガルドさんで、まだ夜着のままの私の下肢へ手を伸ばし、ゆっくりとした手つきで撫で始めた。太ももから膝を通り、ふくらはぎへ下りて、またその逆をたどる。柔らかなタッチではあるのだが、途中、わずかに強弱をつけられて、その刺激と、深い口づけにより、頭の中が急速に霞《かすみ》がかかったみたいになっていった。

ごくり、と喉が鳴る音がして、ターザさんもいることを思い出す。すると、私がそちらに気を逸らしたことを察知したらしくて、更に二人の行為に熱が入った。

「んあ、んっ……」

ゆっくりと丁寧に。ロウの片手は夜着の上から胸の膨《ふく》らみに置かれ、もう片方は合わせから中へ差し入れられている。上に置かれた手で柔らかく撫でさするようにして刺激され、残る一方でやや強めに揉《も》まれた。布越しと直接、強と弱とを器用に使い分けた刺激に思わず身をよじる。

やがて先端が硬く立ち上がり、布を押し上げるようにしてその存在を誇示し始めると、ロウは一旦手を引き、片腕で私の体を支えながら半身を乗り出し、そこへ唇を落とした。

「はぁんっ……あっ、や……んんっ！」

布ごと口に含み、たっぷりと唾液をまとわせながら口中で転がされる。時折、きつく吸い上げられて、その度に体が小さく跳ねた。左右交互にそうされると、唾液を吸った布が冷えて、その刺激に更に先端が敏感になってしまう。

最初はロウとガルドさんの間に挟まれて座っていたはずなのだけど、いつの間にか足が伸びていて、夜着の裾《すそ》も太ももの辺りまでたくし上がっていた。ガルドさんの手が、ふくらはぎからゆっくりと這《は》い上り、時折小さなリップ音を立てて口づけが落とされる。

「……脱いでからするのではなかったのか？」

「だから脱がせてんだろ——いいから、黙って見てやがれ」

ずっと黙って見ていたターザさんだけど、好奇心《こうきしん》を抑えられなくなったらしい。ガルドさんが手短に応えるその会話で、またもギャラリーがいることを思い出して、かあっと顔に熱がのぼった。

「こりゃ役得だな。恥じらうレイちゃんを堪能できる」

何気にひどいことを言われてる気がするが、それを口に出す前にロウが肩から布を滑り落とし、自然な仕草で腕を抜かせる。腰の辺りにわだかまっていた布の塊《かたまり》を、今度はガルドさんが一気に足から引き抜いた。見事なコンビネーションだ。

「あっ、や、だっ。恥ずかし……っ」

一瞬で一糸まとわぬ姿にされた。反射的に足を閉じ、手で隠そうとしたものの、やらせてくれる二人ではない。

「隠すな——ちゃんと見せろ」

「いつもどおり、きれいだぜ、レイちゃん」

「……お前達に、そんな声が出せたのだな」

先ほどガルドさんに『黙って見てやがれ』と言われたターザさんだけど、ついといった感じで、声を上げてしまっている。通常の二人しか知らないから、こんな甘い声を聞いて驚いたのだろう。

それが妙に可笑《おか》しくて、ターザさんだってそうだったじゃない、と思ってしまう。

そして、きれいに剥《む》かれた後は、本格的に二人の腕の見せどころってことになったらしい。

再び、ロウが背後から上半身を抱きかかえ、首筋に顔を埋めて項《うなじ》を舐め上げてくる。感じやすい部分に熱い吐息がかかり、唾液をのせた舌でねっとりと舐め上げられると、全身に震えが走った。何度かそこを往復した後で、耳たぶを唇で軽く食《は》みながら、耳孔に濡れた舌を差し入れられ、ぞくぞくとした悪寒にも似た感覚が一気に強くなる。前に回された手が、胸の膨《ふく》らみをパン種でも捏《こ》ねるみたいにして変幻自在に形を変えさせていた。

ガルドさんはといえば、私の足の間に体を入れ、中心を貪《むさぼ》っている。大きく足を割り広げたその中心に顔を埋めたガルドさんの舌が動くたびに、ぴちゃぴちゃと湿った音が発せられた。

「あっ、あんっ！　は、ぁ……んっ」

胸の先端と同じく、すっかり充血して膨らんだ小さな肉芽が舌の先で弾かれると、鋭い快感が全身を走り抜ける。口づけと胸やその他への刺激で、その下にある部分もすっかり蕩《とろ》けてしまっていた。とろとろとした淫猥《いんわい》な液体にまみれたソコに、唇を押し当てられ強く吸い上げられると、じゅるじゅると聞くに堪えない音が響き渡る。

「ん、あ、あんっ」

とがって敏感になった胸の先端を、ロウが指の間に挟むようにして刺激する。重なり合った襞《ひだ》の間をガルドさんの舌でなぞられ、中心に先端を浅く差し入れられた。そして唾液を流し込まれると、私の声は更に熱を帯《お》び、自分でもわかるほど艶《なま》めかしい響きをまとう。

気がつけば、あれほど気になっていた見られている恥ずかしさはどこかへ行ってしまっていた。

「あ、あっ！　ね……ねぇ、もう……っ」

耐え切れず、おねだりの声まで洩《も》れてしまう。片手でガルドさんの髪を掴み、もう片方は背後にいるロウをかき抱くようにして希《こいねが》う。

「なんだ……もう我慢できないのか？」

「いつもより、ちっと早ぇんじゃねぇか？」

からかうような声だが、私と同じく、甚《はなは》だしい熱を帯びているのを隠しきれていない。見られているというシチュエーションに、二人も内心では興奮している。

「やだ、ねぇっ……意地悪、しないでっ」

だからなのか、早々に白旗を上げているのに、二人共、まだ私の望むものを与える気はないらしい。それどころか、一層、愛撫《あいぶ》に熱がこもり、交互に口づけられて、私はもう息も絶え絶えだ。

「あ、あっ、もっ……やっ……許し、てぇっ」

「とりあえず、一回、イッとこうか？」

「見ていてやる、ほら……」

「あっ、やあっ……あああっ」

胸のとがりを、ロウの指が痛いほど抓《つま》み上げ、下半身の小さな肉芽はガルドさんがきつく吸い上げる。複数の場所に一度に強い刺激を与えられては、耐えられるはずもない。私は思いきり体をのけぞらせて、イッてしまった。

「くっ——んんっ！」

全身がこわばり、小さな痙攣《けいれん》を繰り返す。その後わずかな間をおいて脱力し、ぐったりとロウにもたれかかる。呼吸は乱れきっているし、胸は早鐘を打つように激しく鼓動していた。

「……いい子だ、ちゃんとイッたな」

「気持ちいいか、レイちゃん？」

「ん……」

やや呼吸が落ち着いたところで、宥《なだ》めるように交互に口づけられる。汗で額《ひたい》に張りついた髪を優しくかき上げてもらい、けだるく心地よい余韻に浸《ひた》っていた。

「んじゃ、そろそろいいか……レイちゃんの体力が残ってるウチに、な」

「ああ。そっちはお前に任せる」

「おうよ」

そんなことを言いながら、ガルドさんが下衣を脱ぐ気配がする。チラリとそちらに視線をやれば、既に隆々と天を仰いでいるモノが見えた。

まだ力の入らない体をロウに抱え上げられ、そこへガルドさんが体を滑り込ませる。両足を大きく広げられ、腰の辺りをまたぐようにして上に乗せられた。

「レイちゃん、自分で挿《い》れられっか？」

「う、ん……」

もうその頃になると、私は二人の与えてくれる快感に流されてしまっていて、ターザさんのことはほとんど頭の中から消えてしまっていた。だから、素直にその言葉に頷いて、自分から手を添え、疼《うず》いて仕方がない部分へそれを宛《あて》がう。

「あ、んっ……んんっ」

「……相変わらず……きつい、ぜ、レイちゃん」

びしょびしょに濡れ、もっと強い刺激を求めてやまない私のソコが、嬉々としてガルドさんを呑み込んでいく。太くて硬いモノに、柔らかな内壁が押し広げられ、敏感な粘膜を擦《こす》られる快感に、背筋が震える。

根元まで呑み込んで、ほぅっと小さく息を吐く。そのままゆっくりと自ら動き始めると、ターザさんがいるほうから小さく息を呑む気配がした。けれど、既にそれも気にならなくなっている。

ガルドさんの胸に手をつき体を支えながら緩《ゆる》やかに腰を動かすと、くちくちと小さな水音がした。

「くっ……いい、ぜ、レイちゃ……んっ」

「ん、ぁんっ……ガルドさ……ひぁっ！」

しばらくはそのまま私が動いていたのだが、やがてガルドさんの手が私の腰を捕らえ、ぐいっと自らに押しつけてきた。

「あんっ！」

一際高い嬌声《きょうせい》が口から発せられる。突然の行為をなじる視線を投げかけるが、ガルドさんが意に介す様子はない。それどころか、ニヤリと人の悪い笑みを浮かべている。どうやら、もっと動けってことのようだ。一瞬、このまま体を引いてやろうか、なんてことを思うが、催促するように腰を衝《つ》き上げられ湧き上がる快感に、そんな考えは霧散してしまった。

「ん、ああっ……あ、あんっ、ああっ」

「っ、レイ、ちゃ……っ」

私が動くのを再開したのにわずかに遅れて、ガルドさんも腰を衝き上げ始める。激しい衝き上げに、次第に大きくなる私の声に重なるように、ガルドさんの口からも吐息が洩《も》れた。しっかりした造りの寝台が、ぎしぎしと軋《きし》み、繋がっている部分からの水音も更に高くなる。きゅうっと、ソコが締まる感覚に、絶頂がすぐ近くに来ていることがわかった。

「あ、やっ、ダメッ！　ま……ク……るぅっ」

「くそ、もう、ちょ……待て、レイちゃ」

「やっ、無理っ……あ、あっ！」

待ってほしければ、少しは動きを緩《ゆる》めてほしい。ガルドさんの制止の声にもかかわらず、私は一足先に絶頂に至ってしまい、体から力が抜ける。

ガルドさんはまだだったらしく、衝き上げる動きは変わらない。それどころか、下からの動きだけでは十分な刺激が得られないのか、小さく舌打ちすると半身を起こし、向かい合わせの形で私の体を抱き込んだ。そのまま、先ほどまでとは比べものにならない勢いで、腰を衝き上げ始める。

暴れ馬のような激しさに、イッた余韻に浸《ひた》る間もなく、全身で彼の体にしがみつく。

「ひっ、あっ！　あっ、ああああっ」

ガルドさんの両手は、私の尻に宛《あて》がわれ、それを左右に押し広げるようにしている。そのために更に結合が深くなり、一度イッたはずの私を、強引に次の頂へ導いた。体が浮くほどに衝き上げられ、落ちてきたところを腕の力を利用して更に深く穿《うが》たれる。

「ああんっ、あんあんっ……んぁっ……んっ……んんんっ！」

「くっ……レ、イちゃ……っ！」

再度の絶頂に達したのは、ガルドさんとほぼ同時であったようだ。しがみついた体が硬直し、やがて力が抜けると、荒い息を吐きながらなおも数回、衝き上げられた。私もすっかりと脱力していたが、ガルドさんを受け入れている部分だけはなおもヒクヒクと痙攣《けいれん》し、一滴残らず搾《しぼ》り取るような動きをしている。あふれかえった二種類の液体は、私の中に収まる量ではなく、ごぽりと音を立てながら流れ出して、シーツへ浸み込んだ。

そのままの姿勢で、私もガルドさんもしばらく息を整えていたのだが、やがてゆっくりと体を離す。ぬるりと抜け出たガルドさんのモノのすぐ後から、大量の白濁した液体が流れた。

……いったい、どれだけ出したのよ。

思わず眉を顰《ひそ》めるほどだ。ガルドさんは更に体を引いて、完全に私の下から抜け出す。私はまだ体に力が入らず、ベッドの中央にうつ伏せ状態で取り残された。

すると、今まで観戦に回っていたロウが動く。うつ伏せの私の腰へ手を添えて膝を立たせると、そこを高く掲げるような姿勢を取らせる。

「……ロウ……？」

ぼんやりと名前を呼ぶが、それに応じる声はなく、代わりに更に足を開かされた。中心に、硬く滑《なめ》らかなものがぴたりと押し当てられ、数度、なぞるように動かされる。その刺激に背筋が小さく震えた。

しかし、ロウはすぐには私のナカに入ろうとはしなかった。濡れそぼった入り口へ先端を押しつけた後は、軽く腰を引きそこからこぼれ落ちる液体を自身のモノにまとわせるような動きを繰り返す。前後に腰を動かされると、そそり立ったソレが敏感な突起をかすめ、また体が震えた。

「は……んっ」

二度の絶頂でぐったりと上半身をシーツに預けたままの私だったが、思わず声が洩《も》れてしまう。

「あ……ロウ」

「欲しくなったか？」

「ん」

ぬちゃりぬちゃりと、挿《い》れてもいないのに水音が大きくなるのは、私のナカからまたも新たな蜜があふれ出しているからだ。ガルドさんが吐き出した白濁と混じり合ったそれは、べっとりとロウのモノにまとわりつき、私とロウの下肢を濡らしている。

「素直でいい子だ」

「あ、んっ！　あ、あ、それ……っ」

「ああ。お前は、コレが……好き、だろう？」

てっきり、そのまま一気に与えてくれるのだとばかり思っていたが、ロウにはそのつもりはなかったようだ。私のソコに宛《あて》がったモノの先端を浅く埋めた状態で、何度も小刻みに動かす。力の入らないはずの私の下肢が思いきりこわばった。

重なり合った襞《ひだ》をかき分けられ、狭い入り口は太い先端で押し広げられる。奥まで入り狭まったところで、そのまま引き抜かれた。

「腰が動いているぞ。中も締まって……吸い込まれそう、だ。気持ちがいいのか？　なら、ちゃんと言え」

「あ、やっ……」

「言わないのか？　なら、止めるぞ」

「やっ……めちゃ、ああっ……いや、ぁっ」

「なら、ほら……？」

「気持ち、いいっ……スゴ……あ、あああっ」

言葉責めまでされる。こちらに関しては、ガルドさんよりもロウのほうが得意だ。普段は口数が少ないが、こういう時になるとガルドさんよりも口が回る。

そんなロウは前に回した手で、びしょびしょになった突起を探り当て、指の腹で転がすようにして刺激してきた。感じやすい場所を二つ同時に攻められる上に、背後からというのは、正常位よりも男性優位を感じる。自分からはアクションできない無力感も相まって、幾分《いくぶん》Mっ気のある私にとっては、気持ちがよい。

「びしょびしょだ、ココ、も……膨《ふく》れ上がって、いるぞ」

「い……やぁ、言わないでっ！」

「こうされるのが、お前は、本当に、好きだな……イヤらしい、な、お前は」

「あ、あっ……ご、ごめんな、さぃっ」

ガルドさんのよりも強弱があるロウのモノにぐりぐりと入り口を攻められつつ、意地悪な言葉をかけられると、Ｍっ気が更に刺激される。いつもよりもねちっこい感じがするのはターザさんのせいだろうか。ターザさんまで言葉責めに目覚めたら困るんですけど。

「いやらしい、と認めるのか？　なら……お仕置きが、いるな」

「あっ！　ひ、ああんっ！」

入り口ばかりを集中的に攻めていたロウが、奥へモノを進めてきた。緩《ゆる》やかな動きは、私の悦《よ》いところを探しているからだ。探るような腰使いで出し入れしつつ、私の反応を見てはソコを狙って衝《つ》き入れる。

「ああっ、あんっ！　あん、んぅっ……ああっ」

「ナカがうねっているぞ？　そんなに、イイ、か？」

「あっ、いっ……あんっ、そ……こぉっ」

感じるところばかりを攻められて、いつの間にか、つっ伏していたはずの私の上半身が起きていた。シーツに腕を突っ張って体を起こし、背筋を反らして自ら腰を振る。

イイところを衝いてはすぐにまた引き抜かれるもどかしさに、腰を衝き出す。ものすごくいやらしい動きだと自覚しつつも、止められない。絶え間なく上がり始めた嬌声《きょうせい》に、唇は半開きになり、呑み込み切れなかった唾液がこぼれ落ちるのがわかる。

体の中で暴れまわる快感をなんとかしたくて、それでも繋がっている部分からの刺激は逃したくない。下を向き、またのけぞるように喉を反らし、私の長い髪がその度にぱさぱさと体を打った。

汗で額《ひたい》と肩、背中や胸に張りつく。

「あ、あっ、も……とっ！　奥……キ、てっ」

「欲張りだな、お前は――ガルドで一回、イッただろうに。まだ欲しい、のか……？」

低く笑うロウの声も、淫猥《いんわい》さを増している。元々が低い美声であるのに、その色気は反則です。聞いているだけで、イッてしまいそうだ。

「ロウ、もっ……欲しい、のっ――意地悪し、な……で、ぇっ」

「仕方ない、な」

仕方ないと言いつつも、口元は笑っている。前に回した手を、もう一方と同じように腰に据えると、そこを強く掴んで腰の動きを速めた。

「思いっきり、食えっ」

「ああっ！　んっ、あんっ、ああんっ」

それまでのゆったりとしたペースをかなぐり捨てて、ロウが激しく腰を使い始める。パンパンという剥《む》き出しの肌同士がぶつかり合う音が、室内に響き渡る。後ろからの衝撃に胸が激しく揺れた。シーツについた腕も、ともすれば崩れ落ちそうだ。

それでも必死に力をこめ、背中を反らして、与えられる快感を余さず取り込む。ロウのほうも先ほどまでの余裕は既になくなったらしく、全身に汗をかきながら攻め立ててくる。時折、軋《きし》むような声が洩《も》れるのは、暴発しそうな己を懸命に制しているからだろう。

「ガ、ガルド……」

「あー、そろそろ、か……んじゃ、ま、お前ぇもいっとくか？」

「い……行く、とは？」

「ターザも混ざりてぇだろ？　今からなら間に合う――ロウも、もちっとは耐えるだろうしな」

その時、そんな声が聞こえた。けど、そちらに注意を向ける余裕なんかとっくの昔になくなっていたから、確認できない。

「……よく我慢してたな、偉ぇぞ、ターザ」

続いて、ガルドさんの小さな笑い声が聞こえ、更にそれにターザさんが応える声がする。

「お、俺は、どうしたら……」

「レイちゃんの前に行け、そしたら後はレイちゃんがやってくれる」

「レイ殿が？　な、何を……？」

「いいから行けって。間に合わなくなるぞ――あ、後な、ビビって引くんじゃねぇぞ、いいな？」

「う……わかった」

そしてターザさんが動く気配がした。いきなり目の前ににゅっと、とあるモノが出現する。

目の前にそそり立ったモノが現れたので、条件反射でそれを口に含む。それが、まさかガルドさんじゃなくて、ターザさんのだとは、その声を聞くまで思ってても見なかった。

「う、おぉっ⁉」

無意識にご奉仕を開始する。

「ん、ぅ……む……んむぅっ」

後ろから衝《つ》き立てられながらなので、丁寧な愛撫《あいぶ》は無理だ。それでも、歯を立てないよう注意をしつつ、硬いモノに舌を這《は》わせた。

ターザさんは驚愕と快感で固まってしまっているようで、自分から動く気配はない。けれど、後ろからの衝撃で、えずく寸前までモノが喉の奥に入り込んでくる。そんな状態で私にできるのは、ロウの与える快感に耐えながら、口に含んだモノを逃さぬように努力することだけだ。

「くっ……そろそろ、出す、ぞっ！」

「んんっ……ん、ぅうっ」

「うっ、くっ……レイ、ど、のっ」

一層深く抉《えぐ》るロウの声に、くぐもった私のそれと、ターザさんの悲鳴じみたものが重なる。

「っ、出……っ」

「んんぅっ！」

「ぐ、ぁ……っ！」

こらえきれない快感が爆発し、受け入れさせられていたロウのモノをきつく締めつける。その拍子にわずかに歯を立ててしまったかもしれない。

きれいに三つの声が重なり、私達全員が同時に硬直する。そして、私の体からは完全に力が抜け、ロウが支えていた腰は兎《と》も角《かく》、頭がずるりと下へ落ちた。

「うぉっ、レイ殿っ!?」

ターザさんの驚く声が聞こえるが、もう指一本動かすのも億劫《おっくう》だ。まだ放出の途中だったようだけど、それが口から外れてしまい、私の鼻から瞼《まぶた》、そして額《ひたい》にまで白く濁《にご》った飛沫《ひまつ》が飛び散る。

「……いきなりガン射かよ」

少々呆れたようなガルドさんの声がするが、ターザさんは狼狽《ろうばい》しきっているようだ。今まで見たこともないような間抜けな顔で、座り込んでしまっている。

そしてロウだが、さすがにターザさんよりは余裕があったみたいで、私の腰を支えたまま数回、小さく身震いをした後でゆっくりと体を引いた。ガルドさんに続いてロウのを銜《くわ》え込まされていたソコは、ぱっくりと口を開けたまま複数の液体をとろとろとこぼれ落としているようだ。ロウがそこをガン見してるのが気配でわかった。わたしには内緒にしてるみたいだけど、知ってるんだ、こうなってるの見るのが好きなんだってこと。

それにしても、汗やその他の液体でドロドロで気持ち悪い。そう思っていると、柔らかな魔力に包まれ、すぅっと体がきれいになるのがわかった。ガルドさんが清浄魔法をかけてくれたらしい。

「どうだった、ターザ？」

一足先に平常モードに戻っていたガルドさんが、ターザさんに声をかけている。

「……てか、まずはソレをしまえや」

「は？　っ――し、失礼したっ」

「……それで？　少しは理解したか？」

エッチの直後に普通に会話を始められるのって、やっぱり男性と女性は違うんだな、と変なところで感心してしまう。

「理解、というか、その……驚いた」

「だろうなぁ。んで、ターザよ。見てたんでわかるだろうが、俺がレイちゃんと最初にやった時、上に乗っかってもらったろ？」

「あ、ああ……」

「そん次は、レイちゃんを抱っこしてで——ロウはロウで、後ろから可愛がってやった」

「もう一種類くらいはやろうと思ったが、ターザが来たのでやめた」

「あんま一度に詰め込んでも仕方ねぇよ」

なんの会話だ、と呆れかけたところで、思い出す。そもそもの話、今回のエッチはターザさんに、その、なんだ……正常位の他にもいろんな体位があるってことを教えるためなんだよね。

「嘘かホントか、全部で四十八とか、あるらしいけどよ」

「どう考えてもそこまで使わんだろう。曲芸じみたものもあると聞くぞ」

「お前ぇ……妙に詳しいな？」

「言い出したのはお前だろうが」

「ま、とりあえず、今見せた分でしばらくは大丈夫だ。俺らを見てりゃ、そのうち覚えるだろうしな——つぅか、レイちゃんの扱いもちゃんと見てただろうな、ターザよ？」

「も、勿論《もちろん》だ！　し、しかし、その……ロウの模倣は、俺には難しそうだ」

「……そこは真似しなくていい」

「自分で言うなや。まぁ、ターザにゃ無理だ、あれだけはロウに任せとけ——そっちじゃなくて、途中で休ませてやったり、緩急つけて盛り上げてやったり、つーとこだ」

「あ、そこ、か——ああ、そちらも勉強になった」

……いい加減、聞いているのも億劫《おっくう》になってきた。

「……おい、そろそろ終わりにしろ。あまりうるさくすると、レイが目を覚ます」

いや、まだ寝てません。眠りそうにはなってるけどね。ついでに言えば、男性同士の赤裸々《せきらら》な会話をこれ以上聞かされなくて済むのは大歓迎だ。

ぐったりとした私の体を誰か——ロウかガルドさんのどっちかだろうけど——が抱き上げて、楽な姿勢に寝かせ直してくれる。乱れた髪を手櫛《てぐし》で軽く整えられ、上掛けをかけられるのと一緒のタイミングで、誰かが隣に滑り込んできた。

「あ、手前！　この野郎、いつの間にっ」

「うるさい。レイが目を覚ましたらどうする——お前達もさっさと寝ろ」

「言われなくてもそうするわ！　あー、で、ターザ、お前どこに寝る？」

「お、俺か？」

私の隣は既にロウが陣取っている。いつもなら反対側がガルドさんになるのだけど——

「今日だけ特別だぜ、レイちゃんの隣を譲ってやらぁ」

「ガルドッ！　感謝するっ」

「大きな声を出すなというのに――譲るのはいいが、間違えて夜中に俺に抱き着くなよ？」

「わかった」

「でもって、明日はお前が譲るんだからな、ロウ」

「そんなことは約束できん」

「……大人げねぇにもほどがあんぞ……」

掛け合い漫才はいいからもう寝ましょうよ。そう思っているうちに、空いていたほうにターザさんが寄り添ってくるのがわかった。その更に隣にはガルドさんで、このベッドが大きくてよかったとしみじみと思う。

旦那さんが二人とか、前の私なら到底ありえないシチュエーションだけど、更に一人増えちゃった。でも、これはこれでアリかな。文字どおり三人に囲まれ、その温もりに包まれながら、私は幸せな眠りに落ちていく。

私はようやくこの世界の住人になったのだと実感した。

エピローグ

親愛なるアルザーク・ウェディラード様

お久しぶりです、アル父さん。足の調子はいかがですか？　私達は相変わらず元気でやっています。

何通前の手紙で報告したのか、ちょっと思い出せないのですが、私達に新しい仲間が増えてから、もう一年半が経ちました。ハイディンを出てからだと、そろそろ二年ですね。

そこで、父さんに報告です。ハイディンにいた頃はほんの駆け出しの放浪者だった私も、この度、ようやくランクAに昇進することができました。

私にしてみればようやくでも、他の人に言わせるとありえない速さのようです。仲間が軒並みAになっている状態で、筆頭である私がいつまでもCやDで燻《くすぶ》っているわけにもいかず、必死でした。

特に、三人目の旦那様であるタマルアーザさんは、ギルドに登録した年にはAになっていたというのですから。私はその倍以上かかってるので、そこまで驚かれなくても、と思ってしまいます。まぁ、ターザさんは獣族で、人族を前提にしたギルドの基準にはおさまらないから、という特別措置があったらしいですけど。

勿論《もちろん》、上には上がいるのはちゃんと理解しています。アル父さんなんて、伝説のSだったんですよね。AとSの間には、ものすごく広くて深い河がある、ってガルドさんが言ってました。お師匠様も、さすがにSを目指せとは言わなかったので、ほっとしています。けど、いつか……本当にいつの話になるのかわかりませんけど、放浪者として生きていくからには、その頂《いただき》を極めてみたい、なんて身の程知らずなことも考えたりしています。

ああ、いけない。それで思い出しました。

遅くなりましたけど、現役復帰、おめでとうございます。

現役時代の勘を取り戻すための訓練、お疲れ様でした。しばらくはまだハイディンにいるというお話でしたが、そのうち、もしかしたら私達が旅した先で、ばったりアル父さんに会うことがあるかもしれない、なんて、想像して今からワクワクしています。その時は、どうかお手柔らかにお願いしますね。

さて、私達の話に戻りますが、先日、お師匠様から合格を頂きました。まだまだ粗削りで、未熟なところもあるけれど、人族の中ではそこそこだろう、って。

高霊族であるお師匠様と比べないでください、って、何回も言ってるんですけどね。

戦団のみんなに報告したところ、そろそろ新しい場所に行ってみないか、という話になりました。オルフェン以外の場所に行ったことがないターザさんも、すごく楽しみにしています。顔に出ないからわかりにくいですが、私と同じくらい舞い上がっていたみたいで、ロウとガルドさんに窘《たしな》められていました。

行き先ですが、オルフェンの先にルーセットという街があるそうなので、そこを目指す予定です。

そこから更に西に行って、王都も見てみたいと思っています。オルフェンみたいに長逗留《ながとうりゅう》するかわかりませんので、ギルドで所在登録はするつもりですが、もし上手く連絡が取れないようでしたら、お師匠様宛《あて》にお願いします。霊族の秘密の方法とやらで、私と連絡を取ってくれるそうです。

この先、私達がどこで何をするのか、今のところ全くの白紙ですが、どこへ行ってどんなことがあろうと、私はアル父さんの娘で、お師匠様の孫であることを忘れずに生きていきたいと思います。

次の手紙は少し間が開くかもしれませんが、アル父さんもどうかお体に気をつけて、元気でいてください。それではまた、できるだけ早めに手紙を書きます。

貴方の娘　レイガ　より

書き上げた手紙のインクが乾くのを待って、宛名《あてな》を書いておいた封筒に入れて封をする。更に、受取人以外が開けられないように魔力で封印すれば、用意は終わりだ。

「できたよ、お待たせ」

「おお。んじゃ出かけっぞ」

「それをギルドに委託して、出立の報告をすれば、ひとまずやることは終わりだな」

「お館様よりの餞別《せんべつ》で、必要なものはほぼそろっていることだしな」

私達みたいな至れり尽くせりの放浪者って、まずいないよねぇ。ものすごく甘やかされて、ダメになっちゃいそうなんだけど、旅に出る私達以上にはりきっているお師匠様を前にしては、そんな贅沢な愚痴なんか言えるはずもない。

もっとも、旅立ちを決めた途端に、最後の仕上げとばかりに魔術の訓練がシゴキ並みにレベルアップしたことを考えると、あっちとこっちでプラマイゼロって感じではあったんだけど。

「ターザさんも、トゥザさんとポーラさんにはちゃんと許可をもらったのよね？」

「ああ。しかし、許可というか、単なる報告だな。獣族は成人した以後の決断は、完全に本人に任される。更に俺は、レイ殿の夫になっているしな。妻が望むなら、どんなことでも叶えるのが獣族の男の甲斐性《かいしょう》だ」

そんな会話を交わしながら、四人そろってオルフェンの街への道をたどる。すっかり通いなれた道だけど、しばらくはここを通ることもなくなるんだなと思うと、少しセンチになっちゃう。

「まぁ、御大も『いつでも帰ってこい』って言ってくれてることだしよ」

「それどころか、まだ出発もしていないのに『次はいつ帰ってくるのだ？』だからな……」

「あははは……」

つい乾いた笑いが出るものの、それだけ大事に想ってくれているのだから、こちらも同じだけの想いを返したいと感じる。お師匠様だけじゃなくて、トゥザさん、ポーラさん、遠いハイディンにいるアル父さん――勿論《もちろん》、ロウとガルドさん、ターザさんにも、だ。

「戻る場所があるってなぁ、こそばゆい気もするが、それでもいいもんだな」

「ああ。それもこれも、レイのおかげだ」

ロウとガルドさんは、諸事情で生まれ故郷には戻らない決意を固めている。私は戻りたくても戻る手立てがない。私達三人は、本物の根無し草の放浪者だった。けど、今はターザさんを含めて、オルフェンが私達の帰る場所になったのだ。そして、目の前には新たな世界が広がっている。

「オルフェンを出て、どこに行くにしても、みんなと一緒だよね」

「当たり前だ」

「何があったって離れねぇから、安心しな」

「レイ殿と俺と――どちらかが天に召されるまでそばにいる」

思わずこぼれた呟きに、三人三様の、けど何よりもうれしい言葉が返ってくる。

わけもわからぬうちにこちらの世界に転生し、生きていくことになった私だけど、それは以前からの因縁《いんねん》と運命の導きだったんだと知った。そして、大切な人達と出会うことができた。だったら、私にできるのは、この世界で、彼らと一緒に幸福になれるよう努力することだけだ。

「約束よ。ずっと、一緒にいようね」

そして私は、今日もこの異世界で生きていく。ずっと、ずっと――もう一度、この命が尽きるその時まで。

Noche
ノーチェ

甘　く　淫　ら　な　恋　物　語

ノーチェブックス

昼は守護獣、
夜はケダモノ!?

聖獣様に
心臓（物理）と
身体を（性的に）
狙われています。

富《と》樫《がし》聖《せい》夜《や》
イラスト：三浦ひらく

伯爵令嬢エルフィールは、城の舞踏会で異国風の青年に出会う。彼はエルフィールの胸を鷲掴《わしづか》みにしたかと思うと、いきなり顔を埋《うず》めてきた！　その青年の正体は、なんと国を守護する聖獣様。彼曰《いわ》く、昔失くした心臓がエルフィールの中にあるらしい。そのせいで彼女は、聖獣に身体を捧げることになってしまい……!?

詳しくは公式サイトにてご確認ください

http://www.noche-books.com/

携帯サイトはこちらから！

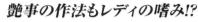

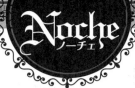

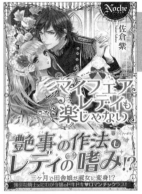

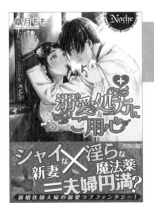

砂城（すなぎ）
大分県出身、熊本県在住。趣味は読書、ゲーム、神社仏閣巡り。

イラスト：シキユリ

本書は「ムーンライトノベルズ」（http://mnlt.syosetu.com/）に掲載されていた作品を、
改稿したうえ書籍化したものです。

元《もと》ＯＬの異世界《いせかい》逆《ぎゃく》ハーライフ２

砂城（すなぎ）

2017年8月15日初版発行

編集ー黒倉あゆ子・羽藤瞳
編集長ー塙綾子
発行者ー梶本雄介
発行所ー株式会社アルファポリス
〒150-6005 東京都渋谷区恵比寿4-20-3 恵比寿ｶﾞｰﾃﾞﾝﾌﾟﾚｲｽﾀﾜｰ5F
TEL 03-6277-1601（営業） 03-6277-1602（編集）
URL http://www.alphapolis.co.jp/
発売元ー株式会社星雲社
〒112-0005東京都文京区水道1-3-30
TEL 03-3868-3275
装丁・本文イラストーシキユリ
装丁デザインーansyyqdesign
印刷ー図書印刷株式会社

価格はカバーに表示されてあります。
落丁乱丁の場合はアルファポリスまでご連絡ください。
送料は小社負担でお取り替えします。

ISBN978-4-434-23664-8 C0093